古典詩歌研究彙刊

第二十輯

龔鵬程 主編

第 11 冊

蘇軾黃州與嶺南時期
詩歌審美意識研究（下）

林素玲 著

國家圖書館出版品預行編目資料

蘇軾黃州與嶺南時期詩歌審美意識研究（下）／林素玲 著——
初版 — 新北市：花木蘭文化出版社，2016〔民105〕
目 4+208 面；17×24 公分
（古典詩歌研究彙刊 第二十輯；第 11 冊）
ISBN 978-986-404-832-8（精裝）
1.（宋）蘇軾 2. 詩歌 3. 審美 4. 詩評
820.91   105015104

ISBN-978-986-404-832-8

9 789864 048328

古典詩歌研究彙刊
第二十輯　第十一冊
ISBN：978-986-404-832-8

蘇軾黃州與嶺南時期詩歌審美意識研究（下）

作　　者　林素玲
主　　編　龔鵬程
總 編 輯　杜潔祥
副總編輯　楊嘉樂
編　　輯　許郁翎、王筑　美術編輯　陳逸婷
出　　版　花木蘭文化出版社
社　　長　高小娟
聯絡地址　235 新北市中和區中安街七二號十三樓
　　　　　電話：02-2923-1455／傳眞：02-2923-1452
網　　址　http://www.huamulan.tw 信箱 hml810518@gmail.com
印　　刷　普羅文化出版廣告事業
初　　版　2016 年 9 月
全書字數　244352 字
定　　價　第二十輯共 18 冊（精裝）新台幣 28,800 元
版權所有‧請勿翻印

蘇軾黃州與嶺南時期
詩歌審美意識研究（下）

林素玲　著

目

次

第五章　儋州時期詩歌審美意識

　　依據《宋史・哲宗本紀》記載：「紹聖四年閏二月甲辰，蘇軾責授瓊州別駕，移昌化軍安置。」〔註1〕蘇軾於紹聖四年（1097）四月十九日離開惠州，六月十六日在徐聞登舟渡海，於七月二日到達昌化軍（今儋州。漢時為儋耳郡，唐為儋州，宋熙寧六年廢州為昌化軍。今屬海南。）其在〈到昌化軍謝表〉言：「今年四月十七日。奉被告命，責授臣瓊州別駕昌化軍安置。臣尋於當月十九日起離惠州，至七月二日已至昌化軍訖者。」〔註2〕他責授瓊州別駕昌化軍安置，不得簽書公事。此年蘇軾六十二歲。

　　蘇軾赴昌化軍的心理感受，可由與友人尺牘及詩作中所透露得知。如其於赴昌化軍途中〈與王敏仲〉尺牘言：「某垂老投荒，無復生還之望，昨與長子邁訣，已處置後事矣。今到海南，首當作棺，次便作墓，乃留手疏與諸子，死則葬於海外。」〔註3〕的訣別之語，在惠州時曾自謂作惠州人，並作久居之計，豈知老來投荒，責授到儋州。此對他的打擊很深，因之才有處置後事之言。紹聖四年（1097）七月初到儋州時，還思念著惠州白鶴山新居，所以作〈和陶還舊居〉其自

―――――――――――――――――――

〔註1〕（元）脫脫撰《宋史・哲宗本紀》（臺北：臺灣商務印書館，2012年4月），卷十八，頁20-217。
〔註2〕（宋）蘇軾撰，張志烈等主編：《蘇軾全集校注》文集四（石家莊：河北人民出版社，2010年6月），卷二四，頁2785。
〔註3〕同註2，文集八，卷五六，頁6244。

注：「夢歸惠州白鶴山居作」。其詩曰：

> 瘴人常念起，夫我豈忘歸。不敢夢故山，恐興墳墓悲。生
> 世本暫寓，此身念念非。鵝城亦何有，偶拾鶴氅遺。窮魚
> 守故沼，聚沫猶相依。大兒當門戶，時節供丁推。夢與鄰
> 翁言，憫默憐我衰。往來付造物，未用相招麾。〔註4〕

心境還是念念不忘家事，然經時間的消逝，接觸的人、事及環境之影
響，是以，到了海南之後，並不因惡劣環境及似苦行僧的生活而怨天
尤人，反而以堅忍的意志力，自適融入這片不受現實名利汙染的海南
之中。

　　蘇軾初到海南，心繫惠州，此於其作〈和陶雜詩十一首〉〔註5〕
詩組見知。依筆者之見由其一、其二兩首內容探知，是初到海南時之
情境，再者，其六、其七、其八有言惠州、羅浮山、朱明洞及吳子野
等，按此為剛到時才有之心境反應。

第一節　樸實民風在萬谷醑笙鐘呈現

　　地域之文化、風俗、民情及地理環境，影響著詩人的心理感受，
因而影響著詩人的詩風。因此，本節將先由詩作中剖析蘇軾處於儋州
蠻荒之海島之地，此地之人文、風俗、民情及地理環境對其心境的影
響。

　　紹聖四年（1097）五月，蘇軾在量移儋州途中，經梧州作〈吾謫
海南，子由雷州，被命即行，了不相知，至梧乃聞其尚在藤也，且夕

〔註4〕同註2，詩集七，卷四一，頁4853。
〔註5〕據張志烈等主編：《蘇軾全集校注》之校注言：依據查注本、馮應榴
　　　注本編卷四三係作於元符三年（1100），而王文誥提前於紹聖四年
　　　（1097），孔凡禮《蘇軾年譜》繫於十一月。王文誥云：「自戊寅至庚
　　　辰三年中，只有〈和陶〉十五首。若如查注，以此時一首編更辰，則
　　　所餘僅四首。」而此三首中所作詔然可見者多矣。以是知此十一首，
　　　必為丁丑（案，即紹聖四年）作也。（《蘇軾詩集》卷四一）今案，王
　　　說之根據似嫌不足。此組詩，集丁於東坡詩後，載子由和詩。子由和
　　　詩題下自注：「時有赦書北還」故蘇軾原詩究竟作於何時，尚可進一
　　　步研究。今暫依王文誥編次。

當追及，作此詩示之〉〔註6〕：

> 九疑聯綿屬衡湘，蒼梧獨在天一方。孤城吹角煙樹裏，落日未落江蒼茫。幽人拊枕坐歎息，我行忽至舜所藏。江邊父老能說子，白鬚紅頰如君長。莫嫌瓊雷隔雲海，聖恩尚許遙相望。平生學道真實意，豈與窮達俱存亡。天其以我為箕子，要使此意留要荒。他年誰作輿地志，海南萬里真吾鄉。〔註7〕

汪師韓言：「水天景色，離合情懷，一種纏綿俳惻之情，極排解乃極沉痛。」〔註8〕蘇軾此次移儋州，心境有點落寞，因謫居地遠在天邊蠻荒之地，但他自我安慰給自己正面思想能量，認為自己平生學道，不因窮達而改變其志。「天其以我為箕子，要使此意留要荒」，在海南要如箕子一樣，能「教以禮儀田蠶，又制八條之教」，教化海南之民。

　　蘇軾貶儋州是懷著「榮辱今兩空」的心境，因此對事物的看法，一切隨緣自適，同時對生活有了重新的寄託與期待。他初到儋州時有很濃的佛家及莊子思想，如紹聖四年（1097）六月於海南作〈次前韻寄子由〉：

> 我少即多難，邅回一生中。百年不易滿，寸寸彎強弓。老

〔註6〕《宋史‧哲宗本紀》：「紹聖四年二月，癸卯，以三省言，追貶……蘇轍為化州別駕，安置於雷州。閏二月甲辰，蘇軾責授瓊州別駕，宜昌化軍安置。」此之海南是指昌化軍，唐時為儋州，治今海南省儋縣。雷州，治今廣東海康縣。梧，梧州，治今廣西梧州市。藤，藤州，治今廣西藤縣北。

〔註7〕（宋）蘇軾撰，張志烈等主編：《蘇軾全集校注》詩集七（石家莊：河北人民出版社，2010年6月），卷四一，頁4835。《史記‧殷本紀》記載殷紂暴虐：「箕子諫不聽，乃詳狂為奴，紂又囚之。……武王伐紂，……釋箕子之囚。」（宏業書局，頁108）。另《後漢書‧東夷列傳》：「昔武王封箕子於朝鮮，箕子教以禮儀田蠶，又制八條之教。」九疑，山名，在今湖南寧遠縣南。《水經注》卷三八《湘水》紀載：「九疑，蟠基蒼梧之野，峯秀，數郡之間。羅巖九舉，各導一溪。秀谿負阻，異嶺同勢。遊者疑焉，故曰九疑。」按觀蘇軾遭貶謫時，總會漸浮現釋道思想。

〔註8〕汪師韓：《蘇詩選評箋釋》收錄於《叢睦汪氏遺書》（臺北：中央研究院傅斯年圖書館），卷六，頁17。

矣復何言，榮辱今兩空。泥洹尚一路（蘇軾自注：「古語云：
十方薄伽梵，一路涅槃門」），所向餘皆窮。似聞崆峒西，仇
池迎此翁。胡爲適南海，復駕垂天雄。下視九萬里，浩浩
皆積風。回望古合州，屬此琉璃鐘。離別何足道，我生豈
有終。渡海十年歸，方鏡照兩童。還鄉亦何有，暫假壺公
龍。峨眉向我笑，錦水爲君容。天人巧相勝，不獨數子工。
指點昔遊處，蒿萊生故宮。〔註9〕

「老矣復何言，榮辱今兩空」前途茫茫，望著海南景象，水連天，無
垠的水天一色，視野空曠，猶如大鵬展翅翱翔天際，俯視浩瀚萬里似
地。蘇軾每於謫居時，會懷念其故鄉的一切，那裏有他純眞的同年、
親情及鄉情，因此，在失意、挫折、落寞時，最讓他憶起故鄉種種情
懷。如赴黃州途中有「回首吾家山，歲晚將焉歸」句，南遷惠州途中
有「岷峨家萬里，投老得歸無」句，儋州有「還鄉亦何有，暫假壺公
龍。峨眉向我笑，錦水爲君容。」、「華夷兩樽合，醉笑一歡同。里閈
峨山北，田園震澤東。歸期那敢說，安訊不曾通。」此是一次又一次
遭貶謫的心境反應，它是痛是無奈是失望。所以，他想能如大鵬鳥般
自由無牽掛的翱翔於無垠之宇宙之中。

一、自然風物，還樸歸眞

蘇軾到儋州目所及之處是荒蕪、原始、自然的海島風物，是煥然
一新的景象。他於紹聖四年（1097）六月自瓊州赴儋州途中作〈行瓊、
儋間，肩輿坐睡。夢中得句云：千山動鱗甲，萬谷酣笙鐘。覺而遇清
風急雨，戲作此數句〉：

四州環一島，百洞蟠其中。我行西北隅，如度月半弓。
登高望中原，但見積水空。此生當安歸，四顧眞途窮。
眇觀大瀛海，坐詠談天翁。茫茫太倉中，一米誰雌雄。
幽懷忽破散，永嘯來天風。千山動鱗甲，萬谷酣笙鐘。

〔註9〕同註7，詩集七，卷四一，頁4846、4847。垂天雄：指大鵬。古合州：
雷州。琉璃鐘：飲酒器皿之名。

安知非羣仙，鈞天宴未終。喜我歸有期，舉酒屬青童。

急雨豈無意，催詩走羣龍。夢雲忽變色，笑電亦改容。

應怪東坡老，顏衰語徒工。久矣此妙聲，不聞蓬萊宮。〔註10〕

他以《莊子‧秋水》：「計四海之在天地之間也，不似礨空之在大澤乎，計中國之在海內，不似稊之在太倉乎。」〔註11〕體悟到「茫茫太倉中，一米誰雌雄。」因此，儋州的自然景觀及無際視野，讓他對宇宙、人生有不一樣的體悟。此體悟讓思想更躍進了一層次，讓此時期創作趨於蕭散簡遠、閒適意趣、寫實自然的風格。此詩，紀昀言：「以杳冥詭異之詞，抒雄闊奇偉之氣，而不露圭角，不使粗豪，故為上乘。源出太白，而運以己法，不襲其貌，故能各自千古。」〔註12〕趙克宜言：「前路寫實境，極其沉鬱。後幅運幻想，極其酣暢，洵屬得意之筆。」〔註13〕汪師韓言：「行荒遠僻陋之地，作騎龍弄鳳之思。一氣浩歌而出，天風浪浪，海山蒼蒼，足當司空圖『豪放』二字。」〔註14〕

儋州的自然原始景象，其最高主峯儋耳山給蘇軾的感覺是：

突兀隘空虛，他山總不如。君看道傍石，盡是補天餘。〔註15〕

在《列子‧湯問》言：「然則天地亦物也，物有不足，故昔者女媧氏練五色石以補其闕。」〔註16〕其想像力豐富，對儋耳山有所感觸，覺得海南島嶼上，聳立在天地之間的儋耳山，其形狀突兀，岩石形狀奇

〔註10〕 同註7，詩集七，卷四一，頁4841、4842。
〔註11〕 （晉）郭象注（唐）陸德明釋文、成玄英疏（清）郭慶藩集釋：《莊子集釋‧秋水》（臺北：世界書局2010年9月），頁250。
〔註12〕 （清）紀昀：《紀評蘇詩》（道光十四年冬桼於兩廣節署，成都：四川大學出版社影印，2007年4月），卷四一，頁35。
〔註13〕 （清）趙克宜：《角山樓蘇軾評注彙鈔》（清咸豐二年季夏之月），卷一九，頁16。
〔註14〕 汪師韓：《蘇詩選評箋釋》收錄於《叢睦汪氏遺書》（臺北：中央研究院傅斯年圖書館），卷六，頁17。
〔註15〕 同註7，詩集七，卷四一，頁4851。
〔註16〕 （晉）張湛註 蕭登福：《列子古注今譯‧湯問第五》（臺北：新文豐，2009年11月），頁425、426。

特，應是傳說中女媧氏練五色石補天之餘吧？其實，他是將人的品格與山的品格融爲一體言之，借此詩托物抒懷，寄寓心中難言之隱。

又見〈和陶擬古九首〉：

> 少年好遠遊，蕩志臨八荒。九夷爲藩籬，四海環我堂。盧生
> 與若士，何足期渺茫。稍喜海南州，自古無戰場。奇峯望黎
> 母，何異嵩與邙。飛泉瀉萬仞，舞鶴雙低昂。分沄未入海，
> 膏澤彌此方。芋魁倘可飽，無肉亦奚傷。〔註17〕（〈其四〉）

少年志在八方，然而，如今彷彿神仙之事的渺茫，而不足以期盼。儋州的地理環境天然屏障，剛至時，即對它漸有了好感，望著奇峯黎母山，覺得它與嵩山、北邙山有何異乎？黎母山上的飛泉宣瀉而下，滋潤了此塊大地。在此與世無爭的天然環境中，倘芋薯也可飽，無肉又有何關！

於紹聖四年（1097）十月作〈和陶停雲四首〉并引：「自立冬以來，風雨無虛日，海道斷絕，不得子由書，乃和淵明〈停雲〉詩以寄。」其二：

> 颶作海渾，天水溟濛。雲屯九河，雪立三江。我不出門，
> 寤寐北窗。念彼海康，神馳往從。〔註18〕

颮起大颶風，天地間頓時呈現一片溟濛現象，似天地渾沌時。蘇軾因景生情，望著飆起之颶風景象，心境忽然思念著在雷州的蘇轍。

在《太平御覽》卷九引《南越志》：「熙安間多颶風。颶者，具四方之風也。一曰懼風，言怖懼也。常以六、七月興，未至時三日，雞犬爲之不鳴。大者或至七日，小者一二日。外國以爲黑風。」〔註19〕

〔註17〕 同註7，詩集七，卷四一，頁4888。黎母山：《元豐九域志》卷九《瓊
州》：「漢朱崖儋耳郡地，黎母水源出黎母山。」另，《瓊州志》：「昌
江在昌化縣南十裏，源自五指山，至侯村分南北二派，南江西流，
至赤崁村，會海潮成港。北江繞縣南流，西至泥浦，與潮相匯，徑
入海。」

〔註18〕 同註7，詩集七，卷四一，頁4909。

〔註19〕 （宋）李昉等撰：《太平御覽》（北京：中華書局影印，2006年6月），
卷九，頁45。

蘇軾之子蘇過也作〈颶風賦〉并敘言:「《南越志》:『熙安間多颶風,颶者,具四方之風也,嘗以五六月發。未至時,雞犬爲之不鳴。』又《嶺表錄》云:『秋夏間暈如虹者,謂之颶母,必有飄風。』」〔註20〕依此,颶風自然現象在海南常見,此爲中國北方不見的自然天候現象,所以蘇軾有感似天地渾沌之樣。

　　蘇軾在量移廉州,要離開儋州之時,即元符三年(1100)五月作〈儋耳〉:

　　　　霹靂收威暮雨開,獨憑闌檻倚崔嵬。垂天雌霓雲端下,快
　　　　意雄風海上來。野老已歌豐歲語,除書欲放逐臣回。殘年
　　　　飽飯東坡老,一竈能專萬事灰。〔註21〕

「霹靂收威暮雨開」、「垂天雄霓雲端下,快意雄風海上來」句,將儋州自然氣象景觀,氣勢磅礴的言盡了。

　　蘇軾儋州詩,詠自然風物的有〈次韻子由三首〉之〈椰子冠〉:

　　　　天教日飲欲全絲,美酒生林不待儀。自漉疎巾邀醉客,更
　　　　將空殼付冠師。規模簡古人爭看,簪導輕安髮不知。更著
　　　　短簷高屋帽,東坡何事不違時。〔註22〕

椰子的汁醇美就如美酒生林,而其殼可取之做爲帽子。「規模簡古人爭看,簪導輕安髮不知。更著短簷高屋帽,東坡何事不違時。」此是

〔註20〕同註7,文集一,卷一,頁90。及依據本校注(一)言:底本案:「《宋
　　　　文鑑》卷十收此文,謂爲蘇過作。明焦竑《刻蘇長公外集序》亦謂
　　　　爲蘇過作。見明萬曆刊《重編東坡先生外集》卷首。《宋文鑑》無序
　　　　文『南越志』云云五十三字。今案,此《颶風賦》實爲蘇軾幼子蘇
　　　　過作。《宋史·蘇過傳》載過「有《斜川集》二十卷。其《思子臺賦》、
　　　　《颶風賦》早行於世。時稱爲小坡」。頁92。因之在(宋)蘇過選　舒
　　　　星校補　蔣宗許、舒大剛等注」《蘇過詩文編年箋注》(北京中華書
　　　　局),頁605～607。有收錄此文。
〔註21〕(宋)蘇軾撰,張志烈等主編:《蘇軾全集校注》詩集七(石家莊:
　　　　河北人民出版社,2010年6月),卷四三,頁5121。
〔註22〕同註21,詩集七,卷四一,頁4905。王十朋集注引次公曰:「椰子
　　　　樹似檳榔而高大,葉長。一房生三十餘子,如瓜,肉似熊白,味似
　　　　胡桃,內有漿一升,清如水,甜如蜜。」詩中「美酒生林不待儀」
　　　　之儀,即指儀狄,其爲古代善作酒者。在李廌《師友談記》記載:「士
　　　　大夫近年仿東坡桶高簷短帽,名曰子瞻樣。」引自頁4906。

取之自然用之自然，一切生活幾乎全都取自然中之實材，取之不盡用
之不竭，尋自然之道，回歸原始自然生存法則。詩中「短簷高屋帽」
句，是一種桶高簷短之帽。

　　椰冠似乎是儋州的特產，以椰子殼為冠，蘇軾與蘇過父子效之，
且為詩。蘇過寄椰冠給蘇轍，蘇轍作〈過姪寄椰冠〉言：

> 衰髮秋來半是絲，幅巾緇撮強為儀。垂空旋取海椶子，束
> 髮裝成老法師。變化密移人不悟，壞成相續我心知。茅簷
> 竹屋南溟上，亦似當年廊廟時。〔註23〕

　　詩中之「垂空旋取海椶子」蘇轍自注為：「蜀中海椶，即嶺南椰
木，但不結子耳。」蘇過也寫〈椰子冠〉：

> 玉珮犀簪暗網絲，黃冠今習野人儀。著書豈獨窮周叟，說
> 偈還應見祖師。檳子偶從遺物得，竹皮同使後人知。平生
> 冠冕非吾意，不為飛蟲跕墮時。〔註24〕

蘇過此詩作時間與蘇軾詩作時間同於紹聖四年（1097）九月初至儋州
時。儋州之椰子冠，令他們感到新鮮有趣，因此父子都為之作了詩，
且還寄送給蘇轍。

二、風土民情，淳厚篤實

　　儋州之風土於《康熙昌化軍縣志》記載：「欲知一邑之人物者，
當驗一邑之風土。風土之美者，人康寧而物殷阜。風土之惡者，人妖
紮而物疵癘，海南仲春、仲夏行青草瘴，季夏、孟冬行黃茅瘴，或遇
瘴癘所感，鬚髮皆黃。東坡云：『逢人瘴，髮黃，其地使然也』次風
土。周歲多東風，秋夏間颶風，或一歲累發，或累歲一發，或起東北
轉西，或起西北轉東……。」〔註25〕儋州的習俗於明萬曆《儋州志》

〔註23〕　（宋）蘇轍：《欒城後集》卷二（上海：上海古籍出版社，1987 年 3
　　　　月），頁 1131。

〔註24〕　（宋）蘇過撰　舒星校補　蔣宗許　舒大剛等注：《蘇過詩文編年箋注》
　　　　（北京：中華書局，2012 年 12 月），頁 99。

〔註25〕　（清）方岱修　璩之璨校正：（《康熙昌化軍縣志》，海口：海南出版
　　　　社，2003 年 1 月），頁 18。

記載：「習禮儀之教，有華夏之風（洪武二年詔旨）。專務農業，不事商賈，淳樸儉，少有儲蓄。家習儒，多藝吉貝，織布被。婦女負販，俗有古風。夏無蚊蠅，低田歲兩收。疾病以巫爲醫，以牛爲藥。（瓊俗無醫，天寶八年，詔以方書《本草》給之，今有醫，而巫醫禱仍舊）以檳榔爲命（食之能消瘴忍飢）。薯蕷爲糧……。」〔註26〕某些習俗到了明代雖有昭令實施，但顯然不彰。

　　紹聖四年（1097）七月，蘇軾初至儋耳對當地景象的感覺在〈與張逢〉尺牘言：「海南風氣，與治下暑相似。至於食物人烟，蕭條之甚，去海康遠矣。」〔註27〕對於儋州的風俗，蘇軾在〈書柳子厚牛賦後〉云：

> 嶺外俗皆恬殺牛，而海南爲甚。客自高化載牛渡海，百尾一舟，遇風不順，渴飢相倚以死者無數。牛登舟皆哀鳴出涕。既至海南，耕者與屠者常相半。病不飲藥，但殺牛以禱，富者至殺十數牛。死者不復云，幸而不死，即歸德於巫。以巫爲醫，以牛爲藥。間有飲藥者，巫輒云：『神怒，病不可復治』親戚皆爲却藥，禁醫不得入門，人、牛皆死而後已。

> 地產沈水香，香必以牛易之黎。黎人得牛，皆以祭鬼，無脱者。中國人以沈水香供佛，燎帝求福，此皆燒牛肉也，何福之能得，哀哉，予莫能救，故書柳子厚〈牛賦〉以遺瓊州僧道贇，使以曉喻其鄉人之有知者，庶幾其少衰乎。〔註28〕

宋代儋州人的生活習俗，尚處於野蠻無文化的時期，無怪乎，歷代有罪之賢臣都被貶謫於此，以爲最大之懲治。

〔註26〕（明）曾邦泰等纂修　洪壽祥主編：《康熙儋州志》（海口：海南出版社，2003年1月），頁42。

〔註27〕（宋）蘇軾撰，張志烈等主編：《蘇軾全集校注》文集八（石家莊：河北人民出版社，2010年6月），卷五八，頁6427。

〔註28〕同註27，文集十，卷六六，頁7382、7383。沈水香：沈香之別名。《南史·林邑國傳》：「沈水香者，土人斫斷，積以歲年，松爛而心節獨在，置水中則沈，故名。」燎帝：係指燒沈水香以祭天帝。班固《白虎通·封禪》記載：「燎祭天，報之義也。」

　　儋州的習俗，可自蘇軾的詩詞得知，他於元符二年（1099）正月十二日作〈減字木蘭花‧春牛春杖〉詞，蘇軾自注：己卯儋耳春詞。其詞曰：

> 春牛春杖，無限春風來海上。便丏春工，染得桃花似肉紅。
> 春幡春勝，一陣春風吹酒醒。不似天涯，捲起楊花似雪花。
> 〔註29〕

此詞將儋州立春時迎春熱鬧非凡的農村習俗，春牛春杖的打春活動景象，寫得節奏輕鬆自如、樸實與祥和。春風海上來，春風吹酒醒，濃郁的海南氣候型態，更增盡一層海南特色。

　　翌年，蘇軾對儋州春天的景象，有不同的感受，於元符三年（1100）正月作〈庚辰歲人日作，時聞黃河已復北流，老臣舊數論此，今斯言乃驗二首〉：

> 不用長愁挂月村，檳榔生子竹生孫（蘇軾自注：海南勒竹，
> 每節生枝如竹竿大。蓋竹孫也）。新巢語燕還窺硯，舊雨來人
> 不到門。春水蘆根看鶴立，夕陽楓葉見鴉翻。此生念念隨
> 泡影，莫認家山作本元。〔註30〕（〈其二〉）

春天萬物甦醒，看到了「檳榔生子竹生孫」、「新巢語燕」的欣欣向榮景象，及「春水蘆根看鶴立，夕陽楓葉見鴉翻」充滿了生命，熱鬧的氛圍。

　　蘇軾對儋州蠻荒之地的農事，有其見解與希望幫助解決之意。於紹聖四年（1097）八月，作〈和陶勸農六首〉其并引言：

> 海南多荒田，俗以貿香為業，所產秔稌，不足於食，乃以
> 諸芋雜米作粥糜以取飽。予既哀之，乃和淵明〈勸農〉詩，
> 以告其有知者。〔註31〕

宋代儋州習俗以賣香為業，不種稻，多荒田，以秔稌米為主食，又以

〔註29〕同註27，詞集，卷二，頁738。
〔註30〕（宋）蘇軾撰　張志烈等主編：《蘇軾全集校注》詩集七（石家莊：
　　　　河北人民出版社，2010年6月），卷四三，頁5054。「檳榔生子竹生
　　　　孫」句，蘇軾自注：「海南勒竹每節生枝如竹竿大，蓋竹孫也。」
〔註31〕同註30，詩集七，卷四一，頁4866。

藷芋雜秔稑取飽。蘇軾有感黎蠻風俗之異，似乎尚處於原始狀態，慨
然有感，起了人飢己飢的憐憫之心，寫了〈和陶勸農六首〉：

　　　咨爾漢黎，均是一民。鄙夷不訓，夫豈其眞。怨憤劫質，

　　尋戈相因。欺謾莫訴，曲自我人。〔註32〕（〈其一〉）

海南島有漢、黎人，黎人是原住民，他們居住在山洞裏，在《瓊州志》
有記載：「五指山，在安定縣南。一云黎母山。黎人居山四房，內爲
生黎，外爲熟黎。」另外在《方輿志》亦記載：「生黎各有洞。貝布
爲衣，兩幅前後爲裙，掩不至膝。椎髮額前，男文臂腿，女文身面。」
〔註33〕當時儋州的人民以黎人爲多，且幾乎過著原始生活。

　　　天禍爾土，不麥不稷。民無用物，珍怪是直。播厥熏木，

　　腐餘是穡。貪夫汙吏，鷹摯狼食。〔註34〕（〈其二〉）

儋州是天禍爾土之地，不麥不稷，民無用物，而都是殖些珍貴奇異之
物。人民生活悲慘困苦。而貪汙官吏，予取予求的剝削。

　　　豈無良田，膴膴平陸。獸蹤交締，鳥喙諧穆。驚麋朝射，

　　猛豨夜逐。芋羹藷糜，以飽耆宿。〔註35〕（〈其三〉）

此地豈無良田，一片肥沃之地，處處可見野獸的足跡，鳥鳴的聲音悅
耳動聽。白天狩獵麋，夜晚獵野豬。藷芋煮的粥，讓老人可吃飽。

〔註32〕同註 30，詩集七，卷四一，頁 4867。洪芻《香譜》卷下紀載：「瓊
　　　管之地，黎母山奠之四部境域，皆枕麓，香多出此山，甲天下。」《太
　　　平廣記》券四一四亦紀載：「香洲在朱崖郡，洲中出諸異香。」本段
　　　取自《蘇軾全集校注》詩集七，卷四一，頁 4868。
〔註33〕引自（宋）蘇軾撰，張志烈等主編：《蘇軾全集校注》詩集七（石家
　　　莊：河北人民出版社，2010 年 6 月），卷四一，頁 4868。依據《瓊州
　　　志》記載：「瓊州沿海設治，黎歧居中，惟文昌地居海邊無黎。瓊山、
　　　安定、會同、澄邁則有熟黎，已同齊民。其餘各州縣之黎約有九種曰：
　　　黎歧、孝黎、黎鬃，此熟黎也：曰下腳黎，……霞黎，此生黎也。習
　　　俗大略相同，服飾居住各異，……熟黎語音多似廣西梧州等處，皆服
　　　王化，之法度者也。生黎則勇鷙獷悍，不當差，不納糧，亦罕出外，
　　　言語必藉熟黎議之乃曉。」取自鄭行順，王大新點校《瓊志鈎沉·瓊
　　　州志》（海口：海南出版社，2006 年 10 月），頁 12。
〔註34〕同註 30，詩集七，卷四一，頁 4869。
〔註35〕同註 30，詩集七，卷四一，頁 4869、4870。

聽我苦言，其福永久。利爾粗耜，好爾鄰偶。斬艾蓬藋，
南東其畝。父兄撝梃，以扶游手。〔註36〕（〈其四〉）

蘇軾為改善黎人生活，苦口婆心勸說聽我之言，其福會久遠。首要先
開墾荒蕪之地及利農具，父兄應鞭策閒蕩不務正業之徒，勤於農務之
上。

天不假易，亦不汝匱。春無遺勤，秋有厚冀。雲舉雨決，
婦姑畢至。我良孝愛，袒跣何媿。〔註37〕（〈其五〉）

逸諺戲侮，博弈頑鄙。投之生黎，俾勿冠履。霜降稻實，
千箱一軌。大作爾社，一醉醇美。〔註38〕（〈其六〉）

儋州多荒蕪之地，人民不懂、不勤於躬耕之事，因之，生活陷於貧困，
蘇軾感慨之，而規劃出如何教導及改善其生活。

蘇軾對儋州風俗文化的重視及改善，文獻有記載，如《儋州志·
選舉志》序云：「吾儋自蘇文忠公開化一時，……。人文之盛，貢選
之多，為海外所罕見。……。」〔註39〕又《瓊臺紀事錄》記載：「宋
蘇文忠公之謫居儋耳，講學明道，教化日興，瓊州人文之盛，實公啟
之後。公北歸郡人遂即公所嘗至之地建為書院，而名之曰東坡，示不
忘也。……。」〔註40〕

嶺南人的生活習俗，蘇轍於〈和子瞻次韻陶淵明勸農詩〉并引亦
言：「子瞻和陶淵明〈勸農〉詩六章，哀儋耳之不耕。予居海康，農
亦甚惰，其耕者多閩人也。然其民甘於魚鰍蟹蝦，故蔬果不毓。冬溫
不雪，衣被吉貝。故藝麻不績，生蠶而不織。羅紈布帛，仰於四方之
負販，工習於鄙樸，故用器不作。醫奪於巫鬼，故方術不治，予居之
半年，凡羈旅之所急，求皆不獲。故亦為此篇，以告其窮，庶或有勸

〔註36〕同註30，詩集七，卷四一，頁4870。
〔註37〕同註30，詩集七，卷四一，頁4871、4872。
〔註38〕同註30，詩集七，卷四一，頁4872。
〔註39〕（清）王雲清初稿 民國彭元藻、曾友文修：《儋縣志初集·選舉志》
（海口：海南出版社，2004年2月），頁971。
〔註40〕（清）戴肇辰：《瓊臺紀事錄·重建東坡書院並修洞酌亭記》（清咸
豐），頁3。

焉。」〔註41〕

　　蘇軾對儋州人民的生活飲食、習俗，其在〈聞子由瘦〉自注曰：
「儋耳至難得肉食。」其詩：

> 五日一見花豬肉，十日一遇黃雞粥。土人頓頓食諸芋，薦
> 以薰鼠燒蝙蝠。舊聞蜜唧嘗嘔吐，稍近蝦蟇緣習俗。十年
> 京國厭肥羜，日日爽花壓紅玉。從來此腹負將軍（蘇軾自注：
> 俗諺云：「大將軍食飽捫腹而歎曰：『我不復汝。』左右曰：『將軍
> 固不負此腹。此腹負將軍，未嘗出少智慮也。』」），今者固宜安
> 脫粟。人言天下無正味，蜣蜋未遽賢麋鹿。海康別駕復何
> 為，帽寬帶落驚童僕。相看會作兩臞仙，還鄉定可騎黃鵠。
> 〔註42〕

此詩將黎人習俗以平淡簡樸之語言盡。紀昀言：「太樸即近俚。」
〔註43〕確實。然此是蘇軾海南詩寫實、質樸的特色。蘇軾將見聞、
生活瑣碎之事入詩，是俗中見真之藝術表現。

　　在儋州翌年，對當地的風俗漸熟悉，於紹聖五年（1098）三月三
日上巳日作〈海南人不作寒食，而以上巳上冢，予攜一瓢酒，尋諸生，
皆出矣，獨老符秀才在，因與飲，至醉。符蓋儋人之安貧守靜者也〉
曰：

> 老鴉銜肉紙飛灰，萬里家山安在哉。蒼耳林中太白過，鹿
> 門山下德公回。管寧投老終歸去，王式當年本不來。記取
> 城南上巳日，木棉花落刺桐開。〔註44〕

此詩方回言：「首尾四首言景，中四句用事，又未若移易中間四句，

〔註41〕（宋）蘇轍：《欒城後集》（上海：上海古籍出版社，1987年3月），
　　　卷二，頁1194。
〔註42〕同註30，詩集七，卷四一，頁4874、4875。此詩蘇軾自注：「儋耳
　　　至難得肉食。」又自注「從來此腹負將軍」句：俗諺云：『大將軍食
　　　飽捫腹而歎曰：我不負汝。左右曰：將軍固不負此腹。此腹負將軍，
　　　未嘗出少智慮也。』
〔註43〕（清）紀昀：《紀評蘇詩》（道光十四年冬槧於兩廣節署，成都：四
　　　川大學出版社影印，2007年4月），卷四一，頁43。
〔註44〕同註30，詩集七，卷四二，頁4979。

兩用事兩言景爲佳也。」〔註45〕由詩題知海南人不作寒食節習俗,「老鴉銜肉紙飛灰,萬里家山安在哉」句,將清明掃墓的景象描摹入微,更見佳節倍思親之情懷。據《儋縣志》記載:「三月清明日,先期添墓土,除草萊,至期,男婦載酒餚上墓,張掛紙錢。」〔註46〕此「張掛紙錢」應是蘇軾詩之「老鴉銜肉紙飛灰」句描寫掃墓情景。

蘇軾對儋州純樸農村生活的描摹寫實,如〈和陶下潠田舍穫〉:

聚糞西垣下,鑿井東垣隈。勞辱何時休,宴安不可懷。天公豈相喜,雨霽與意諧。黃菘養土膏,老楮生樹雞。未忍便烹煮,繞觀日百回。跨海得遠信,冰盤鳴玉哀。茵蔯點膾縷,照坐如花開。一與蜑叟醉,蒼顏兩摧頹。齒根日浮動,自與梁肉乖。食菜豈不足,呼兒拆雞棲。〔註47〕

「聚糞西垣下,鑿井東垣隈」極寫實逼真的農村一隅,平淡、語俗,然卻是自然而不俗。整首詩,彷彿是一幅原始純樸,安樂自足的農村景象。

蘇軾對儋州樸實人民的描摹如〈和陶擬古九首〉其九:

黎山有幽子,形槁神獨完。負薪入城市,笑我儒衣冠。生不聞詩書,豈知有孔、顏。翛然獨往來,榮辱未易關。日暮鳥獸散,家在孤雲端。問答了不通,歎息指屢彈。似言君貴人,草莽栖龍鸞。遺我古貝布,海風今歲寒。〔註48〕

初到儋州遇見純樸幽子,雖然外表槁瘦,精神卻是充盈。長年居住在窮鄉僻壤之地,無讀過書詩,不知有孔子、顏淵。獨來獨往,生活在山林之中,視名利榮辱如雲煙。

元符二年(1099)春末蘇軾在儋州已二年,百姓的純真熱情復見於他的詩作中〈被酒獨行,遍至子雲、威、徽、先覺四黎之舍,三首〉

〔註45〕 (元)方回選評 李慶甲集評校點:《瀛奎律髓彙評》(上海:上海古籍出版社,2005年4月),卷十六,頁628。
〔註46〕 (清)韓祐重修《康熙儋州志》(海口:海南出版社,2004年10月),頁43。
〔註47〕 同註30,詩集七,卷四二,頁5004。
〔註48〕 同註30,詩集七,卷四一,頁4897。

其二：「總角黎家三四童，口吹葱葉送迎翁。莫作天涯萬里意，溪邊自有舞雩風。」其三：「符老風情奈老何，朱顏減盡鬢絲多。投梭每困東鄰女，換扇惟逢春夢婆。」〔註49〕此詩呈現百姓純樸、純眞、純善的本性。詩中之春夢婆，宋人趙令時《侯鯖錄》記載：「東坡老人在昌化，嘗負大瓢行歌於田間，有老婦年七十，謂坡云：『內翰昔富貴，一場春夢。』坡然之。里人呼此嫗爲春夢婆。坡被酒獨行，遍至子雲諸黎之舍，作詩云：『符老風情老奈何，朱顏減盡鬢絲多，投梭每困東鄰女，換扇唯逢春夢婆。』是日，老符秀才言換扇事。」〔註50〕

第二節　原始風物與人性的純眞

宋代儋州的民風自然風物，蘇軾於元符元年（1098）九月二十七日作〈書海南風土〉言：

> 嶺南天氣卑濕，氣候蒸溽，而海南爲甚。夏秋之交，物無不腐壞者。人非金石，其何能久。然儋耳頗有老人，年百餘歲者，往往而是，八九十者不論也。乃知壽夭無定，習而安之，則冰蠶火鼠，皆可以生。吾嘗湛然無思，寓此覺於物表，使折膠之寒，無所施其冽，流金之暑，無所措其毒，百餘歲豈足道哉，彼愚老人者，初不知此特如蠶鼠生於其中，兀然受之而已。一呼之溫，一吸之涼，相續無有間斷，雖長生可也。莊子曰：『天之穿之，日夜無隙，人則固塞且實。』豈不然哉。九月二十七日，秋霖雨不止，顧視帷帳，有白蟻升餘，皆已腐爛，感嘆不已。信手書，時戊寅歲也。〔註51〕

海南在宋代尚處於蠻荒之地，天氣悶熱，氣候蒸溽，然此地百餘歲老

〔註49〕（宋）蘇軾撰，張志烈等主編：《蘇軾全集校注》詩集七（石家莊：河北人民出版社，2010年6月），卷四二，頁5022、5023。

〔註50〕（宋）趙令時撰：《侯鯖錄》（《景印文淵閣四庫全書》，第1037冊，臺北：臺灣商務印書館，1985年6月），卷七，頁1037-407。趙令時：字德麟。

〔註51〕同註49，文集十，卷七一，頁8125。戊寅：即元符元年。

人，卻比比皆是。是以，蘇軾乃知壽夭無定，習而安之，則冰蠶火鼠，皆可以生。

　　此也是蘇軾對謫居生活環境的悟與覺，他貶謫三地，儋州的生活環境最惡劣窮困，並不摧辱其身，更讓他體悟人生哲理，釋懷一切，退一步海闊天空，悠遊於天地間，體悟原始樸質的良善氛圍，提升內心境界的超脫。

　　蘇軾給友人的尺牘中，言及當時海南之景象的，如〈與程秀才〉尺牘言：「此間食無肉，病無藥，居無室，出無友，冬無炭，夏無寒泉，然亦未易悉數，大率皆無耳。」〔註52〕又於〈和陶戴主簿〉言：「海南無冬夏，安知歲將窮。時時小搖落，榮悴俯仰中。上天信包荒，佳植無由豐。鉬耰代肅殺，有擇非霜風。手栽蘭與菊，侑我清宴終。擷芳眼已明，飲酒腹尚沖。草去土自隤，井深牆愈隆。勿笑一畝園，蟻垤齊衡嵩。」〔註53〕復如其〈與張逢〉尺牘亦提及：「海南風氣，與治下畧相似。至於食物人烟，蕭條之甚，去海康遠矣。」〔註54〕又「此島中孤寂，春色所不到也。」〔註55〕當時海南的原始、貧瘠，景象蕭條，都在此見證。

一、沉浸在自然原始風物中

　　蘇軾描寫儋州景色，自然、平淡、質樸、深厚，有濃鬱的地方色彩。他此時之詩，表現了詩人曠達恬淡的心境。

　　他在儋州所見之人、事、物，都與昔日所見不同，舉目所見，是原始風貌與敦厚、樸質、熱情的人民。他生活圈縮小，其大部分時間是在學術創作上。他也親自躬耕，融入黎民生活，逍遙自在，放下一切牽掛，遊樂在這片原始天地間，思考自我改造，吸收新的事物。因

〔註52〕同註49，文集八，卷五五，頁6068。
〔註53〕同註49，詩集七，卷四二，頁5008。
〔註54〕同註49，文集八，卷五八，頁6427。張逢，時以朝請郎為雷州守，為蘇軾門生。頁6424。
〔註55〕同註49，文集八，卷五八，頁6429。

此這時期的詩風平淡、自然、語言簡單，但意義深厚，是另一種藝術及審美情趣的追求。蘇軾以主體的審美觀照，去體悟發掘客體存在的微妙變化，進而融入其中。此時作品雖然是生活的，平易的，簡樸的，卻能躍然紙上，正如其言「心閒詩自放，筆老語翻新」一種行雲流水的意境。

　　紹聖四年（1097）九月於儋州作〈和陶赴假江陵夜行〉（蘇軾自注：郊行步月作）：

> 缺月不出門，長林踏青冥。犬吠主人怒，愧此閭里情。怪我夜不歸，茜袂窺柴荊。雲間與地上，待我兩友生。驚鵲再三起，樹端已微明。白露淨原野，始覺丘陵平。暗蛩方夜績，孤螢亦宵征。歸來閉戶坐，寸田且默耕。莫赴花月期，免爲詩酒縈。詩人如布穀，聒聒常自名。〔註56〕

消遙於夜景，沁入純樸自然的野趣中。描摹逼眞、寫實、語淡，此情景彷彿原始的生活狀態，「犬吠主人怒，愧此閭里情」夜不歸還偷窺探望，當然犬吠主人怒了。樹梢已露微明之光時，驚醒夢中的喜鵲，此時是秋天時節，原野布滿晶瑩剔透的露珠，一眼望去，始覺丘陵平。暗蛩方夜績，孤螢亦宵征，將秋天的夜景寫的熱鬧非凡。

　　紹聖四年（1097）秋初到儋州作〈和陶示周掾祖謝〉（蘇軾自注：游城東學舍作）：

> 聞有古學舍，竊懷淵明欣。攝衣造兩塾，窺戶無一人。邦風方杞夷，廟貌猶殷因。先生饌已缺，弟子散莫臻。忍飢坐談道，嗟我亦晚聞。永言百世祀，未補平生勤。今此復何國，豈與陳蔡鄰。永愧虞仲翔，弦歌蒼海濱。〔註57〕

〔註56〕同註49，詩集七，卷四一，頁4879。
〔註57〕同註49，詩集七，卷四一，頁4862。本詩，有學者解釋是蘇軾創辦之學舍。筆者認爲依詩內容及作詩時間，蘇軾初到儋州創學舍不可能。再者，有學者認爲在〈和陶田舍始春懷古二首〉并引：「儋人黎子雲兄弟，居城東南，躬農圃之勞。偶與軍使張中同訪之。居臨大池，水木幽茂。坐客欲爲醵錢作屋，予亦欣然同之。名其屋曰：『載酒堂』。」此「載酒堂」即是蘇軾日後講學之處，筆者依此之言。（《蘇

在宋代儋州也有古學舍，蘇軾聞知之後，赴古學舍參訪，然窺戶竟無
人。始知此地有原始風貌，好比杞夷之民族遺風。人民不視讀書為重
要之事，故窺戶無一人。而有「今此復何國，豈與陳蔡鄰。永愧虞仲
翔，弦歌蒼海濱」之感慨。所以，之後，蘇軾勤於儋州的文化教育。
依據《儋州志》記載，儋州人與蘇軾從學者有黎子雲、王肱、王宵、
浮林、浮確等人〔註58〕，其他地方者有瓊州之姜唐佐。另外，遠渡海
與蘇軾從學者，有廣東潮州的吳子野、王介石，廣東惠州的鄭靖叟、
福建泉州的許玨、浙江金華的潘衡、江蘇丹陽的葛延之等人。後世對
蘇軾於儋州的教育貢獻記載如《儋州志・選舉志》序云：「吾儒自蘇
文忠公開化一時，州中人士，王、杜則經術稱賢，應朝廷之徵聘。符、
趙則科名濟美，標瓊海之先聲。迄乎有元，荐辟卓著。明清之繼，多
士崛起，尚書薛遠、進士黃、王，登賢書者五十九人，列鄉元者三科
兩解。文人之盛，貢獻之多，為海外所罕覯。」〔註59〕

紹聖四年（1097）九月作〈和陶擬古九首〉：

馮洗古烈婦，翁媼國於茲。策勳梁武後，開府隋文時。三
世更險易，一心無磷緇。錦纏平積亂，犀渠破餘疑。廟貌
空復存，碑版漫無辭。我欲作銘誌，慰此父老恩。遺民不
可問，傯句莫予欺。爆牲菌雞卜，我當一訪之。銅鼓壺盧
笙，歌此送迎詩。〔註60〕（〈其五〉）

軾全集校注》詩集七），卷四一，頁 4934。

〔註58〕（明）曾邦泰等纂修 洪壽祥主編《康熙儋州志》（海口：海南出版
社，2003 年 1 月），頁 165、166。

〔註59〕（清）王雲清初稿《儋縣志初集》（民國）彭元藻 曾友文修 王國憲
總纂《民國儋縣志》（海口：海南出版社，2004 年 2 月），頁 971。

〔註60〕同註49，詩集七，卷四一，頁 4889、4890。於《北史・烈女傳》記
載：「譙國夫人洗氏，世為南越首領。在父母家撫循部眾，能壓服諸
越。海南、儋耳歸附者千餘洞。梁大同中，高涼太守馮寶聘以為妻。
高州刺史李遷仕反，夫人發兵擊之，大捷。及寶卒，嶺表大亂，夫
人懷集百越，數州晏然。陳永定二年，廣州刺史歐陽紇反，夫人發
兵拒境。詔使持節冊夫人為高涼郡太夫人，一如刺史之儀。陳亡，
隋文帝安撫嶺外。晉王廣遣陳主遺書，諭以歸化，以犀杖兵符為信。
夫人驗知，盡日慟哭。冊夫人為宋康郡夫人。王伯宣反，夫人進兵

此詩蘇軾歌頌馮冼的壯烈，馮冼是海南黎族古代的巾幗英雄及首領。
蘇軾以古史言海南文物，以烈女馮冼在海南立功戰績，言其事三代
主，不因環境而有變節，仍忠貞不貳、秉持忠孝節操。睹馮冼之祠堂，
年代久遠，「廟貌空復存，碑版漫無辭」，慨然有「我欲作銘誌，慰此
父老恩」之心。詩中之「爆牲菌雞卜，我當一訪之。銅鼓壺盧笙，歌
此送迎詩」句，皆言海南風俗習慣風土之事跡。載第元言：「此東坡
在儋耳和陶之什。題雖云擬古，皆言嶺南風土，謫居實事，與從前多
作寓言者不同。而性情溫厚，氣味沖淡，則固與陶爲一。必如此，方
可學陶。」〔註61〕

> 城南有荒池，瑣細誰復採。幽姿小芙蕖，香色獨未改。欲
> 爲中州信，浩蕩絕雲海。遙知玉井蓮，落蕊不相待。攀躋
> 及少壯，已失那容悔。〔註62〕（〈其八〉）

儋州地理環境之故，無江南山水之秀麗美景，是以，蘇軾在桄榔菴見
到小清池上的荷花，憶起「遙知玉井蓮，落蕊不相待」的思鄉情緒了。
「幽姿小芙蕖，香色獨未改。欲爲中州信，浩蕩絕雲海。」似乎比喻
自己雖處於蠻荒之地，但爲國爲民情操不變。

　　元符二年（1099）正月五日作〈和陶游斜川〉自注：「正月五日，
與兒子過出游作。」其詩言：

> 謫居澹無事，何異老且休。雖過靖節年，未失斜川游。春
> 江淥未波，人臥船自流。我本無所適，泛泛隨鳴鷗。中流
> 過洑洄，捨舟步層丘。有口可與飲，何必逢我儔。過子詩
> 似翁，我唱而輒酬。未知陶彭澤，頗有此樂不。問點爾何
> 如，不與聖同憂。問翁何所笑，不爲由與求。〔註63〕

至海南，親被甲，乘介馬，張錦傘，領毅騎，衛詔使裴矩巡撫諸州，
嶺南悉定，封譙國夫人。賜物各藏於一庫，每歲時大會，皆陳於庭，
以示子孫，曰：『我事三代主，惟用一好心。今賜物具存，此忠孝之
報。』」（取自蘇軾全集校注）

〔註61〕載第元：《唐宋詩本》（《大庚戴笈圖輯》，覽珠堂，本衙藏版，（大庚
　　　　戴元笈圖纂輯），1915年），卷一，頁10。
〔註62〕同註49，詩集七，卷四一，頁4896。
〔註63〕同註49，詩集七，卷四二，頁5011。

蘇軾於此詩說出謫居的心聲了「謫居澹無事，何異老且休」。閑適、放縱的躺臥舟中任其隨波逐流漂浮，「我本無所適，泛泛隨鳴鷗」多麼逍遙自在。到了水洄流處，就靠岸遊小山丘，遠離人群，與兒子過唱和獨享感受此時的人生天倫之樂。

溫能汝言：

樊潛菴曰：「有此令嗣，雖萬裏投荒，終強人意。『未知陶彭澤，頗有此樂不』真喜極之語，不覺信手拈出，非有意問淵明也。」愚按：……起語著一澹字，便覺高遠，氣味逼真淵明。以遷謫之況，而得澹然無事，可謂樂天知命，隨遇而安。東坡之胸次，過人遠矣。〔註64〕

筆者認為此方為蘇軾曠達、自適、真率的性情。不畏惡劣時勢的逼迫、干擾，仍然過逍遙自樂的生活，此為其超脫、超越的人格思想所致。

二、與人民的互動，情篤意厚

蘇軾處於蠻荒海角一隅，對既原始又自然純樸的新環境，新事物，他的心靈由寂寞、空虛、無奈，到自適，隨性，這中間的轉折，是思想再自我的調適，此與其豪放、曠達、諧趣幽默的個性有關。

蘇軾與當地人民的交往情篤意厚，此由他的詩作可見端倪，如紹聖四年（1097）十一月，作〈和陶田舍始春懷古二首〉并引言：

儋人黎子雲兄弟，居城東南，躬農圃之勞。偶與軍使張中同訪之。居臨大池，水木幽茂。坐客欲為醵錢作屋，予亦欣然同之。名其屋曰載酒堂。

其詩曰：

退居有成言，垂老竟未踐。何曾淵明歸，屢作敬通免。休閒等一味，妄想生愧靦（蘇軾自注：淵明本用緬字，今聊取其同音字）。聊將自知明，稍積在家善。城東兩黎子，室邇人自遠。呼我釣其池，人魚兩忘反。使君亦命駕，恨子林塘

〔註64〕（清）溫能汝：《和陶合箋》，（臺北：新文豐出版社，1980年6月），卷一，頁24。

淺。〔註65〕（〈其一〉）

茅茨破不補，嗟子乃爾貧。菜肥人愈瘦，竈閑井常勤。我欲
致薄少，解衣勸坐人。臨池作虛堂，雨急瓦聲新。客來有美
載，果熟多幽欣。丹荔破玉膚，黃柑溢芳津。借我三畝地，
結茅爲子鄰。鴂舌倘可學，化爲黎母民。〔註66〕（〈其二〉）

他與黎人之交情篤厚溢於詩中，尤其與黎氏兄弟之情誼。「臨池作虛
堂」即載酒堂，是蘇軾在儋州傳播文化之場所。蘇軾黎族語言不通，
然他有「鴂舌倘可學，化爲黎母民」之心意，顯現與人民之情眞摯。

紹聖五年（1098）五月作〈遷居之夕聞鄰舍兒誦書，欣然而作〉：

幽居亂蛙黽，生理半人禽。鬠然已可喜，況聞絃誦音。兒
聲自圓美，誰家兩青衿。且欣集齊咻，未敢笑越吟。九齡
起韶石，姜子家日南。吾道無南北，安知不生今。海闊尚
挂斗，天高欲橫參。荊榛短牆缺，燈火破屋深。引書與相
和，置酒仍獨酌。可以侑我醉，琅然如玉琴。〔註67〕

此詩是蘇軾爲要改善儋州黎人原始落後的文化水準，感人情景。先寫
出黎人「幽居亂蛙黽，生理半人禽」的狀態。他以「九齡起韶石，薑
子家日南」爲例，認爲推展文化教育，儋州必定會出人才，「吾道無
南北，安知不生今。」對傳遞儋州文化的殷切期待。聽到鄰舍兒童誦
讀之音，遂取書誦讀，與之相應和，如此即可忘情的邊獨酌小飲，邊
陶醉於兒聲圓美清朗之中。汪師韓認爲：「居荒陋之地，聞誦讀而欣
然，乃是恆情所同。『海闊』數句，獨爲寫出一時情景，此則其欣然
之實。蓋欣然本非別有深意，似爾立言，斯爲恰好。」〔註68〕

元符元年（1098）八月作〈和陶西田穫早稻〉：

蓬頭三獠奴，誰謂愿且端。晨興灑掃罷，飽食不自安。

<hr>

〔註65〕（宋）蘇軾撰，張志烈等主編：《蘇軾全集校注》詩集七（石家莊：
　　　　河北人民出版社，2010年6月），卷四一，頁4934、4935。
〔註66〕同註65，詩集七，卷四二，頁4936。
〔註67〕同註65，詩集七，卷四二，頁4994。
〔註68〕汪師韓：《蘇詩選評箋釋》收錄於《叢睦汪氏遺書》（臺北：中央研
　　　　究院傅斯年圖書館），卷六，頁18。

　　　　願治此圃畦，少資主游觀。畫功不自覺，夜氣乃潛還。

　　　　〔註69〕……。

道盡獠奴從早到晚辛勤的工作及恭謹的體貼無限。

　　元符二年（1099）春末作〈被酒獨行，遍至子雲、威、徽、先覺之舍，三首〉〔註70〕：

　　　　半醒半醉問諸黎，竹刺藤梢步步迷。

　　　　但尋牛矢覓歸路，家在牛欄西復西。（〈其一〉）

　　　　總角黎家三四童，口吹葱葉送迎翁。

　　　　莫作天涯萬里意，溪邊自有舞雩風。（〈其二〉）

　　　　符老風情奈老何，朱顏減盡鬢絲多。

　　　　投梭每因東鄰女，換扇惟逢春夢婆（蘇軾自注：是日復見符
　　　　林秀才，言換傘之事。）。（〈其三〉）

「牛矢」雖俗，然與「竹刺藤梢步步迷」的結合，卻是有濃郁的海南
海洋之風情。「總角黎家三四童，口吹葱葉送迎翁」淳樸的民風，純
眞的人情，二句口語化，簡而意賅的道盡情誼。

　　元符二年（1099）十一月八日，作〈用過韻，冬至與諸生飲酒〉
蘇軾自注：「符、吳皆坐客，其餘皆即事實錄也」，其詩曰：

　　　　小酒生黎法，乾糟瓦盎中。芳辛知有毒，滴瀝取無窮。凍
　　　　醴寒初泫，春醅暖更憹。華夷兩樽合，醉笑一歡同。里閈
　　　　岌北山，田園震澤東。歸期那敢說，安訊不曾通。鶴鬢驚
　　　　全白，犀圍尚半紅。愁顏解符老，壽耳鬬吳翁。得穀鵝初
　　　　飽，亡貓鼠益豐。黃薑收土芋，蒼耳斫霜叢。兒瘦緣儲藥，
　　　　奴肥爲種菘。頻頻非竊食，數數尚乘風。河伯方夸若，靈
　　　　娲自舞馮。歸途陷泥淖，炬火燎茅蓬。膝上王文度。家傳
　　　　張長公。和詩仍醉墨，戲海亂羣鴻。〔註71〕

〔註69〕（宋）蘇軾撰，張志烈等主編：《蘇軾全集校注》詩集七（石家莊：
　　　　河北人民出版社，2010年6月），卷四二，頁5001。獠奴：此指作
　　　　爲家奴的南方少數民族。

〔註70〕同註69，詩集七，卷四二，頁5021、5022、5023。

〔註71〕（宋）蘇軾撰，張志烈等主編：《蘇軾全集校注》詩集七（石家莊：
　　　　河北人民出版社，2010年6月），卷四二，頁5029、5030。詩中之

蘇軾喜小酌，在黃州、惠州時皆曾自釀酒，且取各地之釀酒法，親自釀製，儋州則以生黎法釀製酒。「華夷兩樽合，醉笑一歡同」是多至與漢、黎齊聚過節，感慨良多，適逢佳節，思鄉情緒又湧懷。

元符二年十二月作〈縱筆三首〉：

> 父老爭看烏角巾，應緣曾現宰官身。
> 溪邊古路三叉口，獨立斜陽數過人。〔註72〕（〈其二〉）
> 北船不到米如珠，醉飽蕭條半月無。
> 明日東家當祭竈，隻雞斗酒定膰吾。〔註73〕（〈其三〉）

蘇軾謫居期間的生活皆非常窮困，儋州時期為甚，寂寞又孤獨，此於詩中見知，然父老對他的熱情與愛戴亦於詩中現出。紀昀言：「其二，含情不盡。其三，真的好。」〔註74〕

元符三年（1100）正月作〈五色雀〉并引：「海南有五色雀，常以兩絳者為長，進止必隨焉。俗謂之鳳凰云。久旱而見輒雨，潦則反是。吾卜居儋耳城南，嘗一至庭下。今日又見之進士黎子雲及其弟威家。既去，吾舉酒祝曰：『若為吾來者，當再集也。』已而果然，乃為賦詩。」〔註75〕其詩曰：

> 粲粲五色羽，炎方鳳之徒。青黃縞玄服，翼衛兩綏朱。仁
> 心知閔農，常告雨霽符。我窮惟四壁，破屋無瞻烏。惠來
> 此粲者，來集竹與梧。錦鳴如玉珮，意欲相嬉娛。寂寞兩
> 黎生，食菜真臞儒。小園散春物，野桃陳雪膚。舉杯得一
> 笑，見此紅鸞雛。高情如飛仙，未易握粟呼。胡為去復來，

「符老、吳翁」即符秀才及吳子野。查注謂「即吳子野，時訪先生於海外。」另，生黎法：即生黎特殊釀酒法。於《太平寰宇記》卷一六九《儋州》：「生黎釀酒，不用麴藥。有木曰嚴樹，取其皮葉，搗後，清水浸之，釀粳和之，數日成酒，香甚，能醉人。又有石榴，亦取花葉，和醞釀之，數日成酒。」

〔註72〕同註71，詩集七，卷四二，頁5041。

〔註73〕同註71，詩集七，卷四二，頁5041。

〔註74〕（清）紀昀：《紀評蘇詩》（道光十四年冬栞於雨廣節署，成都：四川大學出版社，2007年4月），卷四二，81、82。

〔註75〕同註71，詩集七，卷四三，頁5062。

眷眷豈屬吾。回翔天壤間，何必懷此都。〔註76〕

海南有五色雀，蘇軾以五色雀比喻黎子雲、黎威兄弟優秀之意，另，視五色雀為吉祥之物，見之有好運兆，以為歸兆。

蘇軾與儋州人之交情，在《東坡志林》有記載：

> 己卯上元，予在儋州，有老書生數人來過，曰：「良月佳夜，先生能一出乎」予欣然從之。步城西，入僧舍，歷小巷，民夷雜糅。屠酤紛然，歸舍已三鼓矣。舍中掩關熟寢，已再鼾矣。放杖而笑，孰為得失。問先生何笑，蓋自笑也。然亦笑韓退之釣魚無得，更欲遠去，不知釣者，未必得大魚也。〔註77〕

由此記遊知他隨性、真率的性情。他與百姓的交往甚密，以真情相待。

另外〈歸去來集字十首〉并引：「予喜讀淵明〈歸去來辭〉，因集其字為十詩，今兒曹誦之，號〈歸去來集字〉云。」〔註78〕

> 命駕欲何向，欣欣春木榮。世人無往復，鄉老有將迎。雲內流泉遠，風前飛鳥輕。相攜就衡宇，酌酒話交情。〔註79〕
> （〈其一〉）

謫居儋州「世人無往復，鄉老有將迎」父老鄉親熱情送往迎來，隨即「相攜就衡宇，酌酒話交情」的把酒話交情了。

> 富貴良非願，鄉關歸去休。攜琴已尋壑，載酒復經丘。翳翳景將入，涓涓泉欲流。老農人不樂，我獨與之游。〔註80〕
> （〈其六〉）

與海南農家的交情是無貴賤的，同去尋幽喝酒高歌，視此情為知己之交了。

元符三年（1100）五月，當時蘇軾被命瓊州別駕、廉州安置。在

〔註76〕　同註71，詩集七，卷四三，頁 5062、5063。

〔註77〕　（宋）蘇軾撰：《東坡志林》（《景印文淵閣四庫全書》第 863 冊，臺北：臺灣商務印書館），卷八，頁 863-75。

〔註78〕　（宋）蘇軾撰，張志烈等主編：《蘇軾全集校注》詩集七（石家莊：河北人民出版社，2010 年 6 月），卷四三，頁 5099。

〔註79〕　同註78，詩集七，卷四三，頁 5099。

〔註80〕　同註78，詩集七，卷四三，頁 5105。

離別儋州前作〈別海南黎民表〉：

> 我本海南民，寄生西蜀州。忽然跨海去，譬如事遠游。平
> 生生死夢，三者無劣優。知君不再見，欲去且少留。〔註81〕

「我本海南民，寄生西蜀州。忽然跨海去，譬如事遠游」多麼讓人感懷動情，蘇軾視民爲好友知己，在儋州期間已融入適應當地生活及習俗。當儋州好友黎子雲等含淚相送時，蘇軾在激動的感情之下言「知君不再見，欲去且少留」的至誠、深情、感傷之語。要離開時的悵然、離情依依，與初至時，嘗自書云：「吾始至南海，環視天水無際，悽然傷之，曰：『何時得出此島耶』已而思之，天地在積水中，九州在大瀛海中，中國在少海中，有生孰不在島者。」之心情迥然不同了。

蘇軾在儋州時，與當地官員及友人之交往情誼甚篤。儋守張中與他之交情匪淺，情眞令人感動。如紹聖五年（1098）正月十五日夜作〈上元夜過赴儋守召，獨坐有感〉及〈觀棋〉之并引：「……。兒子過乃粗能者，儋守張中從之戲，予亦隅坐，竟日不以爲厭也。」看出其與張中之交情。

蘇軾在儋州受張中幫助，張中因役兵修倫江驛給蘇軾居住，遭察訪董必彈劾，貶雷州監司。張中對蘇軾的情義深重，蘇軾爲了感恩，作了三首詩送他。其於元符二年（1099）三月作〈和陶與殷晉安別〉送昌化軍使張中：

> 孤生知永棄，末路嗟長勤。久安儋耳陋，日與雕題親。海
> 國此奇士，官居我東鄰。卯酒無虛日，夜棋有達晨。小甕
> 多自釀，一瓢時見分。仍將對牀夢，伴我五更春。暫聚水
> 上萍，忽散風中雲。恐無再見日，笑談來生因。空吟清詩
> 送，不救歸裝貧。〔註82〕

蘇軾孤獨生活，窮途末路非常辛苦。已習慣儋耳蠻荒之地，每天與黎

〔註81〕同註78，詩集七，卷四三，頁5119。

〔註82〕同註78，詩集七，卷四二，頁5018。張中：宋開封人，舉進士。曾任明州象山縣尉。約於紹聖四年（1097）八月知昌化軍，元符二年（1099）三月因役兵休倫江驛與蘇軾居，爲察訪董必彈劾，貶雷州監司。

人相處的生活。「仍將對牀夢，伴我五更春」兩人常對牀而臥，相聚談心。然世事多變，彷彿「暫聚水上萍，忽散風中雲。」張中對蘇軾之情，被政敵得知，貶張中至雷州，蘇軾難過「恐無再見日，笑談來生因。空吟清詩送，不救歸裝貧」了。溫汝能：「末數語別意拳拳，讀之真令人惻然淚下。」〔註83〕他們的交情義重，感人肺腑。

又於是年十一月作〈和陶王撫軍座送客〉再送張中：

> 胸中有佳處，海瘴不能腓。三年無所愧，十口今同歸。汝
> 去莫相憐，我生本無依。相從大塊中，幾合幾分違。莫作
> 往來相，而生愛見悲。悠悠含山日，炯炯留清輝。懸知冬
> 夜長，不恨晨光遲。夢中與汝別，作詩記忘遺。〔註84〕

詩充滿悽然，充滿憐惜，充滿不捨。與知心之友的道別，心中是苦、是無奈，彼此相知相惜，奈何為了幫助自己而受政治迫害，此情此義，永銘於心衷。

又於是年十二月作〈和陶答龐將軍〉三送張中：

> 留燈坐達曉，要與影晤言。下帷對古人，何暇復窺園。使
> 君本學武，少誦《十三篇》。頗能口擊賊，戈戟亦森然。才
> 智誰不如，功名歎無緣。獨來向我說，憤懣當奚宣。一見
> 勝百聞，往鏖皋蘭山。白衣挾三矢，趁此征遼年。〔註85〕

據元符二年三月因役兵修倫江驛給蘇軾居，為察訪董必彈劾，貶雷州監司，距此詩時間約九個月。所以蘇軾僅能「留燈坐達曉，要與影晤言」的思念與感慨。言及張中的才智並非不如人，然只是功名不遂，而此一切，因政治之迫害。

清人溫汝能《和陶合箋》對此三詩評語：

> 樊潛庵言：「軍使罷官，公亦放逐。三詩於憤懣中，忽作曠
> 達語。張中蓋亦武人之不俗者乎。宜其於公之去，為建祠

〔註83〕（清）溫汝能：《和陶合箋》（臺北：新文豐出版，1980年2月），卷二，頁29。

〔註84〕（宋）蘇軾撰，張志烈等主編：《蘇軾全集校注》詩集七（石家莊：河北人民出版社，2010年6月），卷四二，頁5034。

〔註85〕同註84，詩集七，卷四二，頁5037。

勒碑，拳拳勿置也。」愚按：東坡初至儋耳，軍使張中請
館於行衙，又別飾官舍爲安居計。元符二年己卯，朝廷命
湖南提舉常平董必者察訪廣西至雷州，遣人過海逐出之。
中坐與先生善，亦被黜，後處死雷州，監司悉鐫秩。查初
白謂張中平生不詳，特以先生故罷官，甚至斥死，其人可
知矣。宜送行詩至再至三，惓惓不釋也。〔註86〕

其言蘇軾與張中之交情，情義重、情誼深。

　　蘇軾在儋州翌年，紹聖五年（1098）三月，惠州友人吳子野渡海
到儋州見蘇軾，其作〈去歲，與子野游逍遙堂，日欲沒，因並西山叩
羅浮道院，至己二鼓矣，遂宿於西堂，今歲索居儋耳，子野復來相見，
作詩贈之〉：

　　　　往歲追歡地，寒窗夢不成。笑談驚半夜，風雨暗長檠。雞
　　　　唱山椒曉，鐘鳴霜外聲。祇今那復見，彷彿似三生。〔註87〕

與子野的交往，追憶起昔日於惠州遊逍遙堂之往事。與吳子野，友情
濃厚，可見之。蘇軾於元符二年（1099）十一月八日作〈用過韻，冬
至與諸生飲酒〉其自注：符、吳皆坐客〔註88〕。符即符林秀才，吳即
吳子野。

　　蘇軾〈與周文之四首〉尺牘之四：「鄭君知其俊敏篤學，……。
承許遠訪，何幸如之。海州獨窮，見人即喜，況君佳士乎。……。」
〔註89〕據王文誥謂鄭君即指鄭清叟。鄭清叟自惠州渡海至海南見蘇

〔註86〕　（清）溫汝能：《和陶合箋》（掃葉山房石印，民國四年石印，1915年）
　　　　卷二，頁 8。此《和陶合箋》又云：據馮註引續通鑑長編，熙寧三年
　　　　四月，以新進士張中爲初等職官注中開封人又元豐二年十一月明州象
　　　　山縣尉張中，嘗以詩遺高麗貢使詔中衝替，三年四月庚子，張中捄高
　　　　麗人船有勞落衝替，餘無可考，至遺詩高麗事，並見事實類苑雲並附
　　　　錄於此。又按三詩作於元符己卯冬月，因其出一時送行之什移編次第
　　　　於此，以便觀覽，故與前後按陶詩目錄編次之例稍微變易。
〔註87〕　同註84，詩集七，卷四二，頁 4983。
〔註88〕　依蘇軾寫吳子野詩文推算，吳子野蓋三次渡海見蘇軾，第三次見王
　　　　文誥《蘇詩總案》卷四三：「元符三年五月，吳復古在渡海，報公內
　　　　遷。」即見蘇軾詩〈次韻子由贈吳子野先生二絕〉。
〔註89〕　（宋）蘇軾撰，張志烈等主編：《蘇軾全集校注》文集八（石家莊：

軾，所以於元符二年（1099）作〈贈鄭清叟秀才〉：

風濤戰扶胥，海賊橫泥子。胡為犯二怖，博此一笑喜。問
君奚所欲，欲談仁義耳。我才不逮人，所有聊足矣。安能
相付與，過聽君誤矣。霜風掃瘴毒，冬日稍清美。年來萬
事足，所欠惟一死。澹然兩無求，滑淨空棐几。〔註90〕

鄭清叟不畏懼風濤與海賊之險，到海南會見蘇軾，請教仁義之理。蘇
軾則謙卑言「我才不逮人，所有聊足矣。安能相付與，過聽君誤矣。」
而「年來萬事足，所欠惟一死」句，歷代論之心態者不少。如釋惠洪
在〈少游魯直被謫作詩〉中言：「……東坡南中詩曰『平生萬事足，所
欠惟一死』則英特邁往之氣不受夢幻折困，可畏而仰哉。」〔註91〕趙
翼：「……。『年來萬事足，所欠惟一死』。七古如當其下筆風雨快筆所
未到氣已，……。此皆坡詩中最上乘。讀者可見其才分之高，不在功
力之苦也。」〔註92〕紀昀言：「年來二句，宋人詩話亦議之。然東坡特
自言萬念皆空，故不立語言文字之意，非有所怨尤。論者為看上下文
義耳。」〔註93〕筆者亦認為，不能僅以字，議其意，此時蘇軾的心境
可以說是超脫之境，人誰無死，誰怕！一切澹然兩無求，惟滑淨空棐
几罷了！

蘇軾與瓊州秀才姜唐佐交往情亦深，元符三年（1100）三月二十
一日作〈書柳子厚詩後〉言：

元符己卯閏九月，瓊士姜君來儋耳，日與予相從，至庚辰
三月乃歸。無以贈行，書柳子厚〈飲酒〉、〈讀書〉二詩以
見別意。子歸，吾無以遺，獨此二事，日相與往還耳。二

河北人民出版社，2010 年 6 月），卷五八，頁 6414。

〔註90〕 同註89，詩集七，卷四二，頁 5026、5027。

〔註91〕（宋）釋惠洪：《冷齋夜話》（《景印文淵閣四庫全書》第 863 冊，臺
北：臺灣商務印書館，1985 年 3 月），卷三，頁 863-251。

〔註92〕（清）趙翼：《甌北詩話》（臺北：廣文書局印行，1971 年 9 月）卷
五，頁 1、2。

〔註93〕（清）紀昀：《紀評蘇詩》（道光十四年冬槧於兩廣節署，成都：四
川大學出版社影印，2007 年 4 月），卷四四，頁 113。

十一日書。〔註94〕

之後姜唐佐果眞成就。此依據蘇轍〈補子瞻贈姜唐佐秀才〉詩序言：

> 子兄子瞻謫居儋耳，瓊州進士姜唐佐往從之遊，氣和而言
> 道，有中州士人之風。子瞻愛之，贈之詩曰：『滄海何曾斷
> 地脈，白袍端合破天荒』且告知曰：『子異日登科，當爲子
> 成此篇』君游廣州州學，有名學中，崇寧二年正月，隨計
> 過汝南，以此句相示。時子瞻之喪再逾歲矣，覽之流涕。
> 念君要能自立，而莫與終此詩者，乃爲足之。〔註95〕

其詩云：

> 生長茅間有異芳，風流稷下古諸姜，適從瓊管魚龍窟，秀
> 出羊城翰墨場，滄海何曾斷地脈，白袍端合破天荒。錦衣
> 他日千人看，始信東坡眼目長。〔註96〕

另外，蘇軾與姜唐佐尙有尺牘往來，見〈與姜唐佐秀才六首〉：

> 某啓。特辱遠貺，意甚勤重。衰朽廢放，何以獲此，悚荷
> 不已，經宿起居佳勝。長箋詞義兼美，窮陋增光，病臥，
> 不能裁答，聊奉手啓。〔註97〕（〈其一〉）

> 某啓，昨日辱夜話，甚慰孤寂。示字，承起居安勝，奇葬
> 佳惠，感服至意，當同啜也。適睡，不即答，悚息，某頓
> 首。〔註98〕（〈其二〉）

> 今日雨霽，尤可喜，食已，當取天慶觀乳泉潑建茶之精者，
> 念非君莫與共之，然早來市中無肉，當共啖菜飯耳，不嫌，
> 可只今相過，某啓上。〔註99〕（〈其三〉）

〔註94〕同註89，文集十，卷六七，頁7585。姜唐佐，字君弼，瓊州士人，
　　　　蘇軾謫儋後，自瓊至儋，日從之遊，及翌年三月始辭歸。蘇軾甚愛
　　　　重之。

〔註95〕（宋）蘇轍：《欒城後集》卷二（上海：上海古籍出版社，1987年3
　　　　月），頁1148。

〔註96〕同註95，頁1149。

〔註97〕（宋）蘇軾撰，張志烈等主編：《蘇軾全集校注》文集八（石家莊：
　　　　河北人民出版社，2010年6月），卷五七，頁6357。

〔註98〕同註97，文集八，卷五七，頁6358。

〔註99〕同註97，文集八，卷五七，頁6358。

適寫此簡，得來示，知巡檢有會，更不敢邀請，會若散早，可來啜茗否，酒、麵等承佳惠，感愧，感愧，來早飯必如諾，十月十五日白。〔註100〕（〈其四〉）

某啓，別來數辱問訊，感怍至意。毒暑，具喜起居佳勝，堂上嘉慶，甚慰所望也。知非久適五羊，益廣學問以卒遠業，區區之禱，此外，萬萬自重，不宣。〔註101〕（〈其五〉）

某已得合浦文字，見治裝，不過六月初離此，只從石排或澄邁渡海，無緣更到瓊會見也，此懷甚惘惘，因見貳車，略道下懇，有一書到兒子邁處，從者往五羊時，幸爲帶去，轉託何崇道附達，爲幸。兒子治裝冗甚，不及奉啓，所借《烟蘿子》兩卷、《吳志》四冊、《會要》兩冊，並馳納。〔註102〕（〈其六〉）

由書信得知，蘇軾與姜唐佐之交往，蘇軾報知居安佳勝，並向姜借書籍，姜唐佐也送酒麵茶等食物，日常生活起居的相互關懷。

蘇軾在儋州時，友人不畏政治迫害、不畏凶險渡海請教、周濟，此挖心之交情，世間罕見。所以，其最後要離開儋州時，心情是惆悵的。元符三年（1100）五月，蘇軾被命爲瓊州別駕，廉州安置。於量移廉州前作〈儋耳〉：

〔註100〕 同註97，文集八，卷五七，頁6359。此所謂巡檢，於《宋史・職官志七》記載：「掌訓治甲兵，巡邏州邑，擒捕盜賊事……。若海南瓊管及歸、峽、荊門等處跨連數郡，控制溪峒，又置水陸都巡檢使或州都巡檢使，以增重之。」

〔註101〕 同註97，文集八，卷五七，頁6360。此所謂五羊：指廣州。

〔註102〕 同註97，文集八，卷五七，頁6360、6361。何崇道：此爲儋州天慶觀道士。據蘇軾詩文及《宋史・眞宗本紀》等文獻得知儋州、眉州、廣州皆有天慶觀。見蘇軾〈天慶觀乳泉賦〉云：「……吾謫居儋耳，卜築城南，鄰於司命之宮。百井皆鹹，而醴醴湩乳，獨發於宮中，給吾飲食酒茗之用，蓋沛然而無窮。吾嘗中夜而起，挈瓶而東。有落月之相隨，無一人而我同。汲者未動，夜氣方歸。鏘瓊佩之落谷。瀲玉池之生肥。吾三嗽而逌返，懼守神之訶譏，卻五味以謝六塵，悟一眞而失百非，信飛仙之有藥。中無主而何依，渺松、喬之安在，猶想像於庶幾。」（《蘇軾全集校注》文集一），頁74、75。文中之「司命之宮」即天慶觀。

霹靂收威暮雨開，獨憑闌檻倚崔嵬。垂天雌霓雲端下，快
意雄風海上來。野老已歌豐歲語，除書欲放逐臣回。殘年
飽飯東坡老，一壑能專萬事灰。〔註103〕

當「殘年飽飯東坡老，一壑能專萬事灰」之時，詔令「除書欲放逐臣
回」猶如「霹靂收威暮雨開」接著是「快意雄風海上來」、「野老已歌
豐歲語」的歡樂景象，此詩將在儋州時的心境，以及詔令量移廉州的
心情表露無疑。

到了元符三年（1100）六月，蘇軾離開儋州赴廉州作〈澄邁驛通
潮閣二首〉〔註104〕：

倦客愁聞歸路遙，眼明飛閣俯長橋。
貪看白鷺橫秋浦，不覺青林沒晚潮。（〈其一〉）

餘生欲老海南村，帝遣巫陽招我魂。
杳杳天低鶻沒處，青山一髮是中原。（〈其二〉）

蘇軾於紹聖四年（1097）七月二日到達儋州，至元符三年（1100）離
開海南。海南謫居時間三年，要離開時，離情依依，有「倦客愁聞歸
路遙，眼明飛閣俯長橋」之愁思。本有「餘生欲老海南村」可是奈何
「帝遣巫陽招我魂」的惆悵不已。

別離時，他的心情複雜，他於〈六月二十日夜渡海〉言：

參橫斗轉欲三更，苦雨終風也解晴。雲散月明誰點綴，天
容海色本澄清。空餘魯叟乘桴意，粗識軒轅奏樂聲。九死
南荒吾不恨，茲游奇絕冠平生。〔註105〕

謫居的日子終於結束，苦雨終風也解晴了。「雲散月明誰點綴，天容
海色本澄清」蘇軾言自己本是清白，政敵之誣陷如蔽月之浮雲，終於
消散。「空餘魯叟乘桴意，粗識軒轅奏樂聲」由渡海時之波濤洶湧之
聲，聯想到黃帝所奏之樂，以及粗識老莊忘得失之哲理。而有「九死
南荒吾不恨，茲游奇絕冠平生」的曠達超然心胸。

〔註103〕（宋）蘇軾撰，張志烈等主編：《蘇軾全集校注》詩集七（石家莊：
　　　　河北人民出版社，2010年6月），卷四三，頁5121。
〔註104〕同註103，詩集七，卷四三，頁5125、5126。
〔註105〕同註103，詩集七，卷四三，頁5130。

第三節　美質的內蘊——樸實、自然、超脫

劉熙載《藝概》言：「無一意一事不可入詩者，唐則子美，宋則蘇、黃，要其胸中具有鑪錘，不是金銀銅鐵強令混合也」〔註106〕。又繆鉞《論宋詩》言：「韓愈、孟郊等以作散文之法作詩，始於心之所思，目之所睹，身之所經，描摹刻畫，委曲詳盡，此在唐詩為別派。宋人承其流而衍之，凡唐人以為不能入詩或不宜入詩之材料，宋人皆寫入詩中，且往往喜於瑣事微物逞其才技。如蘇黃多詠墨、詠紙、詠硯、詠茶、詠畫扇、詠飲食之詩，而一詠茶小詩，可以詠四五次。」〔註107〕蘇軾繼承此風氣，晚年之詩作以瑣事微物入詩，呈現平淡簡樸風格。

一、以凝神靜懷，追求清淡恬適之境

蘇軾的創作，在不同時期各有不同的特色，於儋州期間，在虛靜澄明的審美態度中，表現一種淨化的超然的思想，追求一種清淡恬適的審美境界，在平淡自然中有真誠、率性、無我，達到真善美審美的和諧統一。虛、靜、明即是莊子用來解釋「心齋」的心境。蘇軾謫居儋州的心境、精神支柱即是老莊思想，老莊思想陪蘇軾渡過了艱困的生活，也啟發了心靈的深處的改變，了悟如何放下。「心齋」修養的最終是要達到主客體的融合，在虛靜中呈現「心與物冥」的主客體合一。審美經驗，就是主體透過生活的歷練，對客體呈現超越的體悟，此即莊子所謂「心齋」。〔註 108〕蘇軾在儋州時期的思想及生活態度，是以虛、靜、明的審美態度，來呈現主客體間的關係。作品呈現平淡、自然、真誠的審美感悟，「即使是平淡質樸的語言也同樣是一種色彩，它們具有感性特徵。」〔註 109〕

〔註106〕　（清）劉熙載：《藝概》（臺北：廣文書局印行，1964 年 3 月）卷二，頁 11。

〔註107〕　繆鉞：《論宋詩·詩詞散論》（臺北：臺灣開明書店，1953 年 12 月），頁 18。

〔註108〕　參考唐玲玲：〈蘇軾貶儋時期的心齋修養和藝術情趣〉，收入蘇軾研究會及儋縣人民政府合編：《紀念蘇軾貶儋八百九十周年學術討論集》（成都：四川大學，1991 年 5 月），頁 11、12。

〔註109〕　吳功正：《中國文學美學》（江蘇教育出版社，2001 年 9 月），頁 53。

蘇軾自瓊州赴儋州途中作〈行瓊、儋間，肩輿坐睡，夢中得句云：千山動鱗甲，萬谷酣笙鐘，覺而遇清風急雨，戲作此數句〉：

> 四州環一島，百洞蟠其中。我行西北隅，如度月半弓。登
> 高望中原，但見積水空。此生當安歸，四顧真途窮。眇觀
> 大瀛海，坐詠談天翁。茫茫太倉中，一米誰雌雄。幽懷忽
> 破散，永嘯來天風。千山動鱗甲，萬谷酣笙鐘。安知非羣
> 仙，鈞天宴未終。喜我歸有期，舉酒屬青童。急雨豈無意，
> 催詩走羣龍。……。〔註110〕

「但見積水空」、「茫茫太倉中，一米誰雌雄」濃厚莊子思想。此思想並非貶謫海南才有，其自幼年時期即有啟蒙，並不時的吸收，隨人生的體驗歷練，此思想有更盡一層的體悟與闡釋。

紹聖四年（1097）秋作〈和陶連雨獨飲二首〉并引言：「吾謫海南，盡賣酒器，以供衣食。獨有一荷葉杯，工製美妙，留以自娛。乃和淵明〈連雨獨飲〉。」

> 阿堵不解醉，誰歟此頹然。誤入無功鄉，掉臂嵇阮間。飲中
> 八仙人，與我俱得仙。淵明豈知道，醉語忽談天。偶見此物
> 真，遂超天地先。醉醒可還酒，此覺無所還。清風洗徂暑，
> 連雨催豐年。牀頭伯雅君，此子可與言。〔註111〕（〈其二〉）

窮困賣酒器供衣食，仍灑脫自如。酒醉時宛若嵇康及阮籍閑逸竹林酣飲一樣，與飲中八仙俱得仙。

〈聞子由瘦〉：

> ……。人言天下無正味，蝍蛆未遽賢麋鹿。海康別駕復何
> 為，帽寬帶落驚童僕。相看會作兩臞仙，還鄉定可騎黃鵠。
> 〔註112〕

蘇軾詼諧的調侃「相看會作兩臞仙，還鄉定可騎黃鵠」，自然簡樸，但卻不俗。

〔註110〕同註103，詩集七，卷四一，頁4841、4842。
〔註111〕同註103，詩集七，卷四一，頁4860。
〔註112〕同註103，詩集七，卷四一，頁4874、4875。

〈和陶赴假江陵夜行〉：

> 缺月不早出，長林踏青冥。犬吠主人怒，愧此閭里情。怪
> 我夜不歸，茜袂窺柴荊。……。〔註113〕

樸實自然寫實，將夜歸驚動閭里的情境，描摹的淋漓盡致。此惟蘇軾方能如此動容的將不起色、平凡的農村夜暮景象寫的生動。他以虛靜之心觀照周圍事物，又以極其平凡之語言，造就此夜行發生「犬吠主人怒」與「窺柴荊」的事。

謫居生活孤寂、窮困，蘇軾自適窮困，隨遇而安，怡然自得。宋代費袞《梁谿漫志・東坡戴笠》記載：「東坡在儋耳，一日過黎子雲，遇雨，乃從農家借篛笠戴之，著屐而歸。婦人小兒，相隨爭笑。邑犬群吠。」〔註114〕他入境隨俗「借篛笠戴之，著屐而歸」，此新模樣讓婦人小孩看了都笑了。

紹聖四年（1097）九月八日作〈和陶九日閒居〉并引言：「明日重九，雨甚，展轉不能寐。起，索酒，和淵明一篇。醉熟昏然，殆不能佳也。」詩曰：

> 九日獨何日，欣然愜平生。四時靡不佳，樂此古所名。龍
> 山憶孟子，栗里懷淵明。鮮鮮霜菊艷，溜溜糟牀聲。閑居
> 知令節，樂事滿餘齡。登高望雲海，醉覺三山傾。長歌振
> 履商，起舞帶索榮。坎坷識天意，淹留見人情。但願飽秔
> 稌，年年樂秋成。〔註115〕

此詩悠然，閒適，意境靜，人亦寂，適逢重九日，懷古感傷。他又「閑居知令節，樂事滿餘齡」、「但願飽秔稌，年年樂秋成」的釋懷情結。

又〈和陶怨詩示龐鄧〉：

> 當歡有餘樂，在戚亦頹然。淵明得此理，安處故有年。嗟
> 我與先生，所賦良奇偏。人間少宜適，惟有歸耘田。我昔
> 墮軒晃，毫釐真市塵。因來臥重胭，憂愧自不眠。如今破

〔註113〕同註103，詩集七，卷四一，頁4879。
〔註114〕（宋）費袞：《梁谿漫志》（《景印文淵閣四庫全書》第864冊，臺北：台灣商務印書館，1985年3月），卷四，頁864-719。
〔註115〕同註103，詩集七，卷四一，頁4881。

茅屋，一夕或三遷。風雨睡不知，黃葉滿枕前。寧當出怨
句，慘慘如孤煙。但恨不早悟，猶推淵明賢。〔註116〕

昔日庸碌人生，到海南蘇軾尤其崇敬羨慕陶淵明之節操，棄官祿，而
歸耕田，感歎自己墮落在官位爵祿爭名得利之官場中。謫居生活，無
安穩之居所，破茅屋風雨來襲時，得處處避雨。蘇軾隨性之情，縱使
風雨吹襲落葉滿屋，他依然怡然在酣睡中。他自適隨意而安的心境，
不因惡劣環境，而過得不安穩。雖是「如今破茅屋，一夕或三遷」卻
「風雨睡不知，黃葉滿枕前」的瀟灑自如。

〈入寺〉：

曳杖入寺門，輯杖挹世尊。我是玉堂仙，謫來海南村。多
生宿業盡，一氣中夜存。旦隨老鴉起，飢食扶桑暾。光圓
摩尼珠，照耀玻璃盆。來從佛印可，稍覺魔忙奔。閑看樹
轉午，坐到鐘鳴昏。斂收平生心，耿耿聊自溫。〔註117〕

謫來海南村，「旦隨老鴉起，飢食扶桑暾」又「閑看樹轉午，坐到鐘
鳴昏」表層雖閒適，其實「多生宿業盡，一氣中夜存」因此「斂收平
生心，耿耿聊自溫」的深思。

〈獨覺〉：

瘴霧三年恬不怪，反畏北風生體疥。朝來縮頸似寒鴉，焰
火生薪聊一快。紅波翻屋春風起，先生默坐春風裏。浮空
眼纈散雲霞，無數心花發桃李。倏然獨覺午窗明，欲覺猶
聞醉鼾聲。回首向來蕭瑟處，也無風雨也無晴。〔註118〕

蘇軾在瘴氣瀰漫惡劣環境裏突破艱難，適應了瘴毒。雖然「朝來縮頸
似寒鴉」但「焰火生薪聊一快」，心境一轉又逍遙自在，心無罣礙，
了無事。忽然紅波翻屋春風起，先生默坐春風裏。超然無心的享受寧
靜午後，此時猶如回首向來蕭瑟處，也無風雨也無晴之心情感悟了。

紹聖四年（1097）作〈謫居三適三首〉：

〔註116〕同註103，詩集七，卷四一，頁4912。
〔註117〕同註103，詩集七，卷四一，頁4943。
〔註118〕同註103，詩集七，卷四一，頁4945。

安眠海自運，浩浩朝黃宮。日出露未晞，鬱鬱濛霜松。
老櫛從我久，齒疎含清風。一洗耳目明，習習萬竅通。
少年苦嗜睡，朝謁常悤悤。爬搔未云足，已困冠巾重。
何異服轅馬，沙塵滿風鬉。珂鞍響珂月，實與杻械同。
解放不可期，枯柳豈易逢。誰能書此樂，獻與腰金翁。
〔註 119〕（〈旦起理髮〉）

「安眠海自運，浩浩朝黃宮」句，蘇軾似乎懂的保養之術。「老櫛從
我久，齒疎含清風。一洗耳目明，習習萬竅通。」梳髮以梳箆之齒舒
壓頭皮，使筋絡暢通，讓身心愉悅舒暢。

又〈夜臥濯足〉：

長安大雪年，束薪抱衾裯。雲安市無井，斗水寬百憂。
今我逃空谷，孤城嘯鵂鶹。得米如得珠，食菜不敢留。
況有松風聲，釜鬲鳴颼颼。瓦盎深及膝，時復冷暖投。
明燈一爪剪，快若鷹辭韝。天低瘴雲重，地薄海氣浮。
土無重腿藥，獨以薪水瘳。誰能更包裹，冠履裝沐猴。
〔註 120〕

此詩純屬日常生活瑣事的描寫，在蘇軾筆下卻是自然的流露，而不
俗。他曾說「古人所貴者，貴其眞」〔註 121〕他對事物的追求在眞，
所以描寫生活瑣事，眞實自然貼切，此是他的一創舉。「今我逃空谷，
孤城嘯鵂鶹。得米如得珠，食菜不敢留。」貧窮、蕭條，又「天低瘴
雲重，地薄海氣浮。土無重腿藥」處在天時地利不和之下，惟有「獨
以薪水瘳」的自求多福了。

元符三年（1100）正月十二日作〈庚辰歲正月十二日，天門冬酒
熟，予自漉之，且漉且嘗，遂以大醉，二首〉：

自撥牀頭一甕雲，幽人先已醉濃芬。天門冬熟新年喜，麴
米春香並舍聞（蘇軾自注：杜子美詩云：「聞道雲安麴米香，蓋

〔註 119〕同註 103，詩集七，卷四一，頁 4948。
〔註 120〕同註 103，詩集七，卷四一，頁 4952、4953。
〔註 121〕（宋）釋惠洪：《冷齋夜話》（《景印文淵閣四庫全書》第 863 冊，
　　　　臺北：臺灣商務印書館，1985 年），卷一，頁 863-241。

酒名也。」）。菜圃漸疎花漠漠，竹扉斜掩雨紛紛。擁裘睡覺
知何處，吹面東風散纈紋。〔註122〕（〈其一〉）

詩題「天門冬酒，予自漉之，且漉且嘗，遂以大醉。」率性，陶醉在
無憂無慮的生活中，瀟灑自如，盈滿自給自食的生活樂事。觀照到「菜
圃漸疎花漠漠，竹扉斜掩雨紛紛」生活周邊景象，在酣睡懵懵中「擁
裘睡覺知何處，吹面東風散纈紋」的自在舒坦快活。

二、超然的境界，物我合一

　　本文將以蘇軾在海南之詩歌，探析他對生命之體驗及對宇宙無窮
之體悟，並於凝神、虛靜觀照中，產生物我合一之超然境界。筆者認
為蘇軾此時期在審美的內蘊上，是體現形而上之哲學美學觀，此呈現
在詩作之中。

　　「在審美活動中，主體在虛靜狀態中擺脫自然屬性和社會屬性的
限制，在直接體驗中感悟天地之美，並借此成就自身的審美主體地
位，以虛靜的方式展開物我交融的活動。」〔註123〕譬如明代袁中道
〈爽籟亭記〉言：

> 玉泉初如濺珠，注為修渠，至此忽有大石橫峙，去地丈餘，
> 郵泉而下，忽落地作大聲，聞數里。予來山中，常愛聽之，
> 泉畔有石，可敷蒲，至則趺坐終日。其初至也，氣浮意囂，
> 耳與泉不深入，風柯谷鳥，猶得而亂之，及暝而息焉，收
> 吾視，返吾聽，萬緣俱却塔焉喪偶而後泉之變態百出，初
> 如哀松碎玉，已如鵾弦鐵撥，已如疾雷震霆，搖蕩川嶽，
> 故予神愈靜，則泉愈喧也。泉之喧也，入吾耳而注吾心，
> 蕭然冷然，浣濯肺腑，疏瀹塵垢，灑灑乎忘身世而一死生，
> 故泉愈喧，則吾神愈靜也。〔註124〕

〔註122〕同註103，詩集七，卷四三，頁5056。
〔註123〕朱志榮：《美學原理》（上海：華東師範大學初版社，2011年12月），
　　　　頁100。
〔註124〕（明）袁中道：《柯雪齋近集・爽籟亭記》（臺北：偉文圖書出版社，
　　　　1976年9月），頁440、441。

主體觀照自然的感受，是處在虛靜的狀態，得到泉愈暄，則吾神愈靜的審美觀照。此是審美意象生成過程，主體凝神觀照，於是主客體之間產生了物我相融之境界。

　　蘇軾垂老投荒的生活體驗中，頓悟到處於逆境也視為順境渡過，此是他對生命的體悟與實踐，如他在〈試筆自書〉中所悟到的哲理，其文言：

> 吾始至海南，環視天水無際，悽然傷之，曰：「何時得出此島耶」已而思之，天地在積水中，九州在大瀛海中，中國在少海中，有生孰不在島者，覆盆水於地，芥浮於水，蟻附於芥，茫然不知所濟。少焉水涸，蟻即徑去，見其類，出涕曰：「幾不復與子相見，豈知俯仰之間，有方軌八達之路乎？」念此可以一笑。戊寅九月十二日，與客飲薄酒小醉，信筆書此紙。〔註125〕

此哲理思維深，「蘇軾心境的玄妙之處，就是面臨心靈危機時安靜地領略宇宙無窮、人生有限的哲理。」〔註126〕蘇軾此心境，由其詩作見端倪：

如蘇軾於紹聖四年（1097）九月作〈和陶擬古九首〉：
> 有客叩我門，繫馬門前柳。庭空鳥雀散，門閉客立久。主人枕書臥，夢我平生友。忽聞剝啄聲，驚散一杯酒。倒裳起謝客，夢覺兩愧負。坐談雜今古，不答顏愈厚。問我何處來，我來無何有。〔註127〕（〈其一〉）

〔註125〕 同註103，文集十一，蘇軾佚文彙編卷五，頁8704、8705。於朱弁《曲洧舊聞》卷五：「東坡在儋耳，因試筆，嘗自書雲：『吾始至南海，環視天水無際……。』」

〔註126〕 唐玲玲：〈寄我無窮境——蘇軾貶儋期間的生命體驗〉收錄於儋州市政府 蘇軾學會合編《全國第八次蘇軾研討會論文集》，（成都：四川大學出版，1996年），頁15、16。其又說：「正如他自己所說的東坡居士，強安四隅，以動寓止，以實託虛。止和虛是無窮，動和實為有限，將有限託寓於無窮之中，詩人也就能夠達到在靜思中跨汗漫而遊鴻濛之都（《桄榔庵銘》），進入超然自得的境界。」

〔註127〕 （宋）蘇軾撰，張志烈等主編：《蘇軾全集校注》詩集七（石家莊：河北人民出版社，2010年6月），卷四一，頁4884。

在睡夢中恍惚聞有叩門聲，驚起「倒裳起謝客，夢覺兩愧負。」閒適灑脫自在。蘇軾在海南莊子思想濃厚，此詩中之「問我何處來，我來無何有。」似《莊子·應帝王》：「天根遊於殷陽，至蓼水之上，適遭無名人而問焉，曰：『請問爲天下』無名人曰：『去，汝鄙人也，何問之不豫也，予方將與造物者爲人，厭，則又乘夫莽眇之鳥，出以六極之外，而遊無何有之鄉，以處壙埌之野。汝又何帠以治天下感予之心爲。』又復問。無名人曰：『汝遊心於淡，合氣於漠，順物自然而吾容私焉，而天下治矣』」〔註128〕之思想。

復如

……。崎嶇頌沙麓，塵埃汙西風。昔我未嘗達，今者亦安窮。窮達不到處，我在阿堵中。〔註129〕（〈其二〉）

「昔我未嘗達，今者亦安窮。窮達不到處，我在阿堵中。」顯示蘇軾人格之清高與曠達超然的人生態度。

再如

……。吾生如寄耳，何者爲吾廬。去此復何之，少安與汝居。夜中聞長嘯，月露荒榛蕪。無問亦無答，吉凶兩何如。〔註130〕（〈其三〉）

以超然的人生觀體悟，人本來就是寄生在肉體軀殼之中，那裡是我鄉？無問亦無答，而何者是吉是凶呢！

蘇軾初至儋州時作〈和陶雜詩十一首〉：

斜日照孤隙，始知空有塵。微風動眾竅，誰信我忘身。一笑問兒子，與汝定何親。從我來海南，幽絕無四鄰。耿耿如缺月，獨與長庚晨。此道固應爾，不當怨尤人。〔註131〕（〈其一〉）

凝神靜觀斜日照細小縫隙，反射出之線條光中，既然可見其間飄浮著

〔註128〕方勇撰：《莊子纂要·應帝王》（北京：學苑出版社，2012年3月），頁989。文中之天根予無名人皆爲虛構人物。

〔註129〕同註127，詩集七，卷四一，頁4885。

〔註130〕同註127，詩集七，卷四一，頁4887。

〔註131〕同註127，詩集七，卷四一，頁4914。

微粒之塵埃，而在靜寂中似乎聽到微風吹眾竅聲，瞬間渾然忘了自己
的存在，原來是處在幽絕無四鄰的海南之島，惟有明月長庚星陪伴孤
寂的我，「此道固應爾，不當怨尤人」。

　　又

> 故山不可到，飛夢隔五嶺。真游有黃庭，閉目寓兩景。室
> 空無可照，火滅膏自冷。披衣起視夜，海闊河漢永。西窗
> 半明月，散亂梧楸影。良辰不可擊，逝水無留騁。我苗期
> 後枯，持此一念靜。〔註132〕（〈其二〉）

夜深孤寂縈繞，總是令人思鄉懷人，惟於靜寂的夜裡「披衣起視夜，
海闊河漢永。西窗半明月，散亂梧楸影」的感悟世事無常「良辰不可
擊，逝水無留騁」的情思。

　　〈十二月十七日夜坐達曉寄子由〉：

> 燈燼不挑垂暗蕊，爐火重撥尚餘薰。清風欲發鴉翻樹，缺
> 月初升犬吠雲。閉眼此心新活計，隨身孤影舊知聞。雷州
> 別駕應危坐，跨海清光與子分。〔註133〕

惟於心靜時，方能凝神妙悟萬物微妙之變化，夜不寐，起身獨坐在
僅存餘光餘薰之處達曉。看著清風吹起點點鴉羣飛，月升犬吠，此
時的心思也千頭萬緒。汪師韓言：「淒寂之境，寫得雞犬皆仙，超然
元著。」〔註134〕

　　於紹聖四年（1097）作〈謫居三適三首〉之〈午窗坐睡〉：

> 蒲團蟠兩膝，竹几閣雙肘。此間道路熟，徑到無何有。
> 身心兩不見，息息安且久。睡蛇本亦無，何用鈎與手。
> 神凝疑夜禪，體適劇卯酒。我生有定數，祿盡空餘壽。
> 枯楊不飛花，膏澤回衰朽。謂我此為覺，物至了不受。
> 謂我今方夢，此心初不垢。非夢亦非覺，請問希夷叟。

〔註132〕同註127，詩集七，卷四一，頁4915。黃庭：道教修煉術語。兩景：
　　　　內景與外景，亦道教修煉術語。
〔註133〕同註127，詩集七，卷四一，頁4946。
〔註134〕汪師韓：《蘇詩選評箋釋》收錄於《叢睦汪氏遺書》（臺北：中央研
　　　　究院傅斯年圖書館），卷六，頁20。

〔註135〕

閑適悠然的居家生活，而且已習慣安然的坐睡，悠遊自在無憂無慮多麼逍遙。無罣礙閒適的日子，能「神凝疑夜禪」到「體適劇卯酒」之能耐，所以能「枯楊不飛花，膏澤回衰朽。」甚而妙悟「我生有定數，祿盡空餘壽」及「謂我此爲覺，物至了不受。謂我今方夢，此心初不垢」之理。

復於是年作〈次韻子由浴罷〉：

> 理髮千梳淨，風晞勝湯沐。閉息萬竅通，霧散名乾浴。頹然語默喪，見天地復。時令具薪水，漫浴濯腰腹。陶匠不可求，盆斛何由足（蘇軾自注：海南無浴器，故常乾浴而已。）。老雞臥糞土，振羽雙瞑目。倦馬驟風沙，奮鬣一噴玉。垢淨各殊性，快愜聊自沃。雲母透蜀紗，琉璃瑩薪竹。稍能夢中覺，漸使生處熟。《楞嚴》在牀頭，妙偈時仰讀。返流歸照性，獨立遺所矚。未知仰山禪，已就季主卜。安心會自得，助長毋相督。〔註136〕

此詩充盈者蘇軾的養生訣，其於〈養生訣〉自注言：「閉息，最是道家要妙，先須閉目淨慮，掃滅忘想，使心源湛然，諸念不起，自覺出入息調勻，即閉定口鼻。」〔註137〕而在此閉息之中能「頹然語默喪，靜見天地復」達到非語非默的渾然無我之境界，見天地回復到寂靜之狀態之中。

蘇軾在儋州的閒適生活中，起了萬物即生即滅之思，一切隨緣自適，心無罣礙一身輕，此理萬物皆然。身心處於極淨無垢無我之境，則萬念即滅，就能「返流歸照性，獨立遺所矚」的最高超脫非凡之境，此即是蘇軾於儋州思想超脫之境界。

蘇軾在儋州時之哲學美學觀，筆者認爲，由下三首詩最能呈現出，他於紹聖五年（1098）二月二十三日作〈和陶形贈影〉：

〔註135〕同註127，詩集七，卷四一，頁4950、4951。
〔註136〕同註127，詩集七，卷四二，頁4959、4960。
〔註137〕同註127，文集十一，卷七三，頁8348。

天地有常運，日月無閒時。孰居無事中，作止推行之。細
察我與汝，相因以成兹。忽然乘物化，豈與生滅期。夢時
我方寂，偓然無所思。胡為有哀樂，輒復隨漣洏。我舞汝
凌亂，相應不少疑。還將醉時語，答我夢中辭。〔註138〕

蘇軾此詩深受佛家及莊子思想影響，如「天地有常運，日月無閒時。
孰居無事中，作止推行之」即《莊子·天運》言：「天其運乎，地其
處乎，日月其爭於所乎，孰主張是，孰維綱是，孰居無事推而行是。」
〔註139〕另，「忽然乘物化」即是《莊子·齊物論》：「昔者莊周夢爲蝴
蝶，栩栩然蝴蝶也。自喻適志與，不知周也。俄然覺，則蘧蘧然周也。
不知周之夢爲蝴蝶與，蝴蝶之夢爲周與，周與蝴蝶，則必有分矣。此
之謂物化。」〔註140〕而「豈與生滅期」則即是《楞嚴經》：「以動爲
身，以動爲境，從始洎終，念念生滅。」〔註141〕於此蘇軾認爲，天
地是恆常運轉，「孰居無事中，作止推行之。」他指形與影之關係是
順應自然之變化。依因緣和合而有，爲生。依因緣離散而無，爲滅。
形與影相互依存，哀樂與同。

又〈和陶影答形〉：

丹青寫君容，常恐畫師拙。我依月燈出，相肖兩奇絕。妍
媸本在君，我豈相媚悅。君如火上煙，火盡君乃別。我如
鏡中像，鏡壞我不滅。雖云附陰晴，了不受寒熱。無心但
因物，萬變豈有竭。醉醒皆夢耳，未用議優劣。〔註142〕

蘇軾認爲影是隨形而變，然「君如火上煙，火盡君乃別。我如鏡中
像，鏡壞我不滅」因爲影是虛幻之物，而形則爲實體，雖然鏡壞，

〔註138〕同註127，詩集七，卷四二，頁4971。
〔註139〕方勇撰：《莊子纂要·天運》（北京：學院出版社，2012年3月），
頁480。
〔註140〕同註139《莊子纂要·齊物論》，頁361。
〔註141〕（唐）般刺密帝譯；（唐）房融筆受：《大佛頂如來密因修證了義諸
菩薩萬行首楞嚴經》卷一，於本文中簡稱《楞嚴經》，收錄於《大
正新脩大藏經》（臺北：傳正有限公司據日本東京大藏經刊行會本
出版，2001年）第十九冊密教部，頁110。
〔註142〕同註127，詩集七，卷四二，頁4972、4973。

而我實存。其實「無心但因物，萬變豈有竭。醉醒皆夢耳，未用議優劣」罷了。溫汝能對此詩之評言：「……又曰：淵明詩平淡出於自然，後人學他平淡，相去遠矣。公兩詩，脫盡塵埃，何等蕭散沖淡，何等自然，非深學陶者，那得有如此氣味。」〔註143〕

又〈和陶神釋〉：

> 二子本無我，其初因物著。豈惟老變衰，念念不如故。知君非金石，安得長託附。莫從老君言，亦莫用佛語。仙山與佛國，終恐無是處。甚欲隨陶翁，移家酒中住。醉醒要有盡，未易逃諸數。平生逐兒戲，處處餘作具。所至人聚觀，指目生毀譽。如今一弄火，好惡都焚去。既無負載勞，又無寇攘懼。仲尼晚乃覺，天下何思慮。〔註144〕

蘇軾認為影與形，本來是相互依附憑藉而存在。但又說「豈惟老變衰，念念不如故。知君非金石，安得長託附。莫從老君言，亦莫用佛語。仙山與佛國，終恐無是處。」形不如金石永固，是以，神不能永久依附於形。人生本就無常，而汲汲於功名利祿，最後還是一無所有「既無負載勞，又無寇攘懼」。筆者認為，此為蘇軾超然遊於物外，留寓於物而不寄寓於物的超越思想。

蘇軾在〈和陶和劉柴桑〉詩中，體現了天地與我合一的思想，如下：

> 萬劫互起滅，百年一踟躇。漂流四十年，今乃言卜居。且喜天壤間，一席亦吾廬。稍理蘭桂叢，盡平狐兔墟。黃橼出舊枒，紫茗抽新畬。我本早衰人，不謂老更劬。邦君助畚鍤，鄰里通有無。竹屋從低深，山窗自明疏。一飽便終日，高眠忘百須。自笑四壁空，無妻老相如。〔註145〕

此詩，紀昀《紀評蘇詩》：「真樸似陶。」然，此詩所透露的是蘇軾

〔註143〕（清）溫汝能：《和陶合箋》（新文豐出版社，1980年2月），卷二，頁16。

〔註144〕同註127，詩集七，卷四二，頁4974。二子：形與影。因物：此謂神憑藉形。

〔註145〕同註127，詩集七，卷四二，頁4988、4989。

在海南的心境與思想的轉折。「萬劫互起滅，百年一踟躕」是佛教所謂因緣和合而生，因緣離散而滅，萬劫起滅於須臾間。此時是空無一物，妻妾俱亡，身邊親人也僅蘇過陪伴，天地間有我一席之地，已萬幸了。

　　蘇軾於海南生活窮困，茅屋漏雨，一夕或三遷，然其不爲此生悲，不怨天尤人，曠達超然物外的面對。其於紹聖五年（1098）四月〈與鄭靖老書〉尺牘：「初賃官屋數間居之，既不可住，又不欲與官員相交涉。近買地起屋五間一龜頭，在南汙池之側。茂林之下，亦蕭然可以杜門面壁少休也。但勞費窘迫爾，此中枯寂，殆非人世，然居之甚安。」〔註 146〕是年五月〈與程全父〉尺牘之九，言及當時的環境、孤寂、貧窮及居無定所決定買地築屋，其言：

> 別遽逾年，海外窮獨，人事斷絕，莫由通問。舶到，忽枉
> 教音，喜慰不可言，仍審起居清安，眷愛各佳。某與兒子
> 粗無病，但黎蜑雜居，無復人理，資養所給，求輒無有。
> 初至，僦官屋數椽，近復遭迫逐，不免買地結茅，僅免露
> 處。而囊爲一空，困阨之中，何所不有，置之不足道也，
> 聊爲一笑而已，平生交舊，豈復夢見，懷想清遊，時誦佳
> 句，以解牢落。〔註147〕

於紹聖五年（1098）五月〈與程秀才〉尺牘亦言：「……。近與小兒子結茅數椽居之，僅庇風雨，然勞費已不貲矣，賴十數學生助工作，躬泥水之役，愧之不可言也。……。」又於元符元年（1098）十一月的尺牘言：「……。新居在軍城南，極湫隘，粗有竹樹，煙雨濛晦，眞蜑屋獠洞也。」〔註148〕等等。

〔註146〕 同註 127，文集八，卷五六，頁 6189。
〔註147〕 同註 127，文集八，卷五五，頁 6063。據施宿《東坡先生年譜》下，
　　　　元符元年戊寅：「初，朝廷遣呂升卿、董必察訪廣東西，謀盡殺元
　　　　祐黨人。曾布爭於上，以升卿與二蘇有切骨之怨，不可遣乃罷。升
　　　　卿猶遣必使廣西。時先生在儋，僦官舍數椽以居之，必遣人逐之，
　　　　遂買地城南，爲屋五間，士人畚土運甓以助之，屋成居其下。」
〔註148〕 同註 127，文集八，卷五五，頁 6068 及 6070。

所以，紹聖五年（1098）五月作〈新居〉：

> 朝陽入北林，竹樹散疎影。短籬尋丈間，寄我無窮境。舊
> 居無一席，逐客猶遭屏。結茅得茲地，翳翳村巷永。數朝
> 風雨涼，畦菊發新穎。俯仰可卒歲，何必謀二頃。〔註149〕

到了儋州之後的心境逐漸是「短籬尋丈間，寄我無窮境」的曠達，「舊
居無一席，逐客猶遭屏。結茅得茲地，翳翳村巷永」一切隨緣自適，
而且「俯仰可卒歲，何必謀二頃」一樣寄居天地間，何必有太多的欲
望之思之求。

蘇軾作〈桄榔庵銘〉並敘言：「東坡居士謫於儋耳，無地可居，
偃息於桄榔林中，摘葉書銘，以記其處。」其文言：

> 九山一區，帝爲方輿，神尻以遊，孰非吾居，百柱貟屭，
> 萬瓦披敷。上棟下宇，不煩斤鐵。日月旋繞，風雨掃除。
> 海氣瘴霧，吞吐吸呼。蝮蛇魑魅，出怒入娛。習若堂奧，
> 雜處童奴。東坡居士，強安四隅。以動寓止，以實託虛。
> 放此四大，還於一如。東坡非名，岷峨非盧。須髮不改，
> 示現毗盧。無作無止，無欠無餘。生謂之宅，死謂之墟。
> 三十六年，吾其捨此。跨汗漫而遊鴻濛之都乎。〔註150〕

「東坡居士，強安四隅。以動寓止，以實託虛。放此四大，還於一如。
東坡非名，岷峨非盧。」此幾句，內蘊儒釋道思想，超越之思。

蘇軾說過「謫居澹無事」、「我本無所適」，所以喝酒閒遊是他瀉
憂解悶、放鬆之法，他常徘徊於天地間，尋找精神超越最深之妙悟。
因之，一次他醉行至黎姓友人之舍，作〈被酒獨行，遍至子雲、威、
徽、先覺四黎之舍，三首〉〔註151〕見：

> 半醒半醉問諸黎，竹刺藤梢步步迷。
> 但尋牛矢覓歸路，家在牛欄西復西。（〈其一〉）

〔註149〕同註127，卷四二，頁4991。

〔註150〕同註127，文集，卷一九，頁2163。蘇軾作此銘之編年，據李之亮
　　　　箋注：《蘇軾文集編年箋注》言：紹聖四年或元符元年初謫儋州時
　　　　作。（四川：巴蜀書社，2011年10月）第三冊，頁91。

〔註151〕同註127，詩集七，卷四二，頁5021、5022、5023。

總角黎家三四童，口吹葱葉送迎翁。

莫作天涯萬里意，溪邊自有舞雩風。（〈其二〉）

符老風情奈老何，朱顏減盡鬢絲多。

投梭每因東鄰女，換扇惟逢春夢婆。（〈其三〉）

其一，整首輕鬆、諧趣，又似乎顯得他淘氣的一面，在半醉半醒的狀態時，處處閒逛，境然迷失在竹刺藤棘裏，那裏是我家？「但尋牛矢覓歸路，家在牛欄西復西」寫實、語淡、自然的將醉迷失尋家之情道出，於平凡中見眞性情，忽妙自身處在迷失的窘境中，而自我調侃。其二，儋州人民的熱情招待，連孩童都列隊以葱葉爲樂器吹頌曲子迎接，見到此純眞的熱情而感動。讓他感受到處在天之涯，過著與世無爭、悠遊閑曠的日子，是人生另一種體驗，完全融入此地純樸的生活之中了。

蘇軾在儋州詩中，多次言衰老、多疾之語。垂老投荒，在人靜寂時，內心深處難免偶爾會有低潮。呈現他寂寞超然心情之詩，如〈倦夜〉：

倦枕厭長夜，小窗終未明。孤村一犬吠，殘月幾人行。衰鬢久已白，旅懷空自清。荒園有絡緯，虛織竟何成。〔註152〕

整首詩，勾勒出孤單、寂寞、衰老。整夜輾轉難眠，等待黎明，等待的心情是孤單寂寞，與孤村、犬吠、殘月、行人，意境淒清，相呼應。夜的靜寂，羈旅人落寞空自清，感慨一生事業無成。但「旅懷空自清」是孤獨中心境的一種超越。

孤寂的心境於夜深人靜時易顯，元符二年（1099）十二月二十八日作〈夜燒松明火〉：

歲暮風雨交，客舍悽薄寒。夜燒松明火，照室紅龍鸞。快焰初煌煌，碧煙稍團團。幽人忽富貴，蕙帳芬椒蘭。珠煤綴屋角，香潚流銅盤。坐看十八公，俯仰灰燼殘。齊奴朝爨蠟，萊公夜長歎。海康無此物，燭盡更未闌。〔註153〕

〔註152〕同註127，詩集七，卷四二，頁5025。

〔註153〕同註127，詩集七，卷四二，頁5044、5045。

歲暮風雨交加微寒的夜晚，更見逐客心靈深處的悽然，思鄉思親的情懷頓時湧現，充滿心、充滿屋。凝神靜觀，松明火明耀，煙凝聚迴旋，火焰倒映於壁，彷彿龍與鳳，松香氣充滿於室，看到的是「珠煤綴屋角，香潗流銅盤」的景象。整夜凝視松明火，瞬間灰已殘燼，蘇軾妙悟到，此猶似人生之無常，來去在瞬息間。

元符二年（1099）十二月作〈縱筆三首〉〔註154〕：

寂寂東坡一病翁，白鬚蕭散滿霜風。
小兒誤喜朱顏在，一笑那知是酒紅。（〈其一〉）
父老爭看烏角巾，應緣曾現宰官身。
溪邊古路三叉口，獨立斜陽數人過。（〈其二〉）
北船不到米如珠，醉飽蕭條半月無。
明日東家當祭竈，隻雞斗酒定膰吾。（〈其三〉）

蘇軾以詼諧、風趣、寫實的生活點滴入詩，非常自然，自在閒適。孤寂、窮困，躍然紙上。寂寂一病翁，滿面白鬚，更顯病容憔悴，是當時的形象，在孤寂中飲酒以解憂，須臾間紅了臉，誤以為紅顏病癒。

黃昏時寂寞的走到溪邊三叉路口，心無所適，數著來往行人，心情多麼落寞孤寂。窮厄的生活，三餐不繼，渴望想著鄰家祭拜竈神時，定會饋祭肉。詩語平淡，寫實，主客體已融為一體，是一種內悲外曠的詩歌意境。蘇轍《子瞻和陶淵明詩集引》提到：「獨喜為詩，精深華妙，不見老人衰憊之氣。」〔註155〕儋州時期詩的內蘊，幾乎已近他說陶淵明詩是「外枯而中膏，似淡而美」的意境美。

元符三年（1100）春，作〈汲江煎茶〉：

活水還須活火烹（蘇軾自注：唐人云：「茶須緩火炙，活火煎。」），自臨釣石取深清。大瓢貯月歸春甕，小杓分江入夜瓶。茶雨已翻煎處腳，松風忽作瀉時聲。枯腸未易禁三

<hr/>

〔註154〕同註127，詩集七，卷四二，頁5040至5042。
〔註155〕（宋）蘇轍撰　曾棗莊　馬德富校點：《欒城集》（上海：上海古籍出版社，1987年3月），後集，卷二一，頁1402。

　　椀，坐聽荒城長短更。〔註156〕

此詩盈滿對人生哲理的妙悟，細膩而超脫。蘇軾凝神觀照，在月光清明，河水清淨如鏡面般的夜晚，明月映於水中，此時，時空意象，感到天地間之距離縮小，明月原來離我如此近，用瓢舀取水中月入甕中，悟到此為虛象、幻象，稍縱即逝，人生何嘗不是乎，於是心境頓時無限闊達，有天地與我合一之感，此是他對天地間深邃之理的超脫妙悟，筆者認為，蘇軾此體悟得於《周易》之理。他細心觀察到「茶雨已翻煎處腳，松風忽作瀉時聲」時，已「枯腸未易禁三椀〔註157〕，坐聽荒城長短更」而悟到人生猶如煮茶一樣，需要「活水還須活火烹」之理。品茗之妙處，在於煮茶時要用水質好的活水，以及材質好之木，煮出之茶才是上等好喝。人生許多道理，彷彿煮茶此小道理一樣，要用心去體悟，則處處是生機、處處是圓融。

　　宋人胡仔言：「此詩奇甚，道盡烹茶之要，且茶非活水則不能發其鮮馥，東坡深知此理矣。」〔註158〕紀昀言：「細膩而出於脫洒。細膩詩易於粘滯，如此脫洒為難。」〔註159〕

　　蘇軾在海南的生活雖然是窮困、孤寂的，然在海天一線間，空曠之大地裏，仰視無垠宇宙，此時，心境沉思深邃，思緒飛越時空，頓時偶忘我是誰了。筆者認為蘇軾在海南是他體悟宇宙之哲理最深之時，也是兼容儒釋道思想最成熟之時，它超越了現實，超脫了一切。是以，北歸時，他說「九死南荒吾不恨，茲游奇絕冠平生」的超越思想。

〔註156〕同註127，詩集七，卷四三，頁5116。

〔註157〕盧仝《謝孟諫議寄新茶》云：「一椀喉吻潤。二椀破孤悶。三椀搜枯腸，惟有文字五千卷。四椀發輕汗，平生不平事，盡向毛孔散。五椀肌骨清。六椀通仙靈。七椀喫不得也，惟覺兩腋習習清風生。」引自張志烈等主編：《蘇軾全集校注》詩集七（石家莊：河北人民出版社，2010年6月），卷四三，頁5118。

〔註158〕（宋）胡仔：《苕溪漁隱叢話》後集（北京：人民出版社，1984年），卷十一，頁84。

〔註159〕（清）紀昀：《紀評蘇詩》（道光十四年冬栞於兩廣節署，成都：四川大學出版社影印，2007年4月），卷四三，頁98。

第六章　黃州與嶺南時期詩歌中
　　　　　呈現的審美理想

　　蘇軾是中國文化史上文學、藝術、美學兼通兼顧的天才，對美學的各領域均有相當豐富的卓識。他常常從美學史的高度，從美學的貫通性上洞察一些具體的問題，他對美和美的現象以外的體認，達到了空前的深度。〔註1〕他的文藝理論散見於詩、詞、文、賦、題跋、尺牘之中，其中蘊含豐富的美學思想。

　　蘇軾人生閱歷豐富，從中體悟到：「君子可以寓意於物，而不可以留意於物。寓意於物，雖微物足以爲樂，雖尤物不足以爲病。留意於物，雖微物足以爲病，雖尤物不足以爲樂。」〔註2〕這是他的人生經驗，也是一種審美經驗，是一種主體對客體產生的審美現象。正如他所說：「凡物皆有可觀，苟有可觀，皆也可樂，非必怪奇瑋麗者也」〔註3〕的審美經驗、審美心理。

　　宋人的文學不同於其他朝代，它是以理性爲基調。所以宋代美學主要是從生活事實體驗中，以驗證審美現象。基於此，蘇軾的審美是

〔註1〕吳功正：《宋代美學史》（南京：江蘇教育出版社，2007 年 10 月），
　　　　頁 93。
〔註2〕（宋）蘇軾撰，張志烈等主編：《蘇軾全集校注》文集二（石家莊：
　　　　河北人民出版社，2010 年 6 月），卷一一，頁 1122。見〈寶繪堂記〉。
〔註3〕同註2，文集二，卷一一，頁 1104。見〈超然臺記〉。

從審美觀照中，體現審美直接性經驗品格。

筆者認為蘇軾於黃州、惠州、儋州時期的詩作受到《易》的思想影響甚深，尤其在儋州時期，此由其詩文尺牘見端倪。他年少即受父親蘇洵的影響，與蘇轍兄弟倆皆讀《易》，而蘇洵為之解說。此於蘇籀《欒城遺言》有云：「公言先曾祖……二公少年皆讀《易》，為之解說。」〔註4〕而其於謫居期間完成蘇洵遺志。於謫居黃州時開始撰寫《東坡易傳》，同時也一邊鑽研《周易》，至海南時繼續此事項研究，並對《東坡易傳》進行修訂及定稿、完竣。其於元豐五年（1082）予〈黃州上文潞公書〉言：

> ……。到黃州，無所用心，輒復覃思於《易》、《論語》，端居深念，若有所得，遂因先子之學，作《易傳》九卷。又自以意作《論語說》五卷。窮苦多難，壽命不可期。恐此書一旦復淪沒不傳，意欲寫數本留人間。念新以文字得罪，人必以為凶衰不祥之書，莫肯收藏。又自非一代偉人，不足託以必傳者，莫若獻之明公。而《易傳》文多，未有力裝寫，獨致《論語說》五卷。公退閒暇，一為讀之，就使無取，亦足見其窮不忘道，老而能學也。……。〔註5〕

由此知蘇軾撰寫《易傳》之況，好書及勤寫詩文之情形，且希望其學術思想能留於後世。其中《論語說》於蘇轍〈亡兄子瞻端明墓誌銘〉云：「……。既而謫居於黃杜門深居，馳騁翰墨，其文一變，如川之方至，而轍瞠然不能及矣。後讀釋氏書，深悟實相，參之孔老，博辯無礙，浩然不見其涯也。先君晚歲讀易……。作易傳，未完，疾革，命公述其志，公泣受命……。復作《論語說》，時發孔氏之秘。最後居海南，作《書傳》，推明上古之絕學，多先儒所未達。」〔註6〕

〔註4〕（宋）蘇籀：《欒城遺言》（《景印文淵閣四庫全書》第 864 冊，臺北：臺灣商務印書館），頁 173。蘇籀：蘇轍之孫子。

〔註5〕（宋）蘇軾撰，張志烈等主編：《蘇軾全集校注》文集七（石家莊：河北人民出版社，2010 年 6 月），卷四八，頁 5202。

〔註6〕（宋）蘇轍撰 曾棗莊 馬德富校點：《欒城集》（上海：上海古籍出版社，1987 年 3 月），頁 1422。

　　元豐三年（1080）初到黃州時〈與滕達道六十八首〉尺牘之二十一言：「某閑廢無所用心，專治經書，一二年間欲了卻《論語》、《書》、《易》，舍弟已了卻《春秋》、《詩》。雖拙學，然自謂頗正古今之誤，粗有益於世，瞑目無憾也。」〔註7〕復如元豐四年其〈與王定國四十一首〉尺牘之十一言：「某自謫居以來，可了得《易傳》九卷，《論語說》五卷，今又下手作《書傳》。迂拙之學，聊以遣日，且以爲子孫藏耳。子由亦了卻《詩傳》，又成《春秋集傳》。」〔註8〕又約於元符三年（1100）於儋州作〈題所作書易傳論語說〉言：「孔壁、汲冢竹簡科斗，皆漆書也，終於蠹壞。景鐘、石鼓益堅，古人爲不朽之計亦至矣。然其妙意所以不墜者，特以人傳人耳，大哉人乎。《易》曰：「神而明之，存乎其人。」吾作《易》、《書傳》、《論語說》，亦粗備矣，嗚呼，又何以多爲。」〔註9〕他作《易》的態度嚴謹認眞，並研讀如〈與陳季常十六首〉尺牘之六言：「欲借《易》家文字及《史記》索隱、正義，如許，告季常爲帶來。……。」〔註10〕

　　紹聖四年（1097），他剛至儋州時曾爲繼續修訂完成此書而作夢，因而作〈夜夢〉并引言：「七月十三日，至儋州十餘日矣，澹然無一事，學道未至，靜極生愁。夜夢如此，不免以書自怡。」其詩：

> 夜夢嬉游童子如，父師檢責驚走書。計功當畢《春秋》餘，
> 今乃粗及桓、莊初。怛然悸寤心不舒，起坐有如掛鈎魚。
> 我生紛紛嬰百緣，氣固多習獨此偏。棄書事君四十年，仕
> 不顧留書繞纏。自視汝與丘孰賢，《易》韋三絕丘猶然，如
> 我當以犀革編。〔註11〕

蘇軾貶謫儋州蠻荒之地，當初其認爲可能死於該地，所以「與長子邁

〔註7〕同註5，卷五一，頁5532。
〔註8〕同註5，文集八，卷五二，頁5692。
〔註9〕同註5，文集十，卷六六，頁7437。
〔註10〕同註5，文集八，卷五三，頁5875。
〔註11〕同註5，詩集七，卷四一，頁4856。

訣,已處置後事矣。今到海南,首當作棺,次便作墓,乃留守疏與諸子,死則葬於海外。」因之,爲此憂心未能完成父蘇洵遺志,心生憂慮而做夢了,由此更知他對此事嚴謹認眞的態度。原「計功當畢《春秋》餘」然僅「今乃粗及桓、莊初」,因此「怛然悸寤心不舒,起坐有如掛鈎魚。」爲了完成《易》而心驚恐慌了。綜上述,蘇軾深受傳統《周易》思想影響,此對其美學思想有很大影響。

　　蘇軾於黃州及嶺南時期的思想,也受了道家曠達、自適及佛家隨緣、心境空寂、超越塵世的影響,並結合了其對《易傳》的體悟,而對宇宙、生命的看待有了更深一層的透徹參悟,而形成了超然物外的人生觀。在美學上追求純樸、眞率、自然渾然天成的藝術表現,此爲他審美理想的核心。他反對主體對客體的不正確乃至歪曲的表現,如其〈書戴嵩畫牛〉:「蜀中有杜處士,好書畫,所寶以百數。有戴嵩〈牛〉一軸,尤所愛,錦囊玉軸,常以自隨。一日,曝書畫,有一牧童見之,拊掌大笑,曰:『此畫鬬牛也,牛鬬,力在角,尾搐入兩股間。今乃掉尾而鬬,謬矣』處士笑而然之。古語有云:『耕當問奴,織當問婢』不可改也。」〔註12〕蜀中杜處士藏有唐代畫家戴嵩的〈鬥牛圖〉,因此圖對客體事物的描繪有虛假、不自然;而牧童成日與牛居,對牛的習性體會最眞切,故要拊掌大笑指畫中牛之肢體、姿態不對。此說明蘇軾對客體的美學追求在於眞實、樸素、自然,要反映客體獨特的生命、神韻及自然的樣態,在詩歌的創作上,他審美觀之論述與此相同,所以他提出「詩畫本一律,天工與清新」之觀點,本章節即以此之理論,探析他的文藝創作的審美理想,是以平淡自然形式,也即是味外之味之追求,以呈現意境深遠的詩歌創作,此爲蘇軾的審美理想追求。

　　蘇軾所謂之味外之味,誠如其在〈送參寥師〉之「欲令詩語妙,無厭空且靜。靜故了羣動,空故納萬境」、「鹹酸雜眾好,中有至味

〔註12〕同註5,文集十,卷七〇,頁7919。

永。」又如於〈書黃子思詩集後〉之「蕭散簡遠，妙在筆畫之外」、「發纖穠於簡古，寄至味於澹泊。」及〈書司空圖詩〉之「得味於味外」之文藝美理論。

第一節　寓意於物而不留意於物的審美觀

蘇軾年少時言「有意而言」及「意盡而止」的創作主張，此見於其〈策總敘〉：

> 臣聞有意而言，意盡而言止者，天下之至言也。蓋有以一言而興邦者，有三日言而不輟者。一言而興邦，不以爲少而加之毫毛；三日言而不輟，不以爲多而損之一辭。古之言者，盡意而不求於言，信己而不役於人。三代之衰，學校廢缺，聖人之道不明，而其所以猶賢於後世者，士未知有科舉之利。故戰國之際，其言語文章，雖不能盡通於聖人，而皆卓然近於可用，出其意之所謂誠然者。自漢以來，世之儒者，忘己以徇人，務射策決科之學，其言雖不叛於聖人，而皆氾濫於辭章，不適於用。臣嘗以爲晁、董、公孫之流，皆有科舉之累，故言有浮於其意，而意有不盡於其言。今陛下承百王之弊，立於極文之世，而以空言取天下之士，繩之以法度，考之於有司。臣愚不肖，誠恐天下之士，不獲自盡。故嘗深思極慮，率其意之所欲言者，爲二十五篇，曰略、曰別、曰斷。雖無足取者，而臣之區區，以爲自始而行之，以次至於終篇，既明其略而治其別，然後斷之於終，庶幾有益於當世。〔註13〕

「有意而言，意盡而言止，天下之至言也。」此即是蘇軾對創作詩文之理念，如此才是「出其意之所謂誠然者」及凡事皆要「嘗深思極慮，率其意之所欲言。」

〔註13〕同註5，文集二，卷八，頁771、772。李定對此評曰：「臣切見湖州蘇軾，初無學術，濫得時名，偶中異科，遂叨儒館。……應制舉對策，即已有厭獎更法之意。陛下修明政事，怨不用己，遂一切毀之，以爲非是。」(朋九萬《烏臺詩案》元豐二七月二日《御史中丞李定箚子》)。本文摘自本《蘇軾全集校注》。

　　蘇軾到了晚年言及「意之所到，則筆力曲折，無不盡意」創作之論。其在〈謝歐陽內翰書〉言：

> 軾竊以天下之事，難於改爲。自昔五代之餘，文教衰落，風俗靡靡，日以塗地。聖上慨然太息，思有以澄其源，疏其流，明詔天下，曉諭厥旨。於是招來雄俊魁偉敦厚朴直之士，罷去浮巧輕媚叢錯采繡之文，將以追兩漢之餘，而漸復三代之故。士大夫不深明天子之心，用意過當，求深者或至於迂，務奇者怪僻而不可讀，餘風未殄，新弊復作。大者鏤之金石，以傳久遠，小者轉相摹寫，號稱古文。紛紛肆行，莫之或禁。蓋唐之古文，自韓愈始，其後學韓而不至者爲皇甫湜，學皇甫湜而不至者爲孫樵，自樵以降，無足觀矣。……。〔註14〕

蘇軾此所言，即爲當時，詩文之創作尚處於五代之餘風，風俗靡靡。而於詩文之創作，未能取其意，爲此慨然而言之。

　　蘇軾認爲詩、繪畫、書法之妙理、內蘊、意境是一通的，是取其意及神。如元豐八年（1085）十一月七日於登州作〈書吳道子畫後〉言：

> 智者創物，能者述焉，非一人而成也。君子之於學，百工之於技，自三代歷漢至唐而備矣。故詩至於杜子美，文至於韓退之，書至於顏魯公，畫至於吳道子，而古今之變，天下之能事畢矣。道子畫人物，如以燈取影，逆來順往，旁見側出，橫斜平直，各相乘除，得自然之數，不差毫末，出新意於法度之中，寄妙理於豪放之外，所謂游刃餘地，運斤成風，蓋古今一人而已。余於他畫，或不能必其主名，至於道子，望而知其眞僞也。然世罕有眞者，如史全叔所藏，平生蓋一二見而已。〔註15〕

蘇軾讚美吳道子之畫是「出新意於法度之中，寄妙理於豪放之外。」有神韻、意境之美之畫。

〔註14〕同註5，文集七，卷四九，頁5310。
〔註15〕同註5，文集十，卷七〇，頁7908、7909。

又其於〈書李伯時山莊圖後〉言：

> 或曰：「龍眠居士作〈山莊圖〉，使後來入山者信足而行，
> 自得道路，如見所夢，如悟前世，見山中泉石草木，不
> 問而知其名，遇山中漁樵隱逸，不名而識其人，此豈強
> 記不忘者乎」曰：「非也，畫日者常疑餅，非忘日也。醉
> 中不以鼻飲，夢中不以趾捉，天機之所合，不強而自記
> 也。居士之在山也，不留於一物，故其神與萬物交，其
> 智與百工通。雖然，有道有藝，有道而不藝，則物雖形
> 於心，不形於手。吾嘗見居士作華嚴相，皆以意造而與
> 佛合。佛菩薩言之，居士畫之，若出一人，況自畫其所
> 見者乎。」〔註16〕

由此二文，知蘇軾對詩畫書的藝術美之觀照在於取物之意與神作爲最
高之審美理想。其言「不留於一物」及「其神與萬物交」即是心不留
於物，而是寓意於物，此已臻於心物交融合一的境界。此意也即是其
〈書王定國所藏王晉卿畫著色山二首〉之其一言：

> 白髮四老人，何曾在商顏。煩君紙上影，照我胸中山。山
> 中亦何有，木老土石頑。正賴天日光，澗谷紛爛斑。我心
> 空無物，斯文何足關。君看古井水，萬象自往還。〔註17〕

「煩君紙上影，照我胸中山」已物我合一，而「我心空無物，斯文何
足關。君看古井水，萬象自往還。」心已達於虛與空的狀態，所以觀
萬物，萬象自往還了。

蘇軾早年約（1063 或 1064）在〈次韻子由論書〉言：

> 吾雖不善書，曉書莫如我。苟能通其意，常謂不學可。貌
> 妍容有矉，璧美何妨橢。端莊雜流麗，剛健含婀娜。好之
> 每自譏，不獨子亦頗。書成輒棄去，謬被旁人裹。體勢本
> 闊落，結束入細麼。子詩亦見推，語重未敢荷。爾來又學
> 射，力薄愁官笴。多好竟無成，不精安用夥。何當盡屏去，

〔註16〕同註5，文集十，卷七○，頁7910。李伯時：李公麟字伯時，自號龍
　　　　眠居士。爲宋畫家，繪畫集顧愷之、吳道子之長，自成一家。
〔註17〕同註5，詩集五，卷三一，頁3418。

萬事付懶惰。吾聞古書法，守駿莫如跛。世俗筆苦驕，眾
中強蒐駃。鍾張忽已遠，此語與時左。〔註18〕

依其言「苟能通其意，常謂不學可」，蘇軾在詩文書創作時，主張取
其意，通其精神意理之論，如此，則下筆才能如行雲流水般，常止於
不可不止之境界。

　　蘇軾對於「有意而言」及「意盡而止」之文風，由其與友人之尺
牘之中可得知，如於紹聖三年（1096）七月〈與王庠書〉言：
　　……。前後所示著述文字，皆有古作者風力，大略能道意
　　所欲言者。孔子曰『辭達而已矣』，辭至於達，止矣，不可
　　以有加矣。〔註19〕

　　復如其〈與謝民師推官書〉言：
　　……。所示書教及詩賦雜文，觀之熟矣。大略如行雲流水，
　　初無定質，但常行於所當行，常止於所不可不止，文理自
　　然，姿態橫生。孔子曰：「言之不文，行而不遠」又曰：「辭
　　達而已矣」夫言止於達意，即疑若不文，是大不然。求物
　　之妙，如繫風捕影，能使是物了然於心者，蓋千萬人而不
　　一遇也。而況能使了然於口與手者乎。是之謂辭達。辭至
　　於能達，則文不可勝用矣。……。〔註20〕

此尺牘書寫於元符三年（1100）十一月自儋州北歸途經廣東清遠縣
時。以內文言，蘇軾此時文思之理是其畢生之經驗，已臻於登峰造極
之勢了。值得注意的是蘇軾在此二尺牘，都提到孔子曰「辭達而已
矣」，對其文著重於意之呈現，宋人范溫《潛溪詩眼》云：「東坡作文，
工於命意，必超然獨立於眾人之上。」〔註21〕可見其作文之論，是工
於命意。

〔註18〕同註5，詩集一，卷五，頁426。
〔註19〕同註5，文集七，卷四九，頁5306。
〔註20〕同註5，文集七，卷四九，頁5292。
〔註21〕（宋）范溫：《潛溪詩眼》見於（宋）胡仔：《苕溪漁隱叢話前集》
　　　　卷四（《筆記小說》第35編第1冊，臺北：新興書局，1983年12月），
　　　　頁22。

如他在惠州時作〈十一月二十六日，松風亭下，梅花盛開〉：

春風嶺上淮南村，昔年梅花曾斷魂。豈知流落復相見，蠻風蜑雨愁黃昏。長條半落荔支浦，臥樹獨秀桄榔園。豈惟幽光留夜色，直恐冷豔排冬溫。松風亭下荊棘裏，兩株玉蕊明朝暾。海南仙雲嬌墮砌，月下縞衣來扣門。酒醒夢覺起繞樹，妙意有在終無言。先生獨飲勿歎息，幸有落月窺清樽。〔註22〕

此詩「妙意有在終無言」句，顯示他對客觀事物的感悟以取其妙意。如此方能「不留於一物，故神與萬物交」之境界。

蘇軾於熙寧十年（1077）七月二十二日，在徐州作〈寶繪堂記〉言：

君子可以寓意於物，而不可以留意於物。寓意於物，雖微物足以爲樂，雖尤物不足以爲病。留意於物，雖微物足以爲病，雖尤物不足以爲樂。老子曰：『五色令人目盲，五音令人耳聾，五味令人口爽，馳騁田獵令人心發狂。』然聖人未嘗廢此四者，亦聊以寓意於焉耳。……。

凡物之可喜，足以悅人而不足以移人者，莫若書與畫。然至其留意而不釋，則其禍有不可勝言者。鍾繇至以此嘔血發塚，……。此留意之禍。〔註23〕

蘇軾於此說明了「寓意於物，雖微物足以爲樂，雖尤物不足以爲病。」及「留意於物，雖微物足以爲病，雖尤物不足以爲樂。」觀物之細微心態，足以影響主體於審美觀照時，物我交感中體現之美質意蘊與意境之不同，因此可以說「寓意於物」即是一種審美觀照過程，審美主體在觀照物象時，必須對物象寄予寓意的審美態度，而非留意的審美態度，如此才能達到物我合一之情境狀態。蘇軾此思想的闡釋，於〈書黃道輔品茶要錄後〉言：

〔註22〕同註5，詩集七，卷三八，頁4454。《輿地紀勝·惠州》卷九九：「松風亭，在彌陀寺後山之巔。始名峻峯。植松二千餘株，清風徐來，因謂松風亭。」
〔註23〕同註5，文集二，卷一一，頁1122。

物有畛而理無方，窮天下之辯，不足以盡一物之理。達者
寓物以發其辯，則一物之變，可以盡南山之竹。學者觀物
之極，而游於物之表，則何求而不得。故輪扁行年七十而
老於斲輪，庖丁自技而進乎道，由此其選也。黃君道輔諱
儒，建安人，博學能文，淡然精深，有道之士也。作《品
茶要錄》十篇，委曲微妙，皆陸鴻漸以來論茶者所未及。
非至靜無求，虛中不留，烏能察物之情如此其詳哉。昔張
機有精理而韻不能高，故卒爲名醫。今道輔無所發其辯，
而寓之於茶，爲世外淡泊之好，此以高韻輔精理者。予悲
其不幸早亡，獨此書傳于世，故發其篇末云。〔註24〕

他言「觀物之極，而遊於物之表，則何求而不得」且在「非至靜無求，
虛中不留，烏能察物之情」之要領，此爲於審美觀照時，需處於虛靜
之狀態，以妙悟萬物之理。

在〈超然臺記〉亦言：

凡物皆有也可觀，苟有可觀，皆有可樂，非必怪奇瑋麗
者也。餔糟啜漓，皆可以醉，果蔬草木，皆可以飽。推
此類也，吾安往而不樂。夫所爲求福而辭禍者，以福可
喜而禍可悲也。人之所欲無窮，而物之可以足吾欲者有
盡。美惡之辨戰乎中，而去取之擇交乎前，則可樂者常
少，而可悲者常多，是謂求禍而辭福，夫求禍而辭福，
豈人之情也哉。物有以蓋之矣，彼遊於物之內，而不遊
於物之外。物非有大小也，自其內而觀之，未有不高且
大者也。彼挾其高大以臨我，則我常眩亂反覆，如隙中
之觀鬭，又烏知勝負之所在，是以美惡橫生，而憂樂出
焉。可不大哀乎。……。〔註25〕

〔註24〕同註5，文集十，卷六六，頁7413。黃道輔：黃儒字道輔，建安人，
熙寧六年進士。其《品茶要錄》十篇即是一、採造過時。二、白合
盜葉。三、入雜。四、蒸不熟。五、過熟。六、焦釜。七、壓黃。
八、清膏。九、傷焙。十、辯壑源沙溪。前後各爲總論一篇。張機：
漢棗陽人，字仲景，靈帝時舉校廉，官至長沙太守，著有《傷寒論》。
自漢魏迄今，習醫者奉爲至寶，論者推爲醫中亞聖。

〔註25〕同註5，文集二，卷一一，頁1104、1105。超然臺：在諸城縣北城

蘇軾認為，人生之樂憂與喜禍，全在自己如何看待，心性如何轉向，而人之慾望少則「凡物皆有可觀，苟有可觀，皆有可樂，非必怪奇瑋麗者。」然「人之所欲無窮，而物之可以滿足吾之欲者有盡」，因此要「彼遊於物之內，而不遊於物之外」超然之思，則無往而不樂乎。他秉著此寓意於物的思想，是以，於謫居時能隨緣自適，而得到精神的釋放與解脫。

蘇軾在〈與子由弟十首〉尺牘之三言：

> 任性逍遙，隨緣放曠，但盡凡心，無別勝解。以我觀之，凡心盡處，勝解卓然，但此勝解，不屬有無，不通言語，故祖師教人，到此便住，如眼翳盡，眼自有明，醫只有除翳藥，何曾有求明方，明若可求，即還是翳，固不可於翳中求明，即不可言翳外無明。而世之昧者，便將頹然無知，認作佛地，若如此是佛……故凡學者，但當觀心除愛，自麤及細，念念不忘，會作一日，得無所除，弟以教我者是如此否？……。〔註26〕

蘇軾言物性蒙蔽與澄明之問題，主要在於，不能識物之所以為物者，在於不能識物之本性，致使常處於蒙蔽之中。若要使物性能澄明，則是要盡凡心及觀心除愛，除去私慾，就如同眼翳盡，眼自有明。如此便能「欲令詩語妙，無厭空且靜。靜故了羣動，空故納萬境。」〔註27〕他在〈與滕達道六十八首〉尺牘中之六十三言：「……。若使纏綿留戀，不即一刀兩斷，乃是世俗常態，非所望於傑人也。」〔註28〕他認為留戀於物之性要能放下除之，如此才能自適、曠達而心靜澄明，此即是不留意於物，不留意於物，則泉源自由奔放。

他在〈題筆陣圖〉亦言：

> 筆墨之迹，託於有形，有形則有弊。苟不至於無，而自

上。蘇軾〈超然臺記〉作於熙寧八年（1075）十一月於密州。

〔註26〕同註5，文集九，卷六○，頁6630。此書函寫於黃州時，即是元豐六年（1083）三月二十五日。

〔註27〕同註5，詩集三，卷一七，頁1893，〈送參寥師〉一文。

〔註28〕同註5，文集七，卷五一，頁5588。

> 樂於一時，聊寓其心，忘憂晚歲。則猶賢於博弈也。雖
> 然，不假外物而有守於內者，聖賢之高致也，惟顏子得
> 之。〔註29〕

此文強調「筆墨之迹，託於有形，有形則有弊。」然而，若寓於物，
則心可以自樂。但「不假外物而有守於內者」此爲聖賢如顏淵者之高
致，非凡人所能致。可見，其對「寓於物」而不「留於物」的審美理
想追求。

　　蘇軾將書畫的審美觀，用之於詩的創作上，他認爲書、畫、詩本
一體之審美。如他對山水花鳥自然界間萬物的描寫，即是以同樣的審
美態度「遊於物之外，寓意於物」的審美觀照，以感悟物象所蘊含神
韻之美。蘇軾對寓意的了悟，於其〈記游松風亭〉言：

> 余嘗寓居惠州嘉祐寺，縱步松風亭下，足力疲乏，思欲就
> 床止息。仰望亭宇，尚在木末。意謂如何得到。良久忽曰：
> 『此間有甚麼歇不得處？』由是心若掛鈎之魚，忽得解脫。
> 若人悟此，雖兩陣相接，鼓聲如雷霆，進則死敵，退則死
> 法，當恁麼時，也不妨熟歇。〔註30〕

他隨緣自適的態度「此間有甚麼歇不得處」頓悟到了「心若掛鈎之魚，
忽得解脫。若人悟此，雖兩陣相接，鼓聲如雷霆，進則死敵，退則死
法，當恁麼時，也不妨熟歇。」因此，他於謫居期間一切隨緣，而能
從容度過艱難。

　　蘇軾「寓意於物」的審美觀，體現於黃州時所作之〈赤壁賦〉：

> 壬戌之秋，七月既望，蘇子與客泛舟，遊於赤壁之下。清
> 風徐來，水波不興。舉酒屬客，誦明月之詩，歌窈窕之章。
> 少焉，月出於東山之上，徘徊於斗、牛之間。白露橫江，
> 水光接天。縱一葦之所如，凌萬頃之茫然。浩浩乎如馮虛
> 御風，而不知其所止，飄飄乎如遺世獨立，羽化而登
> 仙。……。

〔註29〕同註5，文集十，卷六九，頁7764。
〔註30〕同註5，文集十，卷七一，頁8113。

固一世之雄也，而今安在哉，況吾與子漁樵於江渚之上，侶魚蝦而友麋鹿。駕一葉之扁舟，舉匏尊以相屬。寄蜉蝣於天地，渺滄海之一粟。哀吾生之須臾，羨長江之無窮。挾飛仙以遨遊，抱明月而長終，知不可乎驟得，託遺響於悲風。

蘇子曰：客亦知夫水與月乎，逝者如斯，而未嘗往也。盈虛者如彼，而卒莫消長也。蓋將自其變者而觀之，則天地曾不能以一瞬。自其不變者而觀之，則物與我皆無盡也。而又何羨乎，且夫天地之間，物各有主。苟非吾所有，雖一毫而莫取。惟江上之清風，與山間之明月，耳得之而為聲，目遇之而成色，取之無禁，用之不竭，是造物者之無盡藏也，而吾與子之所共食也。……。〔註31〕

此文「縱一葦之所如，凌萬頃之茫然。浩浩乎如馮虛御風，而不知其所止」、「寄蜉蝣於天地，渺滄海之一粟」及「蓋將自其變者而觀之，則天地曾不能以一瞬。自其不變者而觀之，則物與我皆無盡也。而又何羨乎，且夫天地之間，物各有主。」所呈現的思想即是寓意於物的思維，於曠達、超脫、虛靜中妙悟到審美觀照時物象所呈現之意境美。

他於元符三年（1100）春，作〈汲江煎茶〉：

活水還須活火烹，自臨釣石取深清。大瓢貯月歸春甕，小杓分江入夜瓶。茶雨已翻煎處腳，松風忽作瀉時聲。枯腸未易禁三椀，坐聽荒城長短更。〔註32〕

筆者認為此詩內蘊即是寓意於物的最妙闡釋。蘇軾在海南是其體悟宇宙及人生哲理最深邃之時，「大瓢貯月歸春甕，小杓分江入夜瓶」句，以哲理思維表達，將江水與月之間的自然現象，體悟出宇宙及人生哲理。誠如紀昀言：「細膩而出於脫洒」〔註33〕。

〔註31〕　同註5，文集一，卷一，頁27、28。依本校注：「而吾與子之所共食也」之「食」茅本卷一作「適」，底本從集甲卷一九、《宋文鑑》、三希堂石刻。（見頁35）。

〔註32〕　同註5，詩集七，卷四三，頁5116。

〔註33〕　（清）紀昀：《蘇文忠公詩集》（掃葉山房時印，臺北：宏業書局印

第二節　形似與神似統合的審美意境

　　蘇軾對於其詩文創作之思，在其〈自評文〉言：「吾文如萬斛泉源，不擇地皆可出，在平地滔滔汩汩，雖一日千里無難。及其與山石曲折，隨物賦形，而不可知也，所可知者，常行於所當行，常止於不可止，如是而已矣。其他雖吾亦不能知也。」〔註34〕復如〈畫水記〉言：「古今畫水，多作平遠細皺，其善者不過能為波頭起伏，使人至以手捫之，為有窪隆，以為至妙矣。然其品格，特與印板水紙爭工拙於毫釐間耳。唐廣明中處士孫位始出新意，畫奔湍巨浪，與山石曲折，隨物賦形，盡水之變，號稱神逸。……。」〔註35〕再如其〈灩澦堆賦〉言：「天下之至信者，惟水而已。江河之大與海之深，而可以意揣。惟其不自為形，而因物以賦形，是故千變萬化而有必然之理。……。」〔註36〕他一再言，詩文之創作在於「隨物賦形」的思想，此為「與山石曲折，隨物賦形」之最佳闡釋，筆者認為於其〈與謝民師推官書〉尺牘中見詳：「大略如行雲流水，初無定質，但常行於所當行，常止於所不可不止，文理自然，姿態橫生。」〔註37〕而此隨物賦形之思想最終在於自然隨興的表現上。葉燮對蘇軾的自然感興云：「舉蘇軾之一篇一句，無處不可見其凌空如天馬，遊戲如飛仙，風流儒雅，無入不得，好善而樂與，嬉笑怒罵，四時之氣皆備，此蘇軾之面目也。」〔註38〕此對蘇軾自然感興，隨興成文的闡釋。

　　宋代是詩畫大融合的時期，因此當時詩畫家非常注重探討詩畫的

　　　　行，1917年），卷四三，頁98。

〔註34〕同註5，文集十，卷六六，頁7422。隨物賦形：蓋宜包括「盡物之變」及「橫態生姿」之意在內。

〔註35〕同註5，文集二，卷一二，頁1302。此文作於元豐三年（1080）十二月十五日於黃州時。本題名一作〈書蒲永昇畫後〉。

〔註36〕同註5，文集一，卷一，頁2。

〔註37〕同註5，文集七，卷四九，頁5292。

〔註38〕（清）葉燮：《原詩》（《叢集成續編》一五二冊，臺北：新文豐，1989年6月），外篇，頁791。

共同點。所以蘇軾也有論書畫觀點之文，而其論詩或書畫之文理皆是著重在神韻之上。如熙寧四年（1071）十二月臘日於杭州作〈臘日遊孤山，訪惠勤、惠思二僧〉言：

> 天欲雪，雲滿湖，樓臺明滅山有無。水清石出魚可數，林深無人鳥相呼。臘日不歸對妻孥，名尋道人實自娛。道人之居在何許，寶雲山前路盤紆。孤山孤絕誰肯廬，道人有道山不孤。紙窗竹屋深自暖，擁褐坐睡依團蒲。天寒路遠愁僕夫，整駕催歸及未晡。出山迴望雲木合，但見野鶻盤浮圖。茲遊淡薄歡有餘。到家恍如夢蓬蓬。作詩火急追亡逋，清景一失後難摹。〔註39〕

整首詩宛若一幅畫絹，「作詩火急追亡逋，清景一失後難摹」句，即是論述，凝神觀照物象時，煞時間妙悟到的審美意象之神形，要及時捕捉，否則稍縱即逝。復如〈高郵陳直躬處士畫雁二首〉其一：

> 野雁見人時，未起意先改。君從何處看，得此無人態。無乃槁木形，人禽兩自在。北風振枯葦，微雪落璀璀。慘澹雲水昏，晶瑩沙礫碎。戈人悵何慕，一舉渺江海。〔註40〕

蘇軾觀賞評陳直躬畫雁，言及畫雁要「無乃槁木形，人禽兩自在。」凝神觀察捕捉雁的習性姿態，畫出之雁方能栩栩如生。如此才能臻於「詩中有畫，畫中有詩」神形逼真及意境之美。蘇軾認為詩文書畫之理皆同，如其〈文與可畫篔簹谷偃竹記〉言：

> 竹之始生，一寸之萌耳，而節葉具焉。自蜩腹蛇蚹，以至于劍拔十尋者，生而有之也。今畫者乃節節而為之，葉葉而累之，豈復有竹乎。故畫竹必先得成竹于胸中。執筆熟視，乃見其所欲畫者，急起從之，振筆直遂，以追其我見，如兔起鶻落，少縱則逝矣。與可之教予如此，予不能然也，而心識其所以然。夫既心識其所以然，而不能然者，內外不一，心手不相應，不學之過也。故凡有見於中而操之不熟者，平居自視了然，而臨事忽焉喪

〔註39〕同註5，詩集二，卷七，頁 627、628。
〔註40〕同註5，詩集四，卷二四，頁 2700。

失，豈獨竹乎。……。〔註41〕

「畫竹必先得成竹於胸中」即是作畫必須先深入瞭解物象的習性，達於物我合一狀態。同時對於創作是捕捉剎那間之靈感，否則稍縱即逝，此也就是捕捉物之神形。文與可畫竹之祕訣，蘇轍於〈墨竹賦〉亦言：

> 與可以墨爲竹，視之良竹也。客見而驚焉，曰：「今夫受命於天，賦形於地，涵濡雨露，振盪風氣，春而萌芽，夏而解弛，散柯布葉，逮冬而遂……。」與可聽然而笑曰：「夫子所好者道也，放乎竹矣。始予隱乎崇山之陽，廬乎修竹之林，視聽漠然，無概乎予心，朝與竹乎爲游，莫與竹乎爲朋，飲食乎竹間，偃息乎竹陰，觀竹之變化也多矣。若夫風止雨霽，山空日出，猗猗其長，森乎滿谷。葉如翠羽，筠如蒼玉。澹乎自持，淒兮欲滴，蟬鳴鳥噪，人響寂歷，忽依風而長嘯，眇掩冉以終日。筍含籜而將墜，根得土而橫逸，絕澗穀而蔓延，散子孫乎千億。至若叢薄之餘，斤斧所施。山石犖埆，荊棘生之，寒將抽而莫達，紛既折而猶持，氣雖傷而益壯，身已病而增奇。淒風號怒乎隙穴，飛雪凝冱乎陂池。悲眾木之無賴，雖百圍而莫支。猶復蒼然於既寒之後，凜乎無可憐之姿。追松柏以自偶，竊仁人之所爲。此則竹之所以爲竹也。始也余見而悅之，今也悅之而不自知也。忽乎忘筆之在手，與紙之在前，勃然而興，而修竹森然，雖天造之無朕，亦何以異於茲焉。」……。
> 〔註42〕

此文說明文與可爲何畫竹能得心順手之妙處，在於朝夕生活於竹之中，凝神觀之、賞之、悅之，而成竹於胸中，得到竹物性之理，而至「忘筆之在手，與紙之在前」的境界，才能畫出物之神韻之妙。也是蘇軾所提「畫竹必先得成竹於胸中」的隨物賦形之審美觀照心態。

〔註41〕同註5，文集二，卷一一，頁1153、1154。
〔註42〕（宋）蘇轍撰 曾棗莊 馬德富校點：《欒城集》（上海：上海古籍出版社，1987年3月），頁416、417。

蘇軾於黃州作〈小篆般若心經贊〉亦言：

> 草隸用世今千載，少而習之手所安。……。忽然使作大小
> 篆，如正行走值牆壁。縱復學之能粗通，操筆欲下仰尋
> 索。……。心存形聲與點畫，何暇復求字外意？世人初不
> 離世間，而欲學出世間法。舉足動念皆塵垢，而以俄頃作
> 禪肆。禪肆若可以作得，所不作處安得禪？善哉李子小篆
> 字，其間無篆亦無隸。心忘其手手忘筆，筆自落紙非我
> 使。……。〔註43〕

所言「心忘其手手忘筆，筆自落紙非我使。」皆為對事物處於凝神虛
靜觀照之後，則能成竹於胸，然後得心應手，下筆自如，有如神助之
力。

蘇軾於〈書晁補之所藏與可畫竹三首〉其一亦言：「與可畫竹時，
見竹不見人。豈獨不見人，嗒然遺其身，其身與竹化，無窮出清新。
莊周世無有，誰知此疑神。」〔註44〕此說明文與可畫竹之精神，是在
於主體凝神於觀察物體之中，而達到物我合一、忘我之境界，才能畫
出栩栩如生及富有情韻之竹。

蘇軾評詩文書畫，喜以隨物賦形之思維，論詩文書畫之美與文理
之自然。如〈書鄢陵王主簿所畫折枝二首〉其一言：

> 論畫以形似，見與兒童鄰。賦詩必此詩，定非知詩人。詩
> 畫本一律，天工與清新。邊鸞雀寫生，趙昌花傳神。何如
> 此兩幅，疏淡含精勻。誰言一點紅，解寄無邊春。〔註45〕

此說明蘇軾認為詩畫本一體的自然規律的審美觀。而所論之「形似」
即是物理，是指物之常理、文理。無論詩畫，都要依物之文理得之，

〔註43〕同註5，文集四，卷二一，頁2406、2407。李子：李康年，字樂道，
　　　　江夏人。好古博學，小篆尤精。仕至國子監丞。

〔註44〕同註5，詩集五，卷二九，頁3160。

〔註45〕同註5，詩集五，卷二九，頁3170。句本校注言：「論畫以形似，見
　　　　與兒童鄰。賦詩必此詩，定非知詩人。」此為蘇軾詩畫論之名句，
　　　　然歷來理解與評價略有不同。多數人認為蘇軾並不反對形似，僅反
　　　　對拘於形似，而失卻神思氣韻。

如此就天工與清新了。此意又如其評〈書黃筌畫雀〉言：

> 黃筌畫飛鳥，頸足皆展，或曰：「飛鳥縮頸則展足，縮足則
> 展頸，無兩展者」驗之信然。乃知觀物不審者，雖畫師且
> 不能，況其大者乎，君子是以務學而好問也。〔註46〕

復如〈書戴嵩畫牛〉言：

> 蜀中有杜處士，好書畫，所寶以百數。有戴嵩〈牛〉一軸，
> 尤所愛，錦囊玉軸，常以自隨。一日曝書畫，有一牧童見
> 之，拊掌大笑，曰：「此畫鬥牛也，牛鬥，力在角，尾搐入
> 兩股間，今乃掉尾而鬥，謬矣。」處士笑而然之。古語有
> 云：「耕當問奴，織當問婢。」不可改也。〔註47〕

此二文皆爲蘇軾對於詩畫之形似論，凡物須依物自然之理。倘若詩畫
不依物之常理，畫虎不成反類犬，失其眞。所言依物之理，其於〈跋
君謨飛白〉言：「物一理也，通其意，則無適而不可」〔註48〕之意同。

熙寧三年（1070）於汴京作〈淨因院畫記〉亦言：

> 余嘗論畫，以爲人禽、宮室、器用皆有常形。至於山石竹
> 林，水波煙雲，雖無常形，而有常理。常形之失，人皆知
> 之。常理之不當，雖曉畫者有不知。故凡可以欺世而取名
> 者，必託於無常形者也。雖然，常形之失，止於所失，而
> 不能病其全。若常理之不當，則舉廢之矣。以其形之無常，
> 是以其理不可不謹也。……，而至於其理，非高人逸才不
> 能辨。與可之於竹石枯木，眞可謂得其理者矣，如是而生，
> 如是而死，如是而攣拳瘠蹙，如是而條達暢茂，根莖節葉，
> 牙角脉縷，千變萬化，未始相襲，而各當其處，合於天造，
> 厭於人意。蓋達士之所寓也歟。……。〔註49〕

〔註46〕同註5，文集十，卷七〇，頁7918、7919。黃筌：五代前蜀成都人，
字要叔。以善畫著名，花竹師藤昌祐，鳥雀師刁光胤，山水師李昇，
鶴師薛稷，人物龍師孫遇，集諸家之善，無不精妙。仕蜀爲翰林待
詔。所作花鳥畫，與江南布衣徐熙齊名，並稱黃徐。

〔註47〕同註5，文集十，卷七〇，頁7919。

〔註48〕同註5，文集十，卷六九，頁7808。

〔註49〕同註5，文集二，卷一一，頁1159、1160。

此言無論竹石枯木之生、死、攣拳脊蹙、而調達遂茂，各有其紋理之依循，而互不相糾結，而各得其所適的生存著。此即是主體給與物象隨物賦形之內蘊表現。而要賦與物之隨物賦形之造詣，非高人逸才不能辦，而達士之所寓者即是此理。

　　蘇軾於元豐三年（1080）三月於陳州作〈文與可飛白贊〉言：

　　　　嗚呼哀哉，與可豈其多好，好奇也歟，抑其不試，故藝也。始余見其詩與文，又得見其行草篆隸也，以爲止此矣。既沒一年，而復見其飛白。美哉多乎，其盡萬物之態也。霏霏乎其若輕雲之蔽月，翻翻乎其若長風之卷斾也。猗猗乎其若遊絲之縈柳絮，裹裹乎其名若流水之舞荇帶也。離離乎其若遠而相屬，縮縮乎其近而不隘也。其工至於此，而余乃今知之。……。〔註50〕

文與可才華橫溢，其兼具書、畫於一身，有其獨特的風格。飛白是一種書體，此筆畫會留白，似枯筆所寫。蘇軾讚美文與可，此書體之美有飄逸、細長、柔弱、搖曳美之態，飛白之處似雪紛飛之樣。其筆畫結構似散漫，然空間比例卻是相呼應的，整體視之，神與韻兼具的表現出來。而「美哉多乎，其盡萬物之態也。霏霏乎其若輕雲之蔽月，翻翻乎其若長風之卷斾也。猗猗乎其若遊絲之縈柳絮，裹裹乎其名若流水之舞荇帶也。」也即是所謂「隨物賦形」神形兼具的美感觀點。

　　約於熙寧七年（1074）蘇軾在杭州時〈與何浩然〉尺牘言：「……。寫真奇妙，見者皆言十分形神，甚奪真也。非故人倍常用意，何以及此，感服之至。」〔註51〕言及作品之極爲形似，也極爲神似，此即達於形神融合的境界。

　　對於人物畫之傳神論，蘇軾於元豐八年（1085）十一月作〈書陳懷立傳神〉言：

　　　　傳神之難在於目。顧虎頭云：「傳神寫照，都在阿堵中，其

〔註50〕同註 5，文集四，卷二一，頁 2389。飛白：一種書體。筆畫露白，似枯筆所寫。相傳爲後翰蔡邕所創。

〔註51〕同註 5，文集九，卷五九，頁 6501。

次在顴頰。」吾嘗於燈下顧見頰影，使人就壁畫之，不作
眉目，見者皆失笑，知其為吾也。目與顴類似，餘無不似
者，眉與鼻口，蓋可增減取似也。傳神與相一道，欲得其
人之天，法當於眾中陰察其舉止。今乃使具衣冠坐注視一
物，彼斂容自持，豈復見其天乎，凡人意思各有所在，或
在眉目，或在鼻口。虎頭云：『頰上加三毛，覺精彩殊勝。』
則此人意思，蓋在須頰間也。優孟學孫叔敖，抵掌談笑，
至使人謂死者復生。此豈能舉體皆似耶，亦得其意思所在
而已。使畫者悟此理，則人人可謂顧、陸。吾嘗見僧惟真
畫曾魯公，初不甚似。一日，往見公，歸而喜甚，曰：『吾
得之矣。』乃於眉後加三紋，隱約可見，作仰首上視，眉
揚而額蹙者，遂大似。南都人陳懷立傳吾神，眾以為得其
全者。懷立舉止如諸生，蕭然有意於筆墨之外者也。故以
所聞者助發之。〔註52〕

此蘇軾言及傳神寫照及蕭然有意於筆墨之外的神與韻之創作審美
觀。在詩歌的創作，其亦注重在傳神上，如〈書辯才次韻參寥詩〉：

「嵓棲木食已皤然，交舊何人慰眼前。素與畫公心印合，
每思秦子意珠圓。當年步月來幽谷，柱杖穿雲冒夕煙。臺
閣山水本無異，故應文字未離禪。」辯才作此詩時，年八
十一矣。平生不學作詩，如風吹水，自成文理，而參寥與
吾輩詩，乃如巧人織繡耳。〔註53〕

以參寥作詩為例，強調詩文之創作要「如風吹水，自成文理」。悟得
之後猶如「乃如巧人織繡」巧妙得於對物之神形。

蘇軾論書法亦然，其在〈論書〉言：「書必有神、氣、骨、肉、血，
五者闕一，不為成書也。」〔註54〕又如在〈跋文與可論草書後〉並序
言：「余學草書凡十年，終未得古人用筆相傳之法。後因見道士鬥蛇，

〔註52〕同註5，文集十，卷七○，頁7922、7923。顧虎頭：東晉畫家顧愷之，
　　　　字長康，小子虎頭，故名。另，顧、陸：為顧愷之、陸探微。
〔註53〕同註5，文集十，卷六八，頁7667。文中「嵓棲木食已皤然」之「食」
　　　　字，在詩集為「石」字。畫公原指唐詩皎然，此指參寥。
〔註54〕同註5，文集十，卷六九，頁7815。

遂得其妙。乃知顓、素之各有所悟，然後至於如此耳。」其文言：

> 留意於物，往往成趣。昔人有好草書，夜夢則見蛟蛇糾結。
> 數年，或晝日見之，草書則工矣，而所見亦可患。與可之
> 所見，豈真蛇耶，抑草書之精也，予平生好與與可劇談大
> 噱，此語恨不令與可聞之，令其捧腹絕倒也。〔註55〕

「留意於物，往往成趣」為在創作之時，對物象之習性要觀察入微，並要捕捉其神形，此即是其精髓之神妙，才自然栩栩如生。蘇軾的書法其子蘇過作〈書先公字後〉言：

> 吾先君子豈以書自名哉，特以其至大至剛之氣，發於胸中
> 而應之於手，故不見其有刻畫嫵媚之工，而端章甫，若有
> 不可犯之色，知此然後可以知其書。然其少年喜二王書，
> 晚乃喜顏平原，故時有二家風氣。俗子初不知，妄謂學徐
> 浩，陋矣。
>
> 公之書如有道之士，隱顯不足以議其榮辱。昔之人有欲擠
> 於淵，則此書隱。今之人以此書為進取資，則風俗靡然，
> 爭以多藏為誇。而逐利之夫，臨摹百出，朱紫相亂十七八
> 矣。嗚呼，此皆書之不幸也。陽春白雪之歌出，豈容閭巷
> 小人皆好哉。雖然，無知者役於名，以偽為真，不足責。
> 至搢紳士大夫家為世所欺，可為太息。而又有妄庸者居其
> 間，自謂能是正其非，倔強大言，反以真為偽，其無知則
> 一也。而使此書或至與玉石俱焚，是重不幸也。
>
> 過侍先君居夷七年，所得遺編斷簡皆老年字，落其華而成其
> 實。如太羹玄酒，朱弦疏越。將取悅於婦人女子，難矣哉。
> 世方一律，殆未可言，且非獨書也，斯文亦然。公昔為〈藏
> 經記〉初傳於世，或以為非公作，其後知之者以為神奇。在
> 惠州作〈梅花詩〉，有以為非，至有以為笑。此皆士大夫間

〔註55〕 同註 5，文集十，卷六九，頁 7840、7841。陸羽《懷素傳》：「懷素
疎放不拘細行，萬緣皆繆，心自得之。於是飲酒以養性，草書暢志，
時酒酣興發，遇寺壁裏牆，衣裳器皿，靡不書之。……顏公徐問之
曰：『師亦有自得之乎』對曰：『貧道觀夏雲多奇峯，輒嘗師之。夏
雲因風變化，乃無常勢，又遇壁折之路，一一自然。』」（頁 7841）

以文鳴者，其說能使人必信，其謬妄如此，乃知識《古戰場
文》者鮮矣，可爲流俗痛哭。過謹書藏於家。〔註56〕

蘇軾書爲北宋四家之一，即與黃庭堅（1045 年～1105 年）、米芾
（1051 年～1107 年）、蔡襄（1012 年～1067 年）齊名。其書時人「只
字片紙，皆藏收」，以至商人僞贋以逐利，官宦寶藏而炫爲珍。然徒
追世好，空仰盛名而已。於其書、於其詩、於其文、於其人。誠識
者有幾人」〔註57〕，蘇過爲此哀而慟哭。

由蘇軾的審美觀之理論，可更清楚了解蘇軾詩文創作的審美視
角，其著重在主體本身對物象所蘊含之意，既其所言「有意而言，意
盡而言止，爲天下之至言之境。」在審美觀照中，物我之間的相互感
應，是於凝神虛靜中，視物象之隨物賦形之變，取其形似神似之妙，
而臻於意與境融會，物我合一之境界。

蘇軾論詩畫書的審美觀，除了形似之外更講究神似。他於〈評詩
人寫物〉言：

詩人有寫物之功。「桑之未落，其葉沃若。」他木殆不可以
當此。林逋〈梅花〉詩云：「疏影橫斜水清淺，暗香浮動月
黃昏」決非桃李詩。皮日休〈白蓮〉詩云：「無情有恨何人
見，月曉風清欲墮時。」決非紅蓮詩，此乃寫物之功。若
石曼卿〈紅梅〉詩云：「認桃無綠葉，辨杏有青枝。」此至
陋語，蓋村學中體也。〔註58〕

對於林逋的「疏影橫斜水清淺，暗香浮動月黃昏」則是寫物之功，形
神皆有。而石漫卿之「認桃無綠葉，辨杏有青枝。」之陋語，則是其
僅寫物之形而無寫物之神。所以蘇軾對詩畫的審美要求是一致的，著
重於形神兼具，寓意於物之內蘊表現，如在〈書黃子思詩集後〉言：

予嘗論書，以謂鍾王之迹，蕭散簡遠，妙在筆畫之外。至

〔註56〕（宋）蘇過撰，舒星校補 蔣宗許 舒大剛等注：《蘇過詩文編年箋注》
（北京：中華書局，2012 年 12 月），文，卷八，頁 733、734。
〔註57〕取自（宋）蘇過撰 舒星校補 蔣宗許 舒大剛等注：《蘇過詩文編年
箋注》（北京：中華書局，2012），文，卷八，頁 734。
〔註58〕同註5，文集十，卷六八，頁 7663、7664。

唐顏、柳始集古今筆法而盡發之，極書之變，天下翕然以
爲宗師。而鍾王之法益微。至於詩亦然。蘇、李之天成，
曹、劉之自得，陶、謝之超然，蓋亦至矣。而李太白、杜
子美，以英瑋絕世之姿，凌跨百代，古今詩人盡廢。然魏、
晉以來高峰絕塵，亦少衰矣。李、杜之後，詩人繼作，雖
間有遠韻，而才不逮意，獨韋應物、柳宗元發纖穠於簡古，
寄至味於澹泊，非餘子所及也。唐末司空圖，崎嶇兵亂之
間，而詩文高雅，猶有承平之遺風。其論詩曰「梅止於酸，
鹽止於鹹，飲食不可無鹽梅，而其美常在鹹酸之外。」蓋
自列其詩之有得於文字之表者二十四韻，恨當時不識其
妙，予三復其言而悲之。閩人黃子思，慶曆、皇祐間號能
文者。予嘗聞前輩誦其詩，每得佳句妙語，反復數四，乃
識其所謂。信乎表聖之言，美在鹹酸之外，可以一唱而三
歎也。……。〔註59〕

言及書之妙，妙在筆畫之外，詩亦如此，而更是發纖穠於簡古，寄至
味於澹泊，寓意於物的心境及美在酸鹹味外、超然及高峰絕塵之中，
此論言及意境特徵及審美理想。

　　總之，蘇軾對詩歌與繪畫之形似與神似之關係在於他所言「論畫
以形似，見與兒童鄰。賦詩必此詩，定非知詩人。詩畫本一律，天工
與清新。」之理論。

第三節　心與物的和諧——平淡自然美的追求

　　蘇軾在〈靜常齋記〉言：「虛而一，直而正，萬物之生芸芸，此獨
漠然而自定，吾其命之曰靜。」〔註60〕與《老子・十六章》言：「致虛
極，守靜篤。萬物竝作，吾以觀其復。夫物芸芸，各歸其根，歸根曰
靜。靜曰復命，復命曰常，知常曰明。」〔註61〕之意相似。他於在黃

〔註59〕同註5，文集十，卷六七，頁7598。
〔註60〕同註5，文集二，卷一一，頁1149。
〔註61〕（明）焦竑撰，黃曙輝點校：《老子翼》（上海：華東師範大學出版，
　　　　2011年6月），頁39。

州作〈記承天夜游〉言：「元豐六年十月十二日，夜，解衣欲睡，月色入戶，欣然起行。念無與爲樂者，遂至承天寺，尋張懷民。懷民亦未寢，相與步於中庭。庭下如積水空明，水中藻荇交橫，蓋竹柏影也。何夜無月，何處無竹柏，但少閑人如吾兩人者耳。」〔註62〕處在虛靜之中，凝神觀照時體悟出一種審美意境，時空環境顯現出和諧之氛圍。

蘇軾於〈送參寥師〉言：

上人學苦空，百念已灰冷。劍頭惟一吷，焦穀無新穎。胡爲逐吾輩，文字爭蔚炳。新詩如玉屑，出語變清警。退之論草書，萬事未嘗屏。憂愁不平氣，一寓筆所騁。頗怪浮屠人，視身如丘井。頹然寄淡泊，誰與發豪猛。細思乃不然，眞巧非幻影。欲令詩語妙，無厭空且靜。靜故了羣動，空故納萬境。閱世走人間，觀身臥雲嶺。鹹酸雜眾好，中有至味永。詩法不相妨，此語當更請。〔註63〕

他認爲觀物必須處於虛靜狀態，才能妙悟到萬物之理，而臻於心物間之融合、和諧的最高境界。復如〈朝辭赴定洲論事狀〉所言：「……。古之聖人，將有爲也，必先處晦而觀明，處靜而觀動，則萬物之情，畢陳于前。……。」〔註64〕處虛靜觀照則得萬物之情。

蘇軾對於主體在審美過程中所處虛、靜的心理狀態，如《周易》之六十四卦之「山澤咸」卦之象辭，此在《東波易傳》咸卦象辭言：「……。天地感而萬物化生，聖人感人心而天下和平，觀其所感而天地萬物之情可見矣。……。咸者，以神交。夫神者，將遺其心，而況於身乎。身忘而後神存，心不遺則身不忘，身不忘則神忘。故神與身，非兩存也，必有一忘。……。體靜而神交者咸之正也。」〔註65〕蘇軾認爲要忘一切外物之存，然後凝神而後空、虛生，主體的心靈處在虛

〔註62〕同註5，文集十，卷七一，頁 8082。張懷民：張夢得，時亦謫居黃州。

〔註63〕同註5，詩集三，卷一七，頁 1892、1893。

〔註64〕同註5，文集五，卷三六，頁 3589。

〔註65〕（宋）蘇軾撰：《東波易傳》（《影印文淵閣四庫全書》第九冊，臺北：臺灣商務印書館），頁 9～58。

靜、清明的狀態之中，才能洞悉體悟宇宙萬物深邃之理，此時則心物已合一了。

　　而艮卦其曰「艮，止也，時止則止，時行則行，動靜不失其時，其道光明。……。所貴於聖人者，非貴其靜而不交於物，貴其與物皆入於吉凶之域，而不能亂也。……。止與靜相近而不同，方其動而止之，則靜之始也，方其靜而止之，則動之先也。故曰時止則止，時行則行，動靜不失其時，其道光明。……。」〔註66〕此所謂「時止則止，時行則行，動靜不失其時，其道光明」係言凝神觀照萬物時，於霎時間捕捉到的妙悟。而「非貴其靜而不交於物，貴其與物皆入於吉凶之域，而不能亂也」此時即物我相互交感，臻於物我融而合一之境界了。

　　蘇軾於〈書晁補之所藏與可畫竹三首〉之其一言及：

　　　　與可畫竹時，見竹不見人。豈獨不見人，嗒然遺其身。其
　　　　身與竹化，無窮出清新。莊周世無有，誰知此凝神。〔註67〕

「其身與竹化」蘇軾強調文與可畫竹之精神在於作畫時處於物我兩忘之境界，此境界即是主體必須處於凝神、觀照的狀態之中，以明物象之習性、面面觀，如此便能「身與竹化」了。

　　蘇軾崇尚自然，神往於高風絕塵境界，認爲文理自然，就是美的觀點。他的審美趣味，由豪邁趨於超逸，由絢爛而平淡自然。蘇軾認爲年少時的文章，氣象要崢嶸，文彩要絢爛，如其〈與二郎姪〉尺牘言：「……。凡文字，少小時須令氣象崢嶸，采色絢爛，漸老漸熟乃造平淡。其實不是平淡，絢爛之極也。汝只見爺伯而今平淡，一向只學此樣，何不取舊日應舉時文字看，高下抑揚，如龍蛇捉不住，當且學此。只書字亦然，善思吾言。」〔註68〕其中言及之「平淡」非一般俗氣之平淡，而是文章精煉之後，無論是鍊字或思維的成熟度，都已

〔註66〕　（宋）蘇軾撰：《東波易傳》（《影印文淵閣四庫全書》第九冊，臺北：臺灣商務印書館），頁9～96、97。
〔註67〕　同註5，詩集五，卷二九，頁3160。
〔註68〕　同註5，文集十一，蘇軾佚文彙編卷四，頁8664。

經臻於爐火純青之境界，而呈現「外枯中膏」、「癯而實腴」及「似淡而實美」之意境。誠如他〈與謝民師推官書〉所言：「……。所示書教及詩賦雜文，觀之熟矣，大略如行雲流水，初無定質，但常行於所當行，常止於所不可不止，文理自然，姿態橫生。」〔註69〕的揮灑自如。

追求平淡自然之美，是宋代的審美理想之主流，如梅堯臣之「作詩無古今，唯造平淡難」，程頤之「天工生出一枝花」而王安石亦認爲好詩宜「看似尋常最奇崛，成如容易卻艱辛」都是對平淡自然美之闡釋。因此蘇軾之爲文自然平淡是受時代文思潮流影響，如嘉祐四年（1059）蘇軾兄弟守母喪畢，隨父蘇洵於是年十月離蜀，舟行適楚入京師，於十二月八日在江陵驛作〈南行前集敘〉言：

> 夫昔之爲文者，非能爲之爲工，乃不能不爲之爲工也。山川之有雲霧，草木之有華實，充滿勃鬱，而見於外。夫雖欲無有，其可得耶。自少聞家君之論文，以爲古之聖人有所不能自己而作者，故軾與弟轍爲文至多，而未嘗敢有作文之意。己亥之歲，侍行適楚，舟中無事，博奕飲酒，非所以爲閨門之歡。而山川之秀美，風俗之樸陋，賢人君子之遺跡，與凡耳目之所接者，雜然有觸於中，而發於詠歎，蓋家君之作與弟轍之文皆在，凡一百篇，謂之〈南行集〉。將以識一時之事，爲他日之所尋繹。且以爲得於談笑之間，而非勉強所爲之文也。〔註70〕

由此文知其以寫實、自然爲文之思維。對此文金代王若虛《滹南遺老集》言：「東坡〈南行前集敘〉云：『昔人之文，非能爲之爲工……山川之有雲，草木之有華實，充滿勃鬱而見於外……故予爲文至多，而未嘗敢有作文之意。』時公年始冠耳，而所有如此。」〔註71〕

〔註69〕同註5，文集七，卷四九，頁5292。
〔註70〕同註5，文集二，卷一〇，頁1009。
〔註71〕（金）王若虛：《滹南遺老集》（《四部叢刊集部》，臺北：臺灣商務印書館，1981年9月）卷三九，頁200。

蘇軾對於畫也講究畫之自然，而自然之中要有其內蘊表現。他於〈跋蒲傳正燕公山水〉：

> 畫以人物爲神，花竹禽魚爲妙，宮室器用爲巧，山水爲勝，
> 而山水以清雄奇富，變態無窮爲難，燕公之筆，渾然天成，
> 粲然日新，已離畫工之度數，而得詩人之清麗也。〔註72〕

「畫以人物爲神，花竹禽魚爲妙」此神與妙，主體皆要於虛靜、凝神觀照之後方能得之，也就是審美主體與物象已融合，此又得之於主體本身審美的內蘊，已超然於物之外的情境，達到心與物的和諧體現。

另外，蘇軾書法之講究亦然，如〈跋劉景文歐公帖〉言：

> 此數十紙，皆文忠公衝口而出，縱手而成，初不加意者也。
> 其文采字畫，皆有自然絕人之姿，信天下之奇蹟也。〔註73〕

「衝口而出，縱手而成，初不加意者也。其文采字畫，皆有自然絕人之姿。」之語已「心物合一」了。

蘇軾無論對詩書畫的審美觀照都著重於順物之理、自然天成之論，其對音樂亦然，如於建中靖國元年（1101）正月五日於南安軍作〈跋石鐘山記後〉言：

> 錢唐、東陽皆有水樂洞，泉流空巖中，自然宮商。又自靈
> 隱下天竺而上，至上天竺，谿行兩山間，巨石磊磊如牛羊，
> 其聲空磬然，眞若鐘聲，乃知莊生所謂天籟者，蓋無所不
> 在也。〔註74〕

「泉流空巖中，自然宮商」及「其聲空磬然，眞若鐘聲」皆自然之聲，天籟之聲。

蘇軾審美理想表現在「蕭散簡遠，妙在筆畫之外」、「發纖穠於簡古，寄至味於澹泊」及「美常在鹹酸之外」上，此論及，意境特徵及審美理想。他對司空圖之審美情趣更是推崇，是其詩歌審美理想之最高指標。此見於〈司空表聖文集‧與李生論詩畫〉言：

〔註72〕同註5，文集十，卷七○，頁7914、7915。
〔註73〕同註5，文集十，卷六九，頁7862。
〔註74〕同註5，文集十，卷六六，頁7439、7440。

> 文之難而詩之尤難，古今之喻多矣。而愚以爲辨於味，而
> 後可以言詩也。……。若醯非不酸也，止於酸而已」。若醯
> 非不鹹也，止於鹹而已。華之人以充飢，而遽輟者，知其
> 鹹酸之外，醇美所乏耳。……。詩貫六義，則諷諭抑揚淳
> 蓄溫雅皆在其間矣，……。近而不浮，遠而不盡，然後可
> 以言韻外之致耳。愚幼常自負，既久愈覺缺然。……。不
> 知所以神而自神也，豈容易哉，今足下之詩，時輩固有難
> 色，儻復以美爲工，即知味外之旨矣。〔註75〕

司空表聖自論其詩「若醯非不酸也，止於酸而已」。若醯非不鹹也，
止於鹹而已」以爲得味於味外。

　　蘇軾對自然美的追求，在其詩畫論中已闡釋很多觀點。所以他「已
將自然提升到了風格美學的高度，所謂『風格美學』簡單的講，就是
從美學的高度來審視和論述一種藝術風格。」〔註76〕而此自然美之風
格，追求的是平淡、樸質中的一種和諧。和諧之境界，主體必須處於
虛靜、凝神觀照之中，以達到物我合一的審美境界。筆者認爲蘇軾的
詩歌中，以和陶詩的意境美，最能體現心物和諧、平淡及自然的追求，
此也是蘇軾追求的審美理想。

　　蘇軾貶謫嶺南時期，大量創作和陶詩，主要是他與陶淵明處境相似
之故。躬耕田園之時，體悟到陶淵明的心情，如遇千年知己一樣，心思
與陶淵明越走越近。蘇轍於〈子瞻和陶淵明詩集引〉中引蘇軾之言：

> 古之詩人有擬古之作矣，未有追和古人者也，追和古人則
> 始于東坡。吾於詩人無所甚好，獨好淵明之詩。淵明作詩
> 不多，然其詩質而實綺，臞而實腴，自曹、劉、鮑、謝、
> 李、杜諸人，皆莫及也。吾前後和其詩凡百數十篇，至其
> 得意，自謂不甚愧淵明，今將集而並錄之，以遺後君子，
> 子爲我志之。然吾於淵明，豈獨好其詩也哉，如其爲人，

〔註75〕（唐）司空圖撰：《司空表聖文集》（上海：上海古籍出版社，1994
　　　年9月），頁24及26。
〔註76〕冷成金：《蘇軾的哲學觀與文藝觀》（北京：學苑出版社，2003年5
　　　月），頁573。

> 實有感焉，淵明臨終疏告儼等：『吾少而窮苦，每以家弊東
> 西遊走，性剛才拙，與物多忤，自量爲己，必貽俗患，黽
> 俛辭世，使汝等幼而饑寒。』淵明此與蓋實錄也。吾今眞
> 有此病，而不早自知。半生出仕，以犯世患，欲以晚節師
> 範其萬一也。〔註77〕

蘇軾晚年不幸的謫居生涯，讓他有師範陶淵明萬一之心結。但其又言
「吾於詩人無所甚好，獨好淵明之詩。」筆者認爲蘇軾年少時即對老
莊有獨特的喜好，他潛意識早有老莊思想存在，而陶淵明也是玄學思
想者。謫居之後的蘇軾，無論是思想或心境歷程都與陶淵明相似，且
淵明之詩集是其排遣慰藉心靈之書。所以他與淵明之間的距離越走越
近，幾乎形影不離了，因此以作和陶詩爲己任。

　　至於，蘇軾與陶淵明之結緣，應始於元佑五年（1090）十月於杭
州作〈問淵明〉篇，其詩曰：

> 子知神非形，何復異人天。豈惟三才中，所在靡不然。我
> 引而高之，則爲日星懸。我散而卑之，寧非山與川。三皇
> 雖云沒，至今在我前。八百要有終，彭祖非永年。皇皇謀
> 一醉，發此露槿妍。有酒不辭醉，無酒斯飲泉。立善求我
> 譽，飢人食饞涎。委運憂傷生，憂去生亦遷。縱浪大化中，
> 正爲化所纏。應盡更須盡，寧復事此言。〔註78〕

陶淵明有《形影神‧神釋》詩，蘇軾即是對此詩而問，作〈問淵明〉。
而蘇軾最早的和陶詩，是在元祐七年（1092）知揚州時，作〈和陶飲
酒二十首〉並敘言：「吾飲酒甚少，常以把盞爲樂。往往頹然坐睡，
人見其醉，而吾中了然，蓋莫能名其爲醉爲醒也。在揚州時，飲酒過
午，輒罷。客去，解衣盤礴，終日歡不足而適有餘，因和淵明〈飲酒〉
二十首。庶以彷彿其不可名者，示舍弟子由、晁無咎學士。」〔註79〕

〔註77〕（宋）蘇轍撰　曾棗莊　馬德富校點：《欒城集》（上海：上海古籍出
　　　　版社，1987 年 3 月），後集卷二一，頁 1402。依據《儋縣誌》記載：
　　　　「揚州有二十首，惠州有三十首，儋州有五十九首包括有和意及次
　　　　韻兩種。」
〔註78〕同註 5，詩集五，卷三二，頁 3606。
〔註79〕同註 5，詩集六，卷三五，頁 3974。

之際，但眞正大量寫和陶詩是在嶺南之後，因之嶺南時期的詩風也趨向於平淡自然。

　　對於蘇軾黃州與嶺南詩趨向平淡、自然、和諧、寧靜之審美理想追求，略述之如後。元豐三年（1080）謫居黃州時作〈寓居定惠院之東雜花滿山有海棠一株土人不知貴也〉言：

　　　　江城地瘴蕃草木，祇有名花苦幽獨。嫣然一笑竹籬間，桃
　　　　李漫山總麤俗。也知造物有深意，故遣佳人在空谷。自然
　　　　富貴出天姿，不待金盤薦華屋。……。〔註80〕

此詩以擬人化的手法，比喻海棠出於自然之中，脫俗之美完全出自於淡雅自然之美。是年作〈游淨居寺〉：「徘徊竹溪月，空翠搖煙霏。鐘聲自送客，出谷猶依依。」〔註81〕描摹寺院周圍寧靜之美，帶有脫俗之意境。〈雨晴後，步至四望亭下魚池上，遂自乾明寺前東岡上歸，二首〉之其二：「高亭廢已久，下有種魚塘。暮色千山入，春風百草香。市橋人寂寂，古寺竹蒼蒼。鸛鶴來何處，號鳴滿夕陽。」〔註82〕描寫歸途景象，平淡自然。

　　紹聖二年（1095）三月五日於惠州作〈和陶歸園田居六首〉之其一：

　　　　環州多白水，際海皆蒼山。以彼無盡景，寓我有限年。東
　　　　家著孔丘，西家著顏淵。市爲不二價，農爲不爭田。周公
　　　　與管蔡，恨不茅三間。我飽一飯足，薇蕨補食前。門生饋
　　　　薪米，救我廚無煙。斗酒與隻雞，酣歌餞華顚。禽魚豈知
　　　　道，我適物自閑。悠悠未必爾，聊樂我所然。〔註83〕

此詩寫實自然平淡，於貧窮中見及節操。紀昀評曰：「愈平實愈見高妙」〔註84〕而「禽魚豈知道，我適物自閑。悠悠未必爾，聊樂我所然」爲蘇軾在靜中體悟之人生哲理，是如此的悠悠自在，自適中出

〔註80〕同註5，詩集四，卷二〇，頁2162。
〔註81〕同註5，詩集四，卷二〇，頁2132。
〔註82〕同註5，詩集四，卷二〇，頁2174、2175。
〔註83〕同註5，詩集七，卷三九，頁4509、4510。
〔註84〕（清）紀昀：《蘇文忠公詩集》（掃葉山房時印，臺北：宏業書局印行，1917年），卷三九，頁744。

於平淡。

> 新浴覺身輕，新沐感髮稀。風乎懸瀑下，卻行詠而歸。仰
> 觀江搖山，俯見月在衣，步從父老語，有約吾敢違。〔註85〕
> （〈其三〉）

多麼自在輕鬆、恬靜、閑適的情境。完全陶醉在富野趣的田園生活步
調，昔日總總，如輕雲般離去，享受當下，過著超然澹泊的生活。紀
昀評曰：「極平淺而有深味，神似陶公。」〔註86〕

紹聖二年（1095）十月於惠州作〈和陶己酉歲九月九日〉：

> 今日我重陽，誰謂秋冬交。黃花與我期，草中實後凋。香
> 餘白露乾，色映青松高。悵望南陽野，古潭霏慶霄。伯始
> 真冀土，平生夏畦勞。飲此亦何益，內熱中自焦。持我萬
> 家春，一醉五柳陶。夕英幸可掇，繼此木蘭朝。〔註87〕

寫實、平淡、自然。「黃花與我期，草中實後凋。香餘白露乾，色映
青松高」蘇軾凝神觀照中，體悟天地萬物之變化。紀昀評曰：「借情
抒憤，然用古人語詠古人，故無痕跡」〔註88〕其言是也。

紹聖四年（1097）九月於儋州作〈和陶赴假江陵夜行〉：

> 缺月不出門，長林踏青冥。犬吠主人怒，愧此閭里情。怪
> 我夜不歸，茜袂窺柴荊。雲間與地上，待我兩友生。驚鵲
> 再三起，樹端已微明。白露淨原野，始覺丘陵平。暗蛩方
> 夜績，孤螢亦宵征。歸來閉戶坐，寸田且默耕。莫赴花月
> 期，免爲詩酒縈。詩人如布穀，聒聒常自名。〔註89〕

樸質、平淡、自然。猶如一幅謐靜、和諧、原始野味的農村夜景圖，
整個時空與天地合一的景象，是個充滿寧靜、和諧、與世無爭的世外
之地。此時主體已達到物我融合的境界。

〔註85〕同註5，詩集七，卷三九，頁4515、4516。

〔註86〕（清）紀昀：《蘇文忠公詩集》（掃葉山房時印，臺北：宏業書局印
　　　　行，1917年），卷三九，頁744。

〔註87〕同註5，詩集七，卷三九，頁4623。

〔註88〕（清）紀昀：《蘇文忠公詩集》（掃葉山房時印，臺北：宏業書局印
　　　　行，1917年），卷四一，頁790。

〔註89〕同註5，詩集七，卷四一，頁4879。

是月又作〈和陶擬古九首〉之其一：

> 有客叩我門，繫馬門前柳。庭空鳥雀散，門閉客立久。主
> 人枕書臥，夢我平生友。忽聞剝啄聲，驚散一杯酒。倒裳
> 起謝客，夢覺兩愧負。坐談雜今古，不答顏愈厚。問我何
> 處來，我來無何有。〔註90〕

語言平易自然樸素又帶諧趣，無雕琢痕跡，然畫面明顯呈現。而「問
我何處來，我來無何有」句，意境深遠，寄予無限的想像空間。

蘇軾的和陶詩之中，對農村寫實之詩，如〈和陶田舍始春懷古二
首〉其二：

> 茅茨破不補，嗟子乃爾貧。菜肥人愈瘦，竈閉井常勤。我
> 欲致薄少，解衣勸坐人。臨池作虛堂，雨急瓦聲新。客來
> 有美載，果熟多幽欣。丹荔破玉膚，黃柑溢芳津。借我三
> 畝地，結茅為子鄰。鴃舌倘可學，化為黎母民。〔註91〕

又〈和陶下潠田舍穫〉：

> 聚糞西垣下，鑿泉東垣隈。勞辱何時休，宴安不可懷。天
> 公豈相喜，雨霽與意諧。黃菘養土膏，老楮生樹雞。未忍
> 便烹煮，繞觀日百回。跨海得遠信，冰盤鳴玉哀。茵蔯點
> 膾縷，照坐如花開。一與蜑叟醉，蒼顏兩摧頹。齒根日浮
> 動，自與梁肉乖。食菜豈不足，呼兒拆雞棲。〔註92〕

將平淡、自然的農村現實生活景象，在凝神觀照中，體悟出周遭生活
細節。細膩的描摹生動逼真。

又〈被酒獨行，遍至子雲、威、徽、先覺四黎之舍，三首〉之其
一：「半醒半醉問諸黎，竹刺藤梢步步迷。但尋牛矢覓歸路，家在牛
欄西復西。」〔註93〕語言通俗，近於農村之語，然卻是真實感滿滿。
亦可見蘇軾曠達、樂觀，諧趣一面。

〔註90〕同註5，詩集七，卷四一，頁4884。
〔註91〕同註5，詩集七，卷四一，頁4936。
〔註92〕同註5，詩集七，卷四一，頁5004。
〔註93〕同註5，詩集七，卷四二，頁5021

又〈縱筆三首〉〔註94〕：

　　寂寂東坡一病翁，白鬚蕭散滿霜風。

　　小兒誤喜朱顏在，一笑那知是酒紅。（〈其一〉）

　　父老爭看烏角巾，應緣曾現宰官身。

　　溪邊古路三叉口，獨立斜陽數人過。（〈其二〉）

　　北船不到米如珠，醉飽蕭條半月無。

　　明日東家當祭竈，隻雞鬥酒定膰吾。（〈其三〉）

寫實又逼真的典型農村生活。蘇軾已經完全融入海南的生活，隨遇而安，體悟這原始的野趣，是以，其呈現的詩就是如此自然與真實。

　　又如〈倦夜〉：

　　倦枕厭長夜，小窗終未明。孤村一犬吠，殘月幾人行。衰
　　鬢久已白，旅懷空自清。荒園有絡緯，虛織竟何成。〔註95〕

在夜深時，羈旅人的情懷流露無遺。虛靜中凝神注視夜晚的景象，是一片和諧、謐靜之夜，清新宜人。

　　蘇軾的審美觀照早於元豐元年（1087），於徐州時作〈張寺丞益齋〉已見此思想，其詩言：「……。東觀盡滄海，西涉渭與涇。歸來閉戶坐，八方在軒庭。……。」〔註96〕主體在審美過程中以虛靜觀照物象，進而達到物我融合的審美境界，縱使「歸來閉戶坐」也可「八方在軒庭」的境界。而他處於虛靜之心理狀態時，觀照到之物象是屬於和諧的、純真的、平淡、自然原始的風貌，此即是他的審美理想指標。

　　蘇軾於審美觀照中之虛靜心理，深受莊子思想影響，如《莊子‧天道》所言：

　　天道運而無所積，故萬物成，帝道運而無所積，故天下歸。
　　聖道運而無所積，故海內服。明於天，通於聖，六通四辟
　　於帝王之德者，其自然也，昧然無不靜者矣。聖人之靜也，

―――――――――――

〔註94〕同註5，詩集七，卷四二，頁5040、5041。

〔註95〕同註5，詩集七，卷四二，頁5025。

〔註96〕同註5，詩集三，卷一六，頁1623、1624。

非曰靜也善，故靜也。萬物無足以鐃心者，故靜也。水靜則明燭鬚眉，平中準，大匠取法焉。水靜猶明，而況精神，聖人之心靜乎，天地之鑑也，萬物之鏡也。

夫虛靜，恬淡、寂漠，無爲者，天地之平而道德之至，故帝王、聖人休焉。休則虛，虛則實，實則倫。虛則靜，靜則動，動則得矣。靜則無爲，無爲也，則任事者責矣。無爲則俞俞，俞俞則憂患不能處，年壽長矣。夫虛靜、恬淡、寂漠、無爲者，萬物之本也。明此以南鄉，堯之爲君也。明此以北面，舜之爲臣也。以此處上，帝王天子之德也。以此處下，玄聖素王之道也。以此退居而閒游，江海山林之士服，以此進爲而撫世，則功大名顯而天下一也。靜而聖，動而王，無爲也而尊，樸素而天下莫能與之爭美。〔註97〕

莊子言聖人體道的狀態必須處於萬物不足以鐃心，故不求靜而自能靜的心理特徵，此也是中國古典美學的心理範疇。心虛而後能靜，靜而後能安，安而後能至於無爲。惟有無爲，則會道於虛。虛則實者，萬物自然之理無不在。同樣，此理在審美觀照時也是重要的心理特徵。

　　綜上所述，蘇軾的詩歌審美理想是詩論、畫論、書論、賦論及文論的結合，以平淡、自然、隨物賦形、寓於物而不留於物、傳神的表現手法呈現，而自成一家詩。蘇軾的詩論、畫論、書論及文論也自是他的審美觀、審美趣味及審美意境的形象表示。尤其「讀他的題畫詩，有如閱讀一篇篇形象化的詩論、畫論、美學理論。」〔註98〕

〔註97〕方勇撰：《莊子纂要・天道》（北京：學苑出版社，2012 年 3 月），387 及 393、394。

〔註98〕陶文鵬：《蘇軾詩詞藝術論》（上海：上海古及出版社，2001 年 5 月），頁 82。

第七章　黃州與嶺南時期詩歌的藝術表現

第一節　地域文化之異，體現不同詩風

　　不同地域民情風物，顯現不同詩風。地理環境的差異，無論是山川、地勢、氣候、水源、交通，都會影響一個地域的特性，影響層面如民族性、價值觀、民俗文化、宗教信仰、語言、飲食、生活習慣等等，這些形成特定的地域文化特色，也影響了審美意識特性的形成。「地形和季風的差異導致氣候的差異，氣候的差異導致物候的差異，氣候和物候的差異導致自然地理景觀和人文地理景觀的差異，最終導致文學作品的地域差異。」〔註1〕蘇軾貶謫黃州、惠州、儋州三地，其經緯度的差異極大，因此，屬於自然環境的因素，也影響著蘇軾於貶謫三地時的詩文創作及個人思想性情，也會受到轉移。

　　蘇軾於嶺南的創作是其最大之轉變期，是以，本文特別提出古代嶺南的地理環境及氣候。清代汪森《粵西文載》：

> 晁錯曰：「揚粵之地，少陰多陽。」李待制曰：「南方地卑
> 而土薄。」土薄，故陽氣常泄。地卑，故陰氣常盛。陽氣
> 泄，故四時常花，三冬不雪，一歲之暑熱過中。人居其間，

〔註1〕曾大興：《文學地理學研究》（北京：商務印書館，21012 年 3 月），頁 55。

氣多上壅，膚多出汗，腠理不密。蓋陽不反本而然。陰氣盛，故晨昏多霧，春夏雨淫，一歲之間，蒸濕過半。盛夏連雨即復淒寒，衣服皆生白醭，人多中濕，肢體重倦，多腳氣等疾。蓋陰常盛而然。陰陽之氣既偏而相搏，故一日之內，氣候屢變。諺曰：「四時皆似盛夏，一雨變成秋。」又曰：「急脫急著，勝似服藥」氣故然耳。大抵人身之氣，通於天地，天氣極北寒勝，極南熱勝，五嶺以南，號曰炎方，乃其高岡疊嶂，左右環合，水氣蒸之，故欝而為嵐。

〔註2〕

又於《粵西叢載》原序曰：

嶺南潦阻，昔人皆視為畏途，後之人覽其紀載，所見異辭，所聞異辭，所傳聞異辭，未有不洞心驚目也。……。仙人釋子則道術不少，神鬼妖魅則幻誕實繁也。鳥獸蟲豸多奇形，竹木花草多奇產也。風俗異其習尚也，飲食異其嗜好也。〔註3〕

據《惠州府志》對氣候的記載：

地多暑少寒，夏秋間淫雨連日，潦水暴漲時有颶風開發甚，則折水揚沙數日方止，頗有寒氣襲人，又於秋仲季月，瘴癘開發多瘧症。野嵐無閒冬夏潝然，遠近昏翳氣味如硫黃，棟宇受其觸，其色暗其質朽。地濕多白蟻，居民率不耐，百年家無藏書。〔註4〕

對風俗的記載：

惠俗鮮詐而多質其訟獄無堅根深穴而近情稍一綏輯即為樂土。惠俗樸茂率而之道也易。〔註5〕

地域、自然環境、生活、風俗習慣影響著人文創作特色及思維模式。

〔註2〕（清）汪森：《粵西文載・氣候論》（《景印文淵閣四庫全書》第1466冊，臺北：臺灣商務印書館），頁1466-696～697。

〔註3〕（清）汪森：《粵西叢載・原序》（《景印文淵閣四庫全書》第1467冊，臺北：臺灣商務印書館），頁1467-343～344。

〔註4〕（清）劉洪年修，鄧掄斌等纂《廣東省惠州府志》（成文出版社據清光緒七年刊本影印）中國方志叢書第3號，頁841。

〔註5〕同註4，卷四十五，頁841。

蘇軾於嶺南時期之詩作，即有對當地的農作物及氣候的描寫。

　　蘇軾於黃州與嶺南時，受心境、地理環境、人文、生活習慣之不同，詩呈現的風格，有地方特色。於此，分別簡述貶謫時期詩風：首先，黃州時期。蘇軾早期的詩「情感基調是積極奮發的，風格是豪健清雄的。……兩次在朝任職時期是蘇軾文學創作的相對欠收期。……熙寧、元豐和元祐、紹聖的兩次外任時期是蘇軾創作的發展期，不僅作品數量比在朝時其明顯增多，名篇佳作亦美不勝收。」〔註6〕之後，由於政治黨爭之故，受到政迫害，貶謫黃州，此時期是其思想及創作開始轉變期。貶謫黃州之後對人生及世事有了轉變，重新調整思維情緒，並規劃學術研究，開始著《易》、《書》、《論語》……等論著及詩文創作，同時也參禪悟道。思想的轉折影響著詩文的創作內蘊，體悟到「莫聽穿林打葉聲，何妨吟嘯且徐行，竹杖芒鞋輕勝馬，誰怕，一簑煙雨任平生。料峭春風吹酒醒，微冷，山頭斜照卻相迎。回首向來蕭瑟處，歸去，也無風雨也無晴」的瀟灑自如及對坎坷人生態的表達。此時「心態已由從前的矜尚氣節、邁往進取轉向曠達超俗，隨遇而安，那種不可一世的自負感和勃勃雄心，既因磨難而變得深沉，也因對佛老哲理的體悟而轉入超逸清空的精神境界。」〔註7〕因之在黃州時期的詩逐漸形成一種豪健清雄及清曠簡遠之風格。

　　其次，嶺南時期。蘇軾在海南的詩都是生活周遭事物的描摹，或抒發對生命及宇宙天地間之感悟與超脫，心靈更是超然一切，任憑困頓、孤寂的生活，非常人所能及的，他都能隨緣自適，改變習性，融入當下環境，縱情於天地間。是以，此時期詩歌呈現的是平淡、自然、樸質、寫實，更有超然的表現風格。

　　蘇軾謫居時的詩歌，描寫的幾乎是日常生活的事情，此是現實環境影響詩人詩歌創作因素之一。在謫居期間的詩作題材大略有飲食、

〔註6〕王水照，朱剛：《蘇軾評傳》（南京：南京大學出版社，2004年9月），頁423、424。
〔註7〕同註6，頁428。

動物、植物及日常生活瑣碎等都入詩作。筆者認爲，蘇軾打破傳統之創作，而以自然創作風格，是繼唐之韓愈、柳宗元、白居易及宋之歐陽修等提倡自然風格有關，尤其晚年在嶺南時期的創作風格更趨於平淡自然之詩風。釋惠洪《冷齋夜話》提到：「東坡每日：『古人所貴者，貴其眞。』」〔註 8〕所言眞即是自然之意，而自然則是趨於平淡之風格。

第二節　巧用比喻

比喻，又稱譬喻。此在古典詩詞中詩人常用的修辭技巧，比喻一般包括有明喻、借喻及隱喻三類〔註 9〕。在黃慶萱的《修辭學》認爲譬喻可分爲「明喻、隱喻、較喻、略喻、借喻、詳喻、博喻等等」〔註 10〕。清代袁守定《佔畢叢談》言：「文章有比喻體，有游戲體，如書若作酒醴爾，惟麴蘗若作和羹爾，惟鹽梅此比喻體也。」〔註 11〕

蘇軾詩文擅於用比喻，施補華《峴傭說詩》言：「人所不能比喻者，東坡能比喻。人所不能形容者，東坡能形容。比喻之後，再用比喻；形容不盡，重加形容。」〔註 12〕錢鍾書在《宋詩選注》也說蘇軾詩「他在風格上的大特色是比喻的豐富、新鮮和貼切。而且在他的詩裏還看得到宋代講究散文的人所謂的博喻，或者西洋人所稱道的莎士比亞式的比喻。」〔註 13〕比喻是中國詩歌創作的技巧，蘇軾創造性的運用此技巧，如宋人魏慶之《詩人玉屑》記載：「子瞻作詩，長於譬

〔註 8〕（宋）釋惠洪：《冷齋夜話》（《景印文淵閣四庫全書》第 863 冊，臺灣商務印書館印行），卷一，頁 863-241。

〔註 9〕參考自任慶撰〈論蘇軾詩的比喻藝術〉（《陝西師範大學繼續教育學報（西安）》，2005 年 11 月）第 22 卷，頁 128。

〔註 10〕黃慶萱《修辭學》（臺北：三民書局印行，2002 年 10 月）第 3 版，頁 327。

〔註 11〕（清）袁守定：《佔畢叢談》（光緒丙戌重校），卷五，頁 8。

〔註 12〕（清）王夫之等撰：《清詩話·峴傭說詩》（西南書局，1979 年 11 月），頁 909、910。

〔註 13〕錢鍾書：《宋詩選注》（北京：三聯書店，2001 年 1 月），頁 102、103。

喻，如和子由詩云：『人生到處知何似，應似飛鴻踏雪泥，泥上偶然留指爪，飛鴻那復計東西。』」〔註14〕言蘇軾作詩善於譬喻，可見他比喻詩文不少，本文僅以其於黃州與嶺南時期詩歌中運用之比喻作探析。

　　蘇軾貶謫時的詩，巧妙地運用了比喻特點，如〈梅花二首〉其一：「春來幽谷水潺潺，的礫梅花草棘間。一夜東風吹石裂，伴隨飛雪度關山」，即以梅花隨風飄零比喻自己的落難。〈過新息留示鄉人任師中〉：「竹陂雁起天爲黑，桐柏煙橫山半紫」，以雁及煙比喻小人。又「君家稻田冠西蜀，搗玉楊珠三萬斛」〔註15〕，以玉、珠比喻米。〈和陶歸園田居六首〉其二：「窮猿既投林，疲馬初解鞍」，以窮猿、疲馬，比喻自己年老體衰，身處逆境。又如初至儋州時說「我行西北隅，如度月半弓。」形容在澄邁到儋州西北，走了一條弧形的路，形容地貌如「月半弓」。〈汲江煎茶〉：「茶雨已翻煎處腳，松風忽作瀉時聲」以雪乳比喻茶色，以松風比喻水沸之聲，既巧妙，意境也深。〈眞一酒〉：「曉日著顏有紅暈，春風入髓散無聲。」不說酒之醇美，喝了能讓人精神爲之一振，而是以顏有紅暈，春風吹拂精神愉悅，來比喻酒之香醇。他對儋州的第一感覺以「千山動鱗甲，萬谷酣笙鐘」以鱗甲閃動開合比喻風吹草木擺動之樣，以彈奏仙樂比喻風吹動竅發出之聲。

　　蘇軾在嶺南之詩歌寫實，常就地取材，以比喻豐富內容。如以「仙人」、「尤物」比喻荔枝。亦將荔枝龍眼比喻爲「異出同父祖」，或「端如甘與橘」，或「纍纍似桃李」。以「天香國豔」〔註16〕譬喻梅花之香及色美。「秀色洗紅粉，暗香生雪膚。」〔註17〕之「雪膚」

〔註14〕　（宋）魏慶之撰　王雲五主編：《詩人玉屑》（臺北：臺灣商務印書館，1970 年 1 月），卷十七，頁 311。

〔註15〕　（宋）蘇軾撰，張志烈等主編：《蘇軾全集校注》詩集四（石家莊：河北人民出版社，2010 年 6 月），卷二○，頁 2169。

〔註16〕　同註 15，詩集七，卷三八，頁 4458。

〔註17〕　同註 15，詩集四，卷二○，頁 2175。

喻牡丹；以及「玉妃謫墮煙雨村……雪膚滿地聊相濕」之「玉妃」、
「雪膚」〔註18〕喻梅花。以「解語花」〔註19〕比喻美女。對黎家兄
弟，則以「五色雀」比喻〔註20〕。如〈過子忽出新意，以山芋作玉
糝羹，色香爲皆奇絕。天上酥陀則不可知，人間絕無此味也〉：「香
似龍涎仍釅白，味如牛乳更全清。」〔註21〕中之香氣美味，以龍涎
比喻。或以比喻自擬如「我少即多難，邅回一生中。百年不易滿，
寸寸彎強弓。」（〈次前韻寄子由〉）〔註22〕。或論時局之變化世事難
測，如自儋州北歸量移廉州時作「霹靂收威暮雨開，獨憑闌檻倚崔
嵬。垂天雌霓雲端下，快意雄風海上來。」（〈儋耳〉）〔註23〕

　　蘇軾描寫對象由靜景變活景，而活景更具動性的藝術特點。如
〈江月五首〉其一「冰輪橫海闊，香霧入樓寒。」〔註24〕此句「冰
輪」比喻月亮，而不用「白玉盤」喻月亮，是扣緊後句「樓寒」之
寒冷，表明天寒。用「冰」靜態物與「冷」的景象巧妙的結合。復
如〈獨覺〉：

> 瘴氣三年恬不怪，反畏北風生體疥。朝來縮頸似寒鴉，
> 焰火生薪聊一快。紅波翻屋春風起，先生默坐春風裏。
> 浮空眼纈散雲霞，無數心花發桃李。翛然獨覺午窗明，
> 欲覺猶聞醉鼾聲。回首向來蕭瑟處，也無風雨也無晴。
>
> 〔註25〕

由晨寒生火取暖，從身感「寒」到有暖和，紅色火焰閃爍滿屋，宛若
坐享在春風裏一樣。此心境的感覺好像桃李花開，春滿人間一樣幸
福。以色彩及動態意象巧妙結合。

〔註18〕同註15，詩集七，卷三八，頁4469。
〔註19〕同註15，詩集七，卷三八，頁4523。
〔註20〕同註15，詩集七，卷四三，頁5062、5063。
〔註21〕同註15，詩集七，卷四二，頁5006。
〔註22〕同註15，詩集七，卷四一，頁4846。
〔註23〕同註15，詩集七，卷四三，頁5121。
〔註24〕同註15，詩集七，卷三九，頁4610。
〔註25〕同註15，詩集七，卷四一，頁4945。

　　蘇軾以山水、物象比擬人物，在他的記遊詩所體現的是一種超然忘身化外，適意爲悅的境界，精神更爲超脫，心境亦更爲曠達。他常以美人的神貌來比擬美好的山水景物。如〈寓居定惠院，雜花滿山，有海堂一株，土人不知貴也〉：

> 江城地瘴蕃草木，祇有名花苦幽獨。嫣然一笑竹籬間，桃李漫山總麤俗。也知造物有深意，故遣佳人在空谷。自然富貴出天姿，不待金盤薦華屋。朱唇得酒暈生臉，翠袖卷紗紅映肉。林深霧暗曉光遲，日暖風輕春睡足。雨中有淚亦悽愴，月下無人更清淑。……。〔註26〕

其意以海棠擬人化，它是脫俗的美女，深藏山谷人不知。也將海棠比喻是自己之際遇。紀昀評：「純以海棠自喻，風姿高秀，興象深微，後半尤烟波跌宕。此種真非東坡不能，東坡非一時興到亦不能。」〔註27〕復見〈和黃魯直食筍次韻〉：

> 飽食有殘肉，飢食無餘菜。紛然生喜怒，似被狙公賣。爾來誰獨覺，凜凜白下宰。一飯在家僧，至樂甘不壞。多生味盡簡，食筍乃餘債。蕭然映樽俎，未肯雜菘芥。君看霜雪姿，童稚已耿介。胡爲遭暴橫，三嗅不忍噉。朝來忽解籜，勢破風雷噫。尚可餉三闆，飯筒纏五采。〔註28〕

詩中之「君看霜雪姿，童稚已耿介」句之「童稚」乃指竹筍。此借喻竹筍形體之挺直豎立之形象。紀昀言：「忽然自寓，不黏不脫，信乎無痕，而玲瓏四照。」〔註29〕又如於元豐三年（1080）作〈次韻樂著作野步〉：「老來幾不辨西東，秋後霜林且強紅。」〔註30〕以秋後霜林之紅喻老狀。

　　〈紅梅三首〉其一：

〔註26〕同註15，詩集四，卷二○，頁2162、2163。
〔註27〕（清）紀昀：《紀平蘇詩》（道光十四年冬栞於兩廣節署，成都：四川大學出版社影印，2007年4月），卷二○，頁97。
〔註28〕同註15，詩集四，卷二二，頁2454。
〔註29〕同註29，卷二二，頁49。
〔註30〕同註15，詩集四，卷二○，頁2166。

怕愁貪睡獨開遲，自恐冰容不入時。故作小紅桃杏色，尚
餘孤瘦雪霜姿。寒心未肯隨春態，酒暈無端上玉肌。詩老
不知梅格在，更看綠葉與青枝。〔註31〕

蘇軾以少女姿態容貌比喻紅梅之嬌美。紀昀言：「細意鉤剔，卻不入
纖巧。中有寓託，不同刻畫形似故也。」〔註32〕

　　清代趙翼的評語：「坡詩實不以鍛鍊爲工，其妙處在乎心地空明
自然流出，一似全不著力，而自然沁入心脾，此其獨絕也。」、「坡
公尤妙於剪裁，雖工巧而不落纖佻，由其才分之大也。」、「東坡大
氣旋轉，雖不屑於句法字法中別求新奇，而筆力所到，自成創格。」
〔註33〕

第三節　善於駕馭語言

　　本節討論蘇軾於黃州與嶺南時期，詩歌中使用之語言，其包括有
方言、俗語（土語、俚語）等。所謂方言即是「某地之語言也，不通
行各地者，曰方言。」〔註34〕而所謂俗語：

俗語，是一種具有口語通俗性、廣泛性適應性和完整述謂
性的定型語句。或者說，是在日常生活中口頭流傳的一種
通俗的話。它言簡意賅，寓意深刻，比喻形象，鮮明生動。
俗語充滿了眞知灼見，是生產生活中智慧與經驗的總結，
也是有一定教育意義和很強表現能力的言語藝術。它不僅
「摭千古之慮，成一家之言」，而且是「逸文不墜於世，奇
言不絕於今」。俗語去雅取俗，口傳心授，歷時久遠，流布
極廣。它在歷史上的名稱繁多，如通言、里語、俗言、俚
語、諺、善語、鄙諺、傳言、鄙語、里諺、俗諺、直語、

〔註31〕同註15，詩集四，卷二一，頁2326。
〔註32〕（清）紀昀：《蘇文忠公詩集》（掃葉山房時印　宏業書局印行，1917
　　　　年），卷二一，頁445。
〔註33〕（清）趙翼：《甌北詩話》（臺北：廣文書局，1971年11月），卷五，
　　　　頁2、3、5。
〔註34〕林伊，高明主編：《中文大辭典》（臺北：中國文化大學出版部，1993
　　　　年10月第九版）第四冊，頁1086。

> 俗話、古諺、諺語、街談巷語、至言、里言、要言、法言、
> 常言、恒言、常語、鄙俚詞、俗談、通俗常言等多種。用
> 得最多的是諺、諺語和俗語三個名稱。現代口語中也使用
> 「俗話」的稱謂。〔註35〕

語言除了官方語言及地方方言之外，如俗語、俗諺、俚語等等，均難以界定。

蘇軾除了喜用比喻之外，亦善於駕馭語言。蘇軾在黃州、惠州及儋州時期詩歌的語言，表現出亦莊亦諧、婉轉、平淡及樸質自然的特色。尤其在當時被認為不入流的方言、俗語，他都能放入詩歌，使詩歌產生語言上的變化，進入自然藝術風格，此為蘇軾詩歌語言的突破。中國詩歌經六朝、盛唐之後，已逐漸形成「典雅、莊重」約定俗成的詩風，尤其鄙視方言、俗語。至清代紀昀在《紀評蘇詩》中，對蘇軾此類之詩作，還是認為是鄙語、不雅之作。

蘇軾將日常生活中之語言，自然的溶入於詩作之中，使詩歌的語言活潑、生動、帶有諧趣之意味，因此，更真實、直接的傳達詩人的思想與感情，使人易與詩人產生共鳴，進入詩人創造的意境裏。

歷代對此評價，釋惠洪《冷齋夜話》記載：「……東坡問：『所買妾年幾何』曰三十。乃戲為詩，其略曰侍者方當而立歲，先生已是古稀年。此老（東坡）滑稽，故文章亦如此。」〔註36〕、方東樹評蘇軾詩：「雜以嘲戲，諷諫諧謔，莊語悟語，隨興生感，隨事而發，此東坡獨有千古也。」〔註37〕及「其嬉笑怒罵，風流儒雅者，東坡之詩也。」〔註38〕黃徹《䗩溪詩話》也記載：「子建稱孔北海文章多

〔註35〕曹聰孫主編：《實用俗語典》（新北市：匯豐文化事業有限公司出版，2000 年 5 月），例言，頁 2。由中國四川教育出版社授權出版發行。

〔註36〕（宋）釋惠洪：《冷齋夜話·東坡滑稽》（《筆記小說大觀》二十二編，1978 年 10 月），卷五，頁 611。（《景印文淵閣四庫全書》第 863 冊，臺灣商務印書館），卷五，頁 863-260。

〔註37〕（清）方東樹：《昭昧詹言》（臺北：漢京文化事業，2004 年 1 月），卷十一，頁 236。

〔註38〕同註 37，卷二十一，頁 535。

雜以嘲戲，子美亦戲傚俳諧體，退之亦有寄詩雜詼俳……大抵才力
豪邁有餘，而用之不盡自然如此……坡集類此不可勝數。」〔註39〕
清代葉燮亦言：「蘇軾之詩，其境界皆開闢古今中之所未有。天地萬
物，嬉笑怒罵，無不鼓舞於毫端，而適如其意之所欲出。」另外，
施補華評蘇軾的七絕詩「東坡七絕亦可愛，然趣多致多，而神韻卻
少。『水枕能令山俯仰，風船解與月徘徊』，致也。『小兒誤喜朱顏在，
一笑那知是酒紅』，趣也。」〔註40〕這些都是對蘇軾詩歌中以諧趣、
嘲戲語調入詩的評價。

　　蘇軾使用方言、俗語入詩，是經過其錘鍊，然卻無斧鑿痕跡的藝
術表現。朱弁評此特點：「參寥在詩僧中，獨無蔬筍氣，又善議論，
嘗與客曰：『世間故實（事）小說，有可以入詩者，有不可以入詩者，
惟東坡全不揀擇入手便用，如街談巷說，鄙俚之言，一經坡手，似神
仙點瓦礫爲黃金，自有妙用處。』」〔註41〕

　　宋人周紫芝《竹坡詩話》記載：

　　東坡在黃州時，嘗赴何秀才會，食油果甚酥，因問主人，
　　此名爲何，主人對以『無名果』。東坡又問爲甚酥，坐客皆
　　曰：『是可以爲名矣。』又潘長官以東坡不能飲，每爲設醴，
　　坡笑曰：『此必錯著水也。』他日忽思油果，作小詩求之云：
　　『野飲花前百事無，腰間惟繫一葫蘆，已傾潘子錯著水，
　　更覓君家爲甚酥。』李端叔嘗爲余言：「東坡云：街談市語，
　　皆可入詩，但要人鎔化耳。」此詩雖一時戲言，觀此亦可
　　以知其鎔化之功也。〔註42〕

〔註39〕（宋）黃徹：《蛩溪詩話》（《景印文淵閣四庫全書》第 1479 冊，
　　　　臺北：臺灣商務印書館，1986 年 3 月）卷十，頁 1479-251、1479-
　　　　252。

〔註40〕（清）王夫之等撰：《清詩話·峴傭說詩》（西南書局，1979 年 11 月），
　　　　頁 918。

〔註41〕（宋）朱弁：《風月堂詩話》（《景印文淵閣四庫全書》第 1479 冊，
　　　　臺北：臺灣商務印書館，1986 年 3 月）卷上，頁 1479-21。

〔註42〕（宋）周紫芝：《竹坡詩話》（《景印文淵閣四庫全書》第 1480 冊，
　　　　臺北：臺灣商務印書館），頁 1480-678。

由上述李端叔之語「東坡云街談市語，皆可入詩，但要人鎔化耳。」
是蘇軾在語言上勇於突破，且將之鎔化，可見他的鎔化之功力。由此，
亦可以了解宋代以俗為雅，其通俗化、口語化、平淡自然的美學思想，
此也即是宋代的審美潮流。

　　宋陳師道《後山詩話》記載：「熙寧初，有人自常調上書，迎合
宰相意，遂呈（丞）御史，蘇長公戲曰：『有甚意頭求富貴，沒些巴
鼻便姦邪』有甚意頭，沒些巴鼻皆俗語。」〔註43〕巴鼻乃杭州俗語，
《委巷叢談》言：「巴鼻，杭州語，言人作事無據者曰沒巴鼻。」

　　蘇軾習以方言入詩，如〈次韻和王鞏六首〉之二：「君生紈綺間，
欲學非其脚。」〔註44〕句之「非其脚」即是方言。〈弔李臺卿〉：「作
詩遺故人，庶解俗子譙」〔註45〕句之「譙」字即是方言，依揚雄《方
言》：「譙，讓也」。復如〈五禽言五首〉〔註46〕之：

> 昨夜南山雨，溪西不可渡。溪邊布穀兒，勸我脫破袴。不
> 辭脫袴溪水寒，水中照見催租瘢。（〈其二〉）

> 去年麥不熟，挾彈歸我肉。今年麥上場，處處有殘粟。豐
> 年無象何處尋，聽取林間快活吟。（〈其三〉）

> 力作力作，蠶絲一百箔。壠上麥頭昂，林間桑子。願儂一
> 箔千兩絲，繰絲得蛹飼爾雛。（〈其四〉）

> 惡姑惡姑，姑不惡，妾命薄。君不見東海孝婦死作三年乾，
> 不如廣漢龐姑去卻還。〔註47〕（〈其五〉）

〔註43〕（宋）陳師道：《後山詩話》（《景印文淵閣四庫全書》第 1478 冊，
　　　　臺北：臺灣商務印書館 1986 年 3 月），頁 1478-282。
〔註44〕同註 15，詩集四，卷二一，頁 2388。依據本集注校注，句中之「非
　　　　其脚」：王十朋集注引孫綽曰：「事有非素所諳習而謾為之，諺云不
　　　　是脚。此語蓋使用方言耳。」
〔註45〕同註 15，詩集四，卷二一，頁 2397。揚雄《方言》：「譙字或作誚，
　　　　譙。讓也。齊、楚、宋、衛、荊、陳之間曰譙，自關而西，秦楚之
　　　　間凡言相責曰譙讓。北燕曰謹。」（《辭書集成》第一冊，北京：新
　　　　華書店，1993 年 11 月），方言第七，頁 161。
〔註46〕同註 15，詩集四，卷二○，頁 2187～2189。
〔註47〕《漢書・于定國傳》：「東海有孝婦，少寡，亡子，養姑甚謹。姑欲

此幾首通俗的詩句裏，含意著典故、方言、俗語，不似蘇軾一般詩作，此是他在黃州時，入鄉隨俗，就地取材，勇於突破的作品。詩中之「水中照見催租瘢」句，蘇軾自注「土人謂布穀為脫卻破袴」〔註48〕、「聽取林間快活吟」句，蘇軾自注：此鳥聲云：「麥飯熟，即快活」、「繅絲得蛹飼爾雛」句，蘇軾自注：此鳥聲云：「蠶絲一百箔」。而「惡姑」蘇軾自注云：「惡姑，水鳥也。俗云婦以姑虐死，故其聲云。」

〈東坡八首〉其四：「種稻清明前，樂事我能數。毛空暗春澤，針水聞好語。」蘇軾自注：「蜀人以細雨為雨毛。稻初生時，農夫相語稻針出矣。」〔註49〕復見〈送牛尾貍與徐使君〉：

> 風捲飛花自入帷，一樽遙想破愁眉。泥深厭聽雞頭鶻，酒淺欣嘗牛尾貍。通印子魚猶帶骨，披綿黃雀漫多脂。殷勤送去煩纖手，為我磨刀削玉肌。〔註50〕

此詩之「泥深厭聽雞頭鶻」句，蘇軾自注蜀人謂泥滑滑為「雞頭鶻」

嫁之，終不肯。……其後，姑自經死，姑女告吏：『婦殺我母』……具獄上府，于公以為此婦養姑十餘年，以孝聞，必不殺也。太守不聽，于公爭之，弗能得，……太守竟論殺孝婦。郡中枯旱三年。」另詩中之「廣漢龐姑」在《後漢書‧列女傳》紀載：「漢廣姜詩妻者，同郡龐盛之女也。詩事母至孝，妻奉順尤篤。母好飲江水，水去舍六七里，妻常泝流而汲。後值風，不時得還。母渴，詩責而遣之。妻寄止鄰舍，晝夜紡績，市珍羞，使鄰母以意自遺其姑。如是者久之。姑怪問鄰母，鄰母具對。姑感漸呼還，恩養愈謹。」引自張志烈等主編：《蘇軾全集校注》詩集四（石家莊：河北人民出版社，2010年6月），卷二〇，頁2190。

〔註48〕然（宋）袁文：《甕牖閒評》卷五言：「東坡詩云：谿邊布穀兒，勸我脫破袴，蓋以布穀為脫卻破袴也。然脫卻破袴，乃是不如歸去，子歸之鳥耳，非布穀也。」（《景印文淵閣四庫全書》第852冊，臺灣商務印書館，1985年3月）卷五，頁852-449。

〔註49〕同註15，詩集四，卷二一，頁2248、2249。

〔註50〕同註15，詩集四，卷二一，頁2312。依據《蘇軾全集校注》注：《本草綱目》卷四九《竹雞》注：『穎曰：山菌子即竹雞也。時珍曰：菌子，言味美如菌也。蜀人呼為雞頭鶻，南人呼為泥滑滑。皆因其聲也。』牛尾貍：獸名。一名玉面貍。《本草綱目‧獸二》：『南方有白面而尾似牛者，名牛尾貍，亦曰玉面貍。專上樹，食百果。冬月極肥，人多糟為珍品，大能酒醒。』

雞頭鶻即爲竹雞。昀認爲此詩「太俚、太滑。」〔註51〕。

　　蘇軾與陳季常是好友，有時他會調侃季常，如〈陳季常見過三首〉言：

> 聞君開龜軒，東檻俯喬木。人言君畏事，欲作龜頭縮。我
> 知君不然，朝飯仰暘谷。餘光幸分我，不死安可獨。〔註52〕
> （〈其三〉）

此詩「人言君畏事，欲作龜頭縮」句之「龜頭縮」是俗語。他將畏事
與龜頭縮連用，讓「人言君畏事」性格，表露無遺。之後他接著又說
「我知君不然」，此爲蘇軾表現藝術手法，俗語中隱含諧趣。

　　在〈歧亭道上見梅花戲贈季常〉：「野店初嘗竹葉酒，江雲欲落豆
稭灰」，清代紀昀認爲「究非雅語」〔註53〕。復見〈贈黃山人〉：

> 面頰照人元自赤，眉毛覆眼見來烏。倦遊不擬談玄牝，示
> 病何妨出白鬚。絕學已生眞定慧，說禪長笑老浮屠。東坡
> 若肯三年住，親與先生看藥爐。〔註54〕

此詩「面頰照人元自赤，眉毛覆眼見來烏」句，紀昀認爲「俚甚。」
〔註55〕確實。蘇軾在〈發廣州〉：

> 朝市日已遠，此身良自如。三杯軟飽後，一枕黑甜餘。蒲
> 澗疏鐘外，黃灣落木初。天涯未覺遠，處處各樵漁。〔註56〕

此詩中之「軟飽」蘇軾自注爲「浙人謂飲酒爲軟飽」，「黑甜」自注爲
「俗謂睡爲黑甜」，都是方言、俗語，他將之入詩作之中，以俗爲雅，
平淡自然，且更貼切的將詩生活化了，打破傳統詩律。釋惠洪：《冷
齋夜話・詩用方言》言：「詩人多用方言，南人謂象牙爲白，暗犀爲
黑暗，故老杜詩曰：『黑暗通蠻貨』又曰：『睡美人爲黑甜，飲酒爲暖

〔註51〕（清）紀昀：《紀平蘇詩》（道光十四年冬栞於兩廣節署，成都：四
　　　　川大學出版社影印，2007年4月），卷二一，頁9。
〔註52〕同註15，詩集四，卷二一，頁2336。
〔註53〕（清）紀昀：《紀平蘇詩》（道光十四年冬栞於兩廣節署，成都：四
　　　　川大學出版社影印，2007年4月），卷二一，頁7。
〔註54〕同註15，詩集四，卷二一，頁2357。
〔註55〕同註55，頁29。
〔註56〕同註15，詩集七，卷三八，頁4425。

-265-

飽。』故東坡詩曰：『三杯暖飽後，一枕黑甜餘。』」〔註57〕

　　蘇軾以方言、俗語入詩，歷代對其評價，趙克宜言：「方言入詩，有古質、纖俗之辨。似此則纖俗」〔註58〕另外，袁守定亦言：「詩家每用俗語。……蘇詩：『三杯軟飽後，一枕黑甜餘。』俗謂飲酒為『軟飽』，美睡為『黑甜』也。……坡公所謂街談市語皆可入詩，只要鎔化是也。然詞雖鎔化，究覺不雅。如菖蒲之菹以佐盛饌，其為味也，亦不侔矣。」〔註59〕

　　蘇軾在黃州與嶺南時期，詩歌中除了善於以方言、俗語駕馭之外，也有以哲理、禪意之言入詩。以哲理入詩的，例如〈琴詩〉：

　　　若言琴上有琴聲，放在匣中何不鳴？若言聲在指頭上，何
　　　不於君指上聽？〔註60〕

在《楞嚴經》言：「譬如琴瑟、箜篌、琵琶，雖有妙音，若無妙指，終不能發。」〔註61〕妙琴音需要有妙指，方能結合彈出美妙琴音出來。蘇軾此詩應出自此，是以呈現哲理味。

又如〈題西林壁〉：

　　　橫看成嶺側成峯，遠近高低總不同。不識廬山真面目，祇
　　　緣身在此山中。〔註62〕

蘇軾以獨特的審美視域看廬山，無論橫、側、遠、近的變化都有成嶺、成峯、高低不一樣的視覺感受。「不識廬山真面目，祇緣身在此山中」他以哲理性的思惟，認為凡事要客觀的觀察，才不致處在當局者迷的迷框之中。

〔註57〕（宋）釋惠洪：《冷齋夜話》，（《景印文淵閣四庫全書》第 863 冊，
　　　　台灣商務印書館），卷一，頁 863-243。
〔註58〕（清）趙克宜：《角山樓蘇詩評註彙鈔》附錄卷下。
〔註59〕（清）袁守定：《佔畢叢談》（光緒丙戌重校），卷五，頁 35。
〔註60〕同註15，詩集四，卷二一，頁 2269。
〔註61〕董國柱：《楞嚴經》（哈爾濱：黑龍江人民出版社，1998 年，3 月），
　　　　附錄〈大佛頂如來密因修　證了義諸菩薩萬行首楞嚴經〉卷四，頁
　　　　52。
〔註62〕同註15，詩集四，卷二三，頁 2578。

　　蘇軾晚年深悟佛禪之理，有些創作之詩，富有禪意。宋代胡仔在《苕溪漁隱叢話》言：「東坡嶺外歸，其詩云：『浮雲世事改，孤月此心明。』語言高妙，如參禪悟道之人，吐露胸襟，無一毫窒礙。」〔註63〕他以佛禪語入詩的，例如〈浚井〉：

　　古井沒荒萊，不食誰爲惻。瓶甖下兩綆，蛙蚓飛百尺。腥風被泥滓，空響聞點滴。上除青青芹，下洗鑿鑿石。沾濡愧童僕，杯酒暖寒栗。白水漸泓渟，青天落寒碧。云何失舊穢，底處來新潔。井在有無中，無來亦無失。〔註64〕

此詩描述樸實寫實，然其中「云何失舊穢，底處來新潔。井中有無中，無來亦無失。」句，則是入禪味濃。清紀昀：「入禪是東坡習逕，此卻太似偈頌。」〔註65〕《楞嚴經》云：「鑿井求水，出土一尺，於中則有一尺虛空。……此空爲當，因土所出，因鑿所有，無因自生。〔註66〕」復見《易·井》云：「無喪無得」孔穎達疏：「此明井用有常德。終日引汲，未嘗言損，終日泉注，未嘗言益。故曰無喪無德也。」〔註67〕筆者認爲，蘇軾貶謫黃州，無所用心，輒復覃思於《易》及深研佛經，因此，於東坡之地浚井之事，心有所悟，而抒發於詩作。

　　蘇軾晚年在儋州時，或許受到當地文化、生活習俗的影響，他融入邊陲荒地，因此才能感受到生活的細節處，並以平淡、自然、樸質之語言特色抒寫在詩之中如〈縱筆三首〉〔註68〕：

〔註63〕　（宋）胡仔撰，廖德明校點《苕溪漁隱叢話》（人民文學出版社，1984年），頁258。

〔註64〕　同註15，詩集四，卷二一，頁2323、2324。

〔註65〕　（清）紀昀：《紀平蘇詩》（道光十四年冬槧於兩廣節署，四川大學出版社影印，2007年4月），卷二一，頁22。

〔註66〕　（唐）般刺密帝譯；（唐）房融筆受：《大佛頂如來密因修證了義諸菩薩萬行首楞嚴經》卷三，於本文中簡稱《楞嚴經》，收錄於《大正新脩大藏經》（臺北：傳正有限公司據日本東京大藏經刊行會本出版，2001年）第十九冊密教部，頁118。

〔註67〕　（魏）王弼注，（唐）孔穎達疏：《周易正義》（臺北：廣文書局，1982年，1月），頁50。

〔註68〕　同註15，詩集七，卷四二，頁5040～5041。

　　　　寂寂東坡一病翁，白鬚蕭散滿霜風。

　　　　小兒誤喜朱顏在，一笑那知是酒紅。(〈其一〉)

　　　　北船不到米如珠，醉飽蕭條半月無。

　　　　明日東家當祭竈，隻雞斗酒定膰吾。(〈其三〉)

此詩語言的運用，將自己說是「病翁」，小兒過誤喜「朱顏在」，那知是「酒紅」。因貨船未到，物以稀爲貴，米的身價漲百倍貴「如珠」。生活窮困他聯想到鄰居要祭竈神，一定會送雞酒「膰吾」，語言的煉造幾乎近於俗語，這就是蘇軾的語言特色。此詩將周遭生活淡描，卻也流露出與鄰人交往之情深。

　　蘇軾在儋州以平淡、率性的語言藝術風格表現之詩作，如〈被酒獨行，遍至子雲、威、徽、先覺四黎之舍，三首〉〔註69〕：

　　　　半醒半醉問諸黎，竹刺藤梢步步迷。但尋牛矢覓歸路，家

　　　　在牛欄西復西。(〈其一〉)

　　　　總角黎家三四童，口吹蔥葉送迎翁。莫作天涯萬里意，溪

　　　　邊自有舞雩風。(〈其二〉)

此詩筆意豪爽，語言近於俗語，然不俗而自然，逼眞實在，富有生活情趣。他關心民瘼及親民的態度，連黎族小孩，都與他無距離，吹蔥葉歡迎他。

　　蘇軾以平淡自然樸質的詩語言表現特色，在和陶詩中較明顯，他使用通俗易懂、生動活潑、樸實無華的語言，反映在嶺南的生活點滴。詩自然平淡中蘊藏深厚的詩意，而不是枯淡乏味，平白無奇。此是蘇軾晚年作品藝術風格也即是審美旨趣，此風格是他的執著與理想追求。

〔註69〕同註15，詩集七，卷四二，頁5021、5022、5023。

第八章　結　論

　　詩人在人生歷練的每時期，各有其審美特徵、審美態度、審美趣味，不能主觀的評論，應以客觀視角，及時代背景因素，分析探討詩歌呈現的現象。主體審美意識的產生有其時代政治、文化、地域、民族、風俗習慣、人生體驗等等積澱而成，因此，審美心理並非始終一貫。

　　蘇軾的詩在不同時期各有其面貌，有抒情、直率、說理、理趣、情趣、諧趣，非枯燥乏味。日常生活事物，樣樣可入詩，彷彿是一篇生活紀錄史。譬如朱弁在《風月堂詩話》云：

> 參寥在詩僧中，獨無蔬筍氣，又善議論，嘗與客評詩，客曰：「世間故實（事）小說有可以入詩者，有不可以入詩者，惟東坡全不揀擇入手便用，如街談巷說鄙俚之言，一經坡手似神仙點瓦礫爲黃金，自有妙處。」參寥曰：「老坡牙頰間別有一副爐韛，他人豈可學耶。」座客無不以爲然。〔註1〕

蘇軾寫詩，無事不入詩、無物不入詩，所以他的詩呈現多樣貌。

　　清代葉燮亦言：「舉蘇軾之一篇一句，無處不可見其凌空如天馬，遊戲如飛仙，風流儒雅，無入不得，好善而樂與，嘻笑怒罵，四時之

〔註1〕（宋）朱弁：《風月堂詩話》（《景印文淵閣四庫全書》第 1479 冊，台灣商務印書館），卷上，頁 1479-21。

氣皆備，此蘇軾之面目也。……。」〔註2〕諧趣入詩是蘇軾詼諧樂觀
的性格體現，以俗語俚語入詩是他生活融入鄉里的反映，也是隨性不
受拘泥個性使然。

　　蘇軾於熙寧八年（1075）知密州時作〈超然臺記〉言：「凡物皆
有可觀。苟有可觀，皆有可樂，非必怪奇瑋麗者也。餔糟啜漓，皆可
以醉，果蔬草木，皆可以飽。推此類也，吾安往而不樂？」他認為物
皆有可觀，如抱持此心態，細心觀察萬物，其或缺陷、或醜陋、或細
微，都會看到它的美與價值。

　　蘇軾晚年的詩風格，朱弁於《風月堂詩話》言：「東坡文章至黃
州以後，人莫能及，唯黃魯直詩時可以抗衡。晚年過海，則雖魯直
亦若瞠乎其後矣，或謂東坡過海，雖為不幸，乃魯直之大不幸也。」
〔註3〕此言是對蘇軾於黃州之後晚年詩的高度評價，可見晚年謫居
時期是他詩作的精華期。而此時期的詩作趨向平淡、自然、蕭散、
簡遠，寄至味於淡泊，自然美的風格，此為宋代文風以平淡自然為
主流趨勢使然，同時也因晚年仕途坎坷之故，是以，無論在思想、
生活環境都起了很大變化，讓他對審美對象的審美感受有不同於之
前的審美經驗，故詩歌的創作漸趨於平淡自然的審美趣味，此平淡
美是一種平淡而有味，似淡而實美的表現。蘇軾謫居時期的詩文風
格已臻於爐火純青之境，非後世純以詩文格律能論定。

　　筆者認為，蘇軾詩風平淡自然樸質之審美趣味，雖是受宋代詩風
審美潮流影響，然他此平淡自然樸質之風格是於謫居黃州、嶺南三地
之後，才逐漸形成。此當然受時代文化、環境、心境及地域文化種種
因素影響著主體的審美態度之故。但值得一提的是，蘇軾詩風之變是
其真性情為主導，及謫居時盡和陶淵明詩，有「欲以晚節師範其萬一」
及「淵明吾所師，夫子乃其後」之情結，其言：「吾於詩人無所甚好，

〔註2〕（清）葉燮撰，霍松林校注：《原詩‧外篇》（北京：人民出版社，1979
　　　年9月），頁50。
〔註3〕同註1，卷上，頁1479～20、21。

獨好淵明之詩。淵明作詩不多，然其詩質而實綺，癯而實腴。……如
其爲人，實有感焉。」〔註4〕尤其謫居時的生活，似乎與陶淵明無異，
因而產生了思想上的共鳴處。

　　陶淵明是魏晉人，其思想深受老莊玄學的影響。於魏晉時陶淵明
的詩作，因時代詩風之故，當時不受歡迎。如沈約之《宋書》是將其
歸在《隱逸傳》，而劉勰《文心雕龍》中亦未提及。至鍾嶸《詩品》
方有言：「文體省淨，殆無長語，篤意眞古，辭興婉惬。」之語。直
至南朝梁蕭統時，將其詩作擇錄八首入《文選》之中，並讚美爲「少
有高趣，博學善聞，穎脫不羣，任眞自得。」及「余愛其文，不能釋
手，尚享其德，恨不同時。」由於時代審美視角不一，至唐代因受道
教、崇尚隱逸及飲酒習尚之風影響，其詩風逐漸受到喜好，如王績、
初唐四傑、王維、李白、杜甫、白居易等人都受他影響甚深。到了宋
代，由於文化思想崇尚魏晉玄逸、隱逸之故，陶淵明被推崇到巔峰。
如北宋王禹偁、林逋、梅堯臣、歐陽修、王安石都有羨陶、仰陶、學
陶之跡。是故，蘇軾受時代之潮流、文風影響，尤其是謫居時，更有
學陶和陶之感識與情懷。

　　所以，蘇軾於謫居嶺南時，開始作和陶詩，除了早期在揚州時寫
的〈和陶飲酒二十首〉之外，其他之和陶詩都是在謫居嶺南時所作。
此時之和陶詩表現了他謫居的思想、生活態度及與百姓、友人之間互
動情感流露之情懷。詩呈現平淡、自然、樸質的審美趣味，如他在〈韓
幹詩〉言：「所貴乎枯淡者，謂其外枯而中膏，似淡而實美」，樸質、
平淡美之追求。

　　由和陶詩中可看出蘇軾思想最大改變是在儋州時。在儋州的作
品，幾乎表現了對生命無常及宇宙恆常之體悟。如〈和陶形贈影〉、〈和
陶影答形〉、〈和陶神釋〉是借形影神三者間的關係，思考宇宙無窮、
生命有盡之論，復如〈汲江煎茶〉都是反映出蘇軾對宇宙及人生哲理

〔註4〕　（宋）蘇轍撰，曾棗莊、馬德富校點：《欒城集》（上海古籍出版社，
　　　　1987年9月），後集卷二一，頁1402。

的探索與思想之超脫。

　　歷代以來，對蘇軾和陶詩評價不一，姑且不論之。然他「和陶詩的風格是沖淡素樸的。陶淵明以真率寫詩，在詩中表現了自己對田園生活的激情。蘇軾寫詩真率的態度，可與陶淵明相匹敵；和陶詩中真實自然地披露他曠達的胸懷，展示他豐富而高遠的精神世界，與陶詩風格既似也不似。」〔註5〕和陶詩除了有神似陶詩之外，亦有蘇軾獨特的風格。

　　蘇軾的創作理論是其對審美追求之論述，此理論表現於他的詩、詞、賦、文、書、畫的創作上，呈現的是他的審美趣味、審美理想。如其於〈跋蒲傳正燕公山水〉：

　　　　畫以人物為神，花竹禽魚為妙，宮室器用為巧，山水為勝，
　　　　而山水以清雄奇富，變態無窮為難，燕公之筆，渾然天成，
　　　　粲然日新，已離畫工之度數，而得詩人之清麗也。〔註6〕

蘇軾認為畫、詩是一律的，要神、妙、巧、勝，要依物性做變化，而致能渾然天成。在〈送參寥師〉言：「……。欲令詩語妙，無厭空且靜。靜故了群動，空故納萬境。……。」〔註7〕蘇軾認為「空且靜」是創作時的心靈狀態，如此方能體悟捕捉萬物之美。譬如他在〈書摩詰藍田烟雨圖〉言：「味摩詰之詩，詩中有畫。觀摩詰之畫，畫中有詩。」〔註8〕蘇軾以虛靜凝神之心理審視詩畫中之內蘊，發現詩畫呈現之美質，而對王維的詩畫提出精闢的美學觀，此也是他對詩畫本一律的美學理論。

　　蘇軾認為在心虛凝神觀照時，最重要的是要捕捉事物之最美、最富神韻之處，而此必須要具備審美之觀察能力。他言及「求物之妙，

〔註5〕唐玲玲，周偉民：《蘇軾思想研究》（臺北：文史哲出版社，1996年，2月），頁477。

〔註6〕（宋）蘇軾撰　張志烈等主編：《蘇軾全集校注》文集十（石家莊：河北人民出版社，2010年6月），卷七〇，頁7914、7915。

〔註7〕同註6，詩集三，卷一七，頁1892、1893。

〔註8〕同註6，文集十，卷七〇，頁7904。

如繫風捕影,能使是物了然於心者,蓋千萬人而不一遇也。而況能使了然於口與手者乎。是之謂辭達。辭至於能達,則文不可勝用矣。」〔註9〕求物之神妙,是於霎時之間產生,且要使物我能相融合一,否則稍縱即逝。而除了必須要具備審美之觀察能力,求物之妙處之外,也要辭達,如此詩文就能達到真善美的意境。

蘇軾在〈自評文〉言:「吾文如萬斛泉源,不擇地皆可出,在平地滔滔汩汩,雖一日千里無難,及其與山石曲折,隨物賦形,而不可知也。所可知者,常行於所當行,常止於不可不止,如是而已矣。其他雖吾亦不能知也。」〔註10〕又〈與謝民師推官書〉亦言:「大略如行雲流水,初無定質,但常行於所當行,常止於所不可不止,文理自然,姿態橫生。」〔註11〕蘇軾詩歌形式是任何題材、對象、詞彙皆可入作品,是隨物賦形,隨心所欲,欲之於詩文,無所不暢通流適,無所不有其意涵、理趣、諧趣。其所言「隨物賦形」是指隨靈感之奔放,行於當行,止於當止的自然造成之形態,賦予具有之靈氣與生氣。

自然感興,是美學家所重視,誠如葉燮《原詩》言:「原夫作詩者之肇端,而有事乎此也,必先有所觸,以興起其意,而後措諸辭,屬為句、敷之而成章。當其有所觸而興起也,其意、其辭、其句,劈空而起,皆自無而有,隨在取之於心,出而為情、為景、為事……。」〔註12〕蘇軾為文自然感興,在於他曠達胸襟,曠達內心是審美感興的基本因素,它決定審美感興的深層意蘊。審美主體內在心理,對事物的感興,觸發而起的靈感,一發不可收拾,有決定審美感興的深層意蘊。宋代何薳《春渚紀聞・東坡事實》之文章快意篇記載:「先生嘗謂劉景文與先子曰:『某平生無快意事,惟作文章,意之所到,則筆

〔註 9〕同註6,文集七,卷四九,頁5292。
〔註10〕同註6,文集十,卷六六,頁7422。
〔註11〕同註6,文集七,卷四九,頁5292。此文於元符三年(1100)十一月作於廣東清遠還北歸舟行途中。
〔註12〕(清)葉燮撰　霍松林校注:《原詩・內篇》(北京:人民出版社,1979年9月),頁5。

力曲折，無不盡意。』」〔註13〕蘇軾作詩是自然感興，隨物賦形，隨興所欲，如此方能自然。

　　由「欲令詩語妙，無厭空且靜。靜故了群動，空故納萬境。」是要於寧靜凝神忘我（空）之中捕捉自然之美，於「隨物賦形」中取物之自然形態之美，到「大略如行雲流水，初無定質，但常行於所當行，常止於所不可止，文理自然，姿態橫生。」都是言取自然之美。而自然之美即是一種樸質平淡之美。此種「平淡自然的創作風格，從美學角度來說，又叫做沖淡美。沖淡美是諸多文藝美學中的一種美學形態。……沖淡美的主要特點是：在質樸單純的外在表現形式裏面，蘊藏著沖和淡泊的情韻，從而使文藝作品富有深刻的思想。」〔註14〕自然平淡是一種深層之美，此即是蘇軾所言「凡文字，少小時須令氣象崢嶸，彩色絢爛，漸老漸熟，乃造平淡，其實不是平淡，絢爛之極也。」〔註15〕之意，也是蘇軾對美的追求與理想。

〔註13〕（宋）何薳：《春渚紀聞》（《景印文淵閣四庫全書》第 863 冊，臺灣商務印書館發行），卷六，頁 863-498。
〔註14〕王啓鵬：《蘇軾文藝美論》（廣州：中山大學出版社，2007 年 12 月），頁 197。
〔註15〕同註 6，文集十一《蘇軾佚文彙編》，卷四，頁 8664。

參考文獻

一、古籍專著（依出版時間先後爲排列順序）

1. 《角山樓蘇軾評注彙鈔》，（清）趙克宜撰，臺北：國家圖書館善本，清咸豐二年季夏之月。

2. 《蘇詩選評箋釋》，（清）汪師韓撰，臺北：中央研究院傅斯年圖書館，收錄於《叢睦汪氏遺書》。

3. 《和陶合箋》，（清）溫能汝，上海：掃葉山房石印，民國四年石印，（1915 年）石印影印。

4. 《石遺室詩話》，（清）陳衍撰，臺北：臺灣商務印書館，1929 年。

5. 《藝概》，（清）劉熙載，臺北：廣文書局印行，1964 年 3 月。

6. 《續資治通鑑》，（清）畢沅編著，臺北：中華書局據原刻本校刊，1965～1966 年。

7. 《後漢書》，（南北朝）范曄撰，（唐）李賢註，臺北：中華書局據武英殿本校刊，1965 年。

8. 《山谷題跋》，（宋）黃庭堅撰，王雲五主編，臺北：臺灣商務印書館《叢書集成簡編》，1965 年 12 月。

9. 《梅磵詩話》，（宋）韋居安，臺北：臺灣商務印書館《叢書集成簡編》，1969 年 4 月。

10. 《詩人玉屑》，（宋）魏慶之撰，王雲五主編，臺北：臺灣商務印書館 1970 年 1 月。

11. 《甌北詩話》，（清）趙翼，臺北：廣文書局，1971 年 9 月。

12. 《石洲詩話》，（清）翁方綱撰，臺北：廣文書局印行，1971 年 9 月。

13. 《雨村詩話》,(清)李調元撰,臺北:宏業書局印行,1972 年 4 月。

14. 《烏臺詩案》,(宋)朋九萬撰,(清)李調元編纂,臺北:宏業書局印行,1972 年 4 月。

15. 《袁中朗全集》,(明)袁宏道撰,臺北:清流出版社,1976 年 10 月。

16. 《清詩話‧峴傭說詩》,(清)王夫之等撰,西南書局,1979 年 11 月。

17. 《周易正義》,(魏)王弼注撰,(唐)孔穎達疏,臺北:廣文書局,1982 年,1 月。

18. 《苕溪漁隱叢話》,(宋)胡仔撰,臺北:新興書局《筆記小說大觀》,1983 年 12 月。

19. 《范文正公集》,(宋)范仲淹撰,北京:中華書局影印,1984 年,據北京圖書館藏北宋刻本原大影。

20. 《梁谿漫志》,(宋)費袞,臺北:台灣商務印書館《景印文淵閣四庫全書》第 864 冊,1985 年 3 月。

21. 《冷齋夜話》,(宋)釋惠洪,臺北:臺灣商務印書館《景印文淵閣四庫全書》第 863 冊,1985 年。

22. 《敝帚藁略》,(宋)包恢撰,臺北:臺灣商務印書館《景印文淵閣四庫全書》第 1178 冊,1985 年 6 月。

23. 《東坡先生年譜》,(宋)王宗稷,臺北:臺灣商務印書館影清文淵閣《四庫全書》1986 年 7 月。

24. 《滄浪詩話》,(清)嚴羽撰,臺北:臺灣商務印書館《景印文淵閣四庫全書》第 1179 冊,1985 年 9 月。

25. 《蘇文忠公詩編注集成總案》,(清)王文誥撰,成都:巴蜀書社,1985 年 11 月。

26. 《蛩溪詩話》,(宋)黃徹,臺北:臺灣商務印書館《景印文淵閣四庫全書》第 1479 冊,1986 年 3 月。

27. 《欒城集》,(宋)蘇轍撰,曾棗莊、馬德富校點,上海:上海古籍出版社,1987 年 3 月。

28. 《嘉祐集》,(宋)蘇洵撰,北京:中華書局 1987 年 4 月,1986 年,上海圖書館藏宋朝刻本原大影印。

29. 《已畦集》,(清)葉燮撰,臺北:新文豐出版《叢書集成續編》第 125 冊,1989 年 6 月。

30. 《詩學纂聞》,(清)汪師韓撰,臺北:新文豐出版《叢書集成續篇》

第 201 冊，1989 年 8 月。

31. 《宋史記事本末》，（明）馮琦原，（明）陳邦瞻纂輯，北京：中華書局 1995 年。

32. 《陶淵明集校箋》，（晉）陶潛著，龔斌校箋，上海：上海古籍出版社 1996 年 12 月。

33. 《周易本義》，（宋）朱熹，臺北：大安出版社 1999 年 7 月。

34. 《蘇軾詩集合注》，（宋）蘇軾撰，（清）馮應榴輯注，黃任軻、朱懷春校點，上海：上海古籍出版社 2001 年 6 月。

35. 《養一齋詩話》，（清）潘德輿撰，上海：上海古籍出版社《續修四庫全書・詩文評類》，2002 年 3 月。

36. 《續資治通鑑》，（清）畢沅撰，上海市：上海古籍出版社 2002 年。

37. 《康熙儋州志》，（明）曾邦泰等纂修，洪壽祥主編，海口：海南出版社，2003 年 1 月。

38. 《康熙昌化軍縣志》，（清）方岱修璩之璨校正，海口：海南出版社，2003 年 1 月。

39. 《昭昧詹言》，（清）方東樹，臺北：漢京文化事業，2004 年 1 月。

40. 《瀛奎律髓彙評》，（元）方回選評，李慶甲集評校點，上海：上海古籍出版社，2005 年 4 月。

41. 《荀子集解・考證》，清）王先謙集解，，臺北：世界書局，2005 年 10 月。

42. 《太平御覽》，（宋）李昉等撰，北京：中華書局影印，2006 年 6 月。

43. 《人間詞話》，（清）王國維，臺北：新潮社出版，2006 年 12 月。

44. 《紀文達公評本蘇文忠公詩集》，（清））李香嚴手批，（清））紀昀點評，成都：四川大學出版社影印，道光十四年冬栞於兩廣節署，2007 年 4 月。

45. 《朱子語類》，（宋）朱熹撰，重慶：西南師範大學，收入於《域外漢籍珍本文庫》，2008 年 9 月。

46. 《列子古注今譯》，（晉）張湛註、蕭登福著，臺北：新文豐，2009 年 11 月。

47. 《續資治通鑑長編新定本六百卷》，（清）黃以周等，輯拾補，臺北：世界書局，2010 年。

48. 《莊子集釋》，（晉）郭象著，（唐）陸德明釋文，成玄英疏，（清）郭慶藩集釋，臺北：世界書局 2010 年 9 月。

49. 《唐詩評選》，（清）王夫之撰，陳書良校點，上海：上海古籍出版社 2011 年 7 月。

50. 《東坡題跋校注》，（宋）蘇軾著，屠友祥校注，上海：上海遠東出版社 2011 年 8 月。

51. 《薑齋詩話箋注》，（清）王夫之撰，戴鴻森箋注，上海：上海古籍出版社 2012 年 3 月。

52. 《宋史》，（元）脫脫撰，臺北：臺灣商務印書館，2012 年 4 月。

53. 《方輿勝覽》，（宋）祝穆撰，臺北：臺灣商務印書館《景印文淵閣四庫全書》第 471 冊。

54. 《東坡志林》，（宋）蘇軾撰，臺北：台灣商務印書館《景印文淵閣四庫全書》第 863 冊。

55. 《困學記》，（宋）王應麟，（清）閻若璩，何悼評注，臺北：臺灣商務印書館《景印文淵閣四庫全書》第 854 冊。

56. 《習學記言序目》，（宋）葉適撰，臺北：新文豐出版《叢書集成續篇》第十六冊。

57. 《六一詩話》，（宋）歐陽修撰，臺北：台灣商務印書館《景印文淵閣四庫全書》第 1478 冊。

58. 《風月堂詩話》，（宋）朱弁，臺北：臺灣商務印書館《景印文淵閣四庫全書》。

59. 《竹坡詩話》，（宋）周紫芝撰，臺北：臺灣商務印書館《景印文淵閣四庫全書》第 1480 冊。

60. 《欒城遺言》，（宋）蘇籀，臺北：臺灣商務印書館《景印文淵閣四庫全書》第 864 冊。

61. 《後山詩話》，（宋）陳師道，臺北：臺灣商務印書館《景印文淵閣四庫全書》第 1478 冊。

62. 《春渚紀聞》，（宋）何薳，臺北：臺灣商務印書館《景印文淵閣四庫全書》第 863 冊。

63. 《曲洧舊聞》，（宋）朱弁，臺北：臺灣商務印書館《景印文淵閣四庫全書》第 863 冊。

64. 《歸田詩話》，（明）瞿佑撰，臺北：新興書局編《筆記小說大觀》第六編第六冊。

65. 《說學齋稿》，（明）危素撰，臺北：臺灣商務印書館《景印文淵閣四庫全書》第 1226 冊。

66. 《粵西叢載》，（清）汪森，臺北：臺灣商務印書館《景印文淵閣四庫全書》第 1467 冊。

67. 《宋稗類鈔》，（清）潘永因編，臺北：台灣商務印書館《景印文淵閣四庫全書》第 1034 冊。

68. 《評校音注古文辭類纂》，（清）王文儒撰，上海：上海文明書局印行。

69. 《瓊臺紀事錄》，（清）戴肇辰撰，清咸豐。

70. 《唐宋詩本》，（清）載第元撰，《大庚戴篆圃輯》，覽珠堂，本衙藏版。

二、近代專著

1. 《論宋詩・詩詞散論》，繆鉞著，臺北：臺灣開明書店，1953 年 12 月。

2. 《宋詩選注》，錢鍾書，北京：三聯書店，2001 年 1 月。

3. 《蘇軾詩》，嚴既澄選注，臺北：臺灣商務印書館，1968 年 10 月。

4. 《增補蘇東坡年譜會證》，王保珍，臺北：國立台灣大學文學院，1969 年 8 月。

5. 《東坡詞研究》，王保珍，臺北：長安出版社，1979 年 4 月。

6. 《論蘇軾的創作經驗》，徐中玉，上海：華東師範大學出版社，1981 年 9 月。

7. 《蘇詩評傳》，曾棗莊，成都：四川人民出版社，1981 年 9 月。

8. 《蘇軾》，王水照著，上海：上海古籍出版社，1982 年 3 月。

9. 《蘇軾詩選註》，吳鷺山等合編，天津：百花文藝出版社，1982 年 4 月。

10. 《蘇軾選集》，王水照選注，上海：上海古籍出版社，1984 年 2 月。

11. 《中國詩歌史論》，張松如，長春：吉林大學出版社，1985 年 8 月。

12. 《論蘇軾嶺南詩及其他》，蘇軾研究學會編，廣州：廣東人民出版社，1986 年。

13. 《蘇軾文集》，孔凡禮點校，北京：中華書局，1986～1992 年。

14. 《蘇軾詩集》，孔凡禮點校，北京：中華書局，1987 年 10 月。

15. 《蘇軾詩選》，徐續選注，臺北：遠流出版，1988 年 7 月。

16. 《蘇軾詩文詞選譯》，曾棗莊 曾弢，四川：巴蜀書社，1990 年 6 月。

17. 《蘇東坡在海南島》，朱玉書著，廣東：廣東人民出版社，1993 年 3 月。

18. 《唐風宋韻：中國古代詩歌》，李慶 武蓉，北京：新華出版社，1993

年。

19. 《蘇軾詩歌研究》，王洪，北京：朝華出版社，1993 年 5 月。

20. 《儒道佛美學的融合——蘇軾文藝美學思想研究》，王世德，重慶：重慶出版社，1993 年 6 月。

21. 《蘇東坡民俗詩解》，程伯安，北京：中國書籍出版社，1994 年 3 月。

22. 《蘇軾論稿》，王水照著，臺北：萬卷樓圖書，1994 年 12 月。

23. 《蘇軾思想研究》，唐玲玲、周偉民著，臺北：文史哲出版社，1996 年 2 月。

24. 《蘇軾論》，朱靖華，北京：京華出版社，1997 年 12 月。

25. 《蘇軾研究》，王水照，石家莊：河北教育出版社，1999 年 5 月。

26. 《蘇詩彙評》，曾棗莊，成都：四川文藝出版社，2000 年 1 月。

27. 《蘇轍年譜》，孔凡禮撰，北京：中華書局，2001 年 6 月。

28. 《蘇軾研究史》，曾棗莊，南京：江蘇教育出版社，2001 年 3 月。

29. 《蘇軾詩詞藝術論》，陶文鵬，上海：上海古籍出版社，2001 年 5 月。

30. 《東坡詩選析》，陳新雄著，臺北：五南圖書出版，2003 年 3 月。

31. 《蘇軾的哲學觀與文藝觀》，冷成金，北京：學苑出版社，2004 年 4 月。

32. 《道家思想與蘇軾美學》，楊存昌，濟南：濟南出版社，2003 年 10 月。

33. 《中國蘇軾研究》，中國人民大學中文系主編，北京：學苑出版社，2004 年 7 月。

34. 《蘇軾評傳》，王水照 朱剛，南京：南京大學出版社，2004 年 9 月。

35. 《中國蘇軾研究》，朱靖華，劉尚榮，北京：學苑出版社，2004 年 7 月。

36. 《唐宋士風與詞風研究——以白居易、蘇軾為中心》，張再林，北京：人民文學出版社，2005 年 6 月。

37. 《說蘇軾》，黃玉峰，上海：上海辭書出版社，2007 年 12 月。

38. 《蘇軾文藝美論》，王啓鵬，廣州：中山大學出版社，2007 年 12 月。

39. 《新譯蘇軾文選》，滕志賢注譯，臺北：三民書局，2008 年 1 月。

40. 《新譯蘇軾詞選》，鄧子勉注譯，臺北：三民書局，2008 年 7 月。

41. 《蘇軾全集校注》，張志烈等主編，石家莊：河北人民出版社，2010 年 6 月。

42. 《蘇詩研究史稿》，王友勝，北京：中華書局，2010 年 7 月。

43. 《三蘇》，周裕鍇等編著，北京：中華書局，2010 年 2 月。

44. 《蘇軾禪意詩校注》，肖占鵬等校注，天津：天津教育出版社，2010 年 1 月。

45. 《蘇軾》，童強著，南京：南京大學出版社，2010 年 1 月。

46. 《蘇軾和陶詩與北宋文人詞》，張兆勇著，安徽：安徽大學出版社，2010 年 11 月。

47. 《蘇東坡與佛教》，達亮著，臺北：文津出版社，2010 年 12 月。

48. 《清代詩文集彙編》，國家清史編纂委員會，上海：上海古籍出版社，2010 年 12 月。

49. 《蘇軾與章惇關係考——兼論相關詩文及史事》，劉昭明著，臺北：新文風出版，2011 年 6 月。

50. 《蘇軾文集編年箋注》，李之亮箋注，成都：四川出版集團巴蜀書社，2011 年 10 月。

51. 《蘇軾詩詞文選評》，王水照 朱剛，上海：上海古籍出版社，2011 年 12 月。

52. 《苕溪漁隱叢話研究》，殷海衛，北京：中國社會科學出版社，2011 年 11 月。

53. 《蘇軾詞全集》，譚新紅等編著，武漢：崇文書局，2011 年 12 月。

54. 《論蘇軾的藝術哲學》，許外芳，廣州：暨南大學出版社，2012 年 7 月。

55. 《蘇軾》，童一秋編，吉林：吉林文史出版社，2012 年 1 月。

56. 《蘇軾與周易》，徐建芳，北京：中國社會科學出版社，2013 年 8 月。

57. 《蘇東坡傳》，林語堂著，湖南：湖南人民出版社，2013 年 10 月。

58. 《詩意地築造：蘇軾詩學思想的生存論闡釋》，孟憲浦，上海：學林出版社，2013 年 12 月。

59. 《宋代詩歌史論》，韓輕太，長春：吉林教育出版社，2006 年 5 月。

60. 《中國山水詩研究》，王國瓔，北京：中華書局，2007 年 8 月。

61. 《中國詩歌史論》，龔鵬程，北京：北京大學出版社，2008 年 6 月。

62. 《中國詩歌藝術研究》，袁行霈著，北京：北京大學出版社，2009 年 1 月。

63. 《中國古代詩學探論》，吳晟，北京：商務印書館，2012 年 11 月。

64. 《陶淵明集》，陳慶元、紹長滿編選，南京：鳳凰出版傳媒集團，2011 年 1 月。

65. 《讀陶叢稿》，鄧瓊，天津：天津古籍出版社，2011 年 7 月。

66. 《陶淵明論》，魏耕原，北京：北京大學出版社，2011 年 10 月。

67. 《澄明之境陶淵明新論》，戴建業，上海：世紀出版公司，2012 年 12 月。

68. 《唐宋文學論稿》，潘殊閑，成都：巴蜀書社，2010 年 7 月。

69. 《貶謫時期的柳宗元研究》，龔玉蘭，南京：鳳凰出版社，2010 年 12 月。

70. 《宋明理學概述》，錢穆著，臺北：台灣學生書局印行，1977 年 4 月。

71. 《宋明理學心性論》，蔡方鹿，成都：巴蜀書社，2009 年 5 月。

72. 《宋代雅俗文學觀》，凌郁之，北京：中國社會科學出版社，2012 年 8 月。

73. 《宋代詩歌史論》，韓經太著，中國吉林：吉林教育出版社，1995 年 12 月。

74. 《兩宋文化與詩詞發展論略》，劉乃昌著，中國山東：山東大學出版社，2009 年 4 月。

75. 《宋代文學思想史》，張毅著，北京：中華書局，1995 年 4 月。

76. 《宋代文學史》，孫望等人編，北京：人民文學出版社，1996 年 6 月。

77. 《宋代文化史》，姚瀛艇，開封：河南大學出版社，1992 年 2 月。

78. 《北宋文化史論述》，陳檀鍔，中國社會科學出版社，1992 年 3 月。

79. 《兩宋文化史》，楊渭生等著，杭州：浙江大學出版社，2008 年 1 月。

80. 《宋文通論》，曾棗莊，上海：上海人民出版社，2008 年 12 月。

81. 《宋代民俗詩評注》，李懿、常先甫、林陽華，成都：巴蜀書社，2011 年 8 月。

82. 《文化、文學與文體》，曾棗莊著，上海：人民出版社，2011 年 8 月。

83. 《北宋古文運動發展史》，祝尚書，北京：北京大學出版社，2012

年 2 月。

84. 《宋代政治使概要》，王瑞明，上海：華中師範大學出版社，1989 年 12 月。

85. 《中國古代思想史論》，李澤厚，北京：三聯書店，2010 年 5 月。

86. 《20 世紀中國文學研究論文選》宋代卷，張燕瑾、趙敏俐主編，北京：社會科學文獻出版社，2010 年 1 月。

87. 《俯仰天地予中國藝術精神》，李濤，北京：人民出版社，2012 年 1 月。

88. 《中國學術精神》，徐復觀著，陳克艱編，上海：華東師範大學出版社，2004 年 2 月。

89. 《自然之道：老莊生存哲學研究》，王英杰，北京：人民出版社，2010 年 9 月。

90. 《老子翼》，（明）焦竑撰，黃曙輝點校，上海：華東師範大學出版，2011 年 6 月。

91. 《莊子纂要・大宗師》，方勇撰，北京：學苑出版社，2012 年 3 月。

92. 《梅堯臣集編年校注》，（宋）梅堯臣著，朱東潤編年校注，上海：上海古籍出版社，1980 年 11 月。

93. 《蘇舜欽集編年校注》，（宋）蘇舜欽著，傅平驤等校注，成都：巴蜀書社出版發行，1991 年 3 月。

94. 《蘇過詩文編年箋注》，（宋）蘇過撰，舒星校補，蔣宗許、舒大剛注，北京：中華書局，2012 年 12 月。

95. 《歐陽修全集》，（宋）歐陽修撰，李逸安點校，北京：中華書局出版，2001 年 3 月。

96. 《美學》，黑格爾著，北京：商務印書館，1979 年 1 月。

97. 《山水與美學》，伍蠡甫，上海：上海文藝出版社，1985 年 8 月。

98. 《中國美學史》，李澤厚、劉綱紀，北京市：中國社會科學出版社，1984～1987 年。

99. 《美學與意境》，宗白華，臺北：淑馨出版社，1986 年 4 月。

100. 《中國美學思想史》，敏澤，濟南：齊魯書社，1989 年 8 月。

101. 《詩美學》，李元洛著，臺北：東大圖書，1990 年 2 月。

102. 《古典文藝美學》，張長青，長沙：湖南師範大學出版社，1994 年 4 月。

103. 《中國美學範疇辭典》，成復旺，北京：中國人民大學出版社，1995 年 6 月。

104. 《中國美學史》，葉朗，臺北：文津出版社，1996 年。

105. 《中國美學範疇與傳統文化》，張皓，武漢：湖北教育出版社，1996 年 11 月。

106. 《中國文學的美感》，柯慶明著，臺北：麥田出版，2000 年 1 月。

107. 《中國文學與美學》，蔡宗陽、余崇生主編，臺北：五南圖書出版，2000 年 9 月。

108. 《中國美學史話》，李祥德、鄭欽鏞，北京：人民出版社，2001 年 9 月。

109. 《華夏美學》，李澤厚，天津：天津社會科學院出版社，2001 年 11 月。

110. 《審美應用學》，羅筠筠，北京：社會科學文獻出版社，2002 年 2 月。

111. 《中國人審美心理學》，梁一儒，濟南：山東人民出版社，2002 年 3 月。

112. 《走向跨文化美學》，王柯平，北京：中華書局，2002 年 10 月。

113. 《中國審美文化史》先秦卷，廖群，濟南：山東畫報出版社，2003 年 1 月。

114. 《意境概說：中國文藝美學範疇》，夏昭炎，北京：北京廣播學院出版社，2003 年 4 月。

115. 《審美之魅》，彭彥琴，北京：中國社會科學出版社，2005 年 3 月。

116. 《西方美學史》，凌繼堯 等著，北京：中國社會科學出版社，2005 年 3 月。

117. 《美從何處尋》，宗白華，南京：江蘇教育出版社，2005 年 6 月。

118. 《西方美學名著譯稿》，宗白華，南京市：江蘇教育出版社，2005 年 6 月。

119. 《美學散步》，宗白華，上海：上海人民出版社，2005 年 12 月。

120. 《中國美學史論集》，宗白華，合肥市：安徽教育出版社，2006 年 8 月。

121. 《理性之維：宋代中期儒家文藝美學思想研究》，范希春，北京：中央民族大學出版社，2006 年 6 月。

122. 《中國美學史》，朱志榮，北京：北京大學出版社，2007 年。

123. 《宋代美學史》，吳功正著，南京：江蘇教育出版，2007 年 10 月。

124. 《徐復觀的美學研究》，劉桂榮，北京：人民出版社，2007 年 12 月。

125. 《美典：中國文學研究論集》，高友工，北京：三聯書店，2008 年 5 月。

126. 《談美》，朱光潛，北京：北京大學出版，2008 年 7 月。

127. 《華夏美學美學四講》，李澤厚，北京：三聯書店，2009 年 9 月。

128. 《中國古代思想史論》，李澤厚，北京：三聯書店，2010 年 5 月。

129. 《中國美學範疇論》，曾祖蔭，武漢：華中師範大學出版社，2011 年 8 月。

130. 《中國美學史話》，李祥德、鄭欽鏞，北京：人民出版社，2011 年 9 月。

131. 《美學原理》，朱志榮，上海：華東師範大學出版社，2011 年 12 月。

132. 《民族美學》，彭修銀、范曾，北京：中國社會科學出版社，2012 年 2 月。

133. 《中國古代審美文化考論》，杜道名著，北京：學苑出版社，2003 年 5 月。

134. 《北宋詩文革新研究》，程杰著，臺北：文津出版社，1996 年 12 月。

135. 《歷代名篇賞析集成》，袁行霈，北京：高等教育出版社，2010 年 2 月。

136. 《文學地理學研究》，曾大興，北京：商務印書館，21012 年 3 月。

137. 《首屆中國古代文學與地域文化學術研討會論文集》，紹炳軍，上海：上海大學出版社，2012 年 11 月。

138. 《20 世紀中國文學研究論文選》，張燕瑾、趙敏俐主編，北京：社會科學文獻出版社，2010 年 1 月。

139. 《中國古典美學辭典》，彭會資主編，廣西：廣西教育出版社，1991 年 4 月。

140. 《中國美學範疇辭典》，成復旺主編，北京：中國人民大學出版社，1995 年 6 月。

141. 《中文大辭典》，林伊，高明主編，臺北：中國文化大學，1993 年 10 月第九版。

142. 《實用俗語典》，曹聰孫主編，新北市：匯豐文化事業，2000 年 5 月。

143. 《修辭學》，王易著，上海：上海商務印書館，1932 年。

144. 《修辭學》，黃慶萱著，臺北：三民書局印行，2002 年十月第三版。

145. 《泉州地域文學》，吳綿綿，廈門：廈門大學出版社，2009 年 3 月。

146. 《齊魯文學演變與地域文化》，李少群、喬力等著，北京：人民出版社，2009 年 12 月。

147. 《文學地理學研究》，曾大興，北京：商務印書館，2012 年 3 月。

148. 《宋代四川語音學研究》，劉曉南，北京：北京大學出版社，2012年 3 月。

149. 《中國地域文化通覽》，袁行霈等，北京：中華書局，2013 年 1 月。

150. 《海南史傳碑傳匯纂》，周偉民、唐玲玲，北京：知識產權出版社，2013 年 6 月。

151. 《唐宋東南區域史論》，徐曉望，北京：中國書籍出版社，2012 年10 月。

152. 《儋州志》，（明）曾邦泰等修纂，北京：書目文獻出版社，1991年 11 月。

153. 《海南地方志叢刊》，洪壽祥、周偉民，海口：海南出版社，2003年 1 月。

154. 《海南島志》，（法）薩維納著，辛世彪譯著，桂林：灕江出版社，2012 年 4 月。

三、論文集

1. 〈蘇軾貶儋時期的心齋修養和藝術情趣〉，唐玲玲撰，成都：四川大學，收入《紀念蘇軾貶儋八百九十周年學術討論集》1991 年 5 月。

2. 〈孔子儒學對蘇軾思想的影響〉，周偉民撰，上海：三聯書店，1992年 5 月。

3. 〈寄我無窮境──蘇軾貶儋期間的生命體驗〉，唐玲玲撰，成都：四川大學出版，收入《全國第八次蘇軾研討會論文集》，1996 年。

四、學位論文

1. 《蘇軾黃州詩研究》，羅鳳珠撰，臺北：國立台灣師範大學中國文學研究所碩士論文，1988 年。

2. 《蘇軾嶺南詩論析》，劉昭明撰，臺北：國立台灣師範大學國文研究所碩士論文，1989 年。

3. 《蘇軾意內言外詞隅測》，劉昭明撰，臺北：私立東吳大學中國文學研究所博士論文，1994 年。

4. 《東坡詩文思想之研究》，李慕如撰，臺北：國立台灣師範大學國文研究所博士論文，1998 年。

5. 《蘇軾記遊文研究》，紀懿民撰，臺北：輔仁大學中文系碩士論文，1999 年。

6. 《魏晉詩歌中的審美意識》，朱雅琪撰，臺北：國立師範大學國文研究所博士論文，1999 年。

7. 《蘇軾嶺南詩探析》，洪麟瑩撰，臺北：玄奘大學中國語文學系碩士論文，2010 年。

8. 《蘇軾「意」、「法」觀與其「古文」創作發展之研究》，李眞慧撰，臺北：國立台灣大學中國文學研究所博士論文，2001 年。

9. 《蘇軾文藝理論研究》，崔在赫撰，臺北：國立政治大學中國文學研究博士論文，2002 年。

10. 《蘇軾儋州詩研究》，鄧瑞卿撰，臺北：國立臺灣師範大學國文教學碩士論文，2003 年。

11. 《蘇軾嶺南詩研究》，林淑惠撰，臺北：國立政治大學中國文學系碩士論文，2003 年。

12. 《蘇軾記遊作品研究》，徐浩祥撰，臺中：國立中興大學中國文學系碩士論文，2003 年。

13. 《蘇軾辭賦理論及其創作之研究》，廖志超撰，臺北：國立臺灣師範大學國文學系博士論文，2003 年。

14. 《東坡黃州詞研究》，周鳳珠撰，臺中：國立中興大學中國文學系碩士論文，2004 年。

15. 《東坡詩譬喻修辭研究》，盧韻琴撰，高雄：國立高雄師範大學國文碩士論文，2003 年。

16. 《蘇東坡書法思想研究》，黃玉嵋撰，高雄：國立高雄師範大學國文碩士論文，2003 年。

17. 《東坡黃州詞篇章結構探析》，邱瓊薇撰，臺北：國立臺灣師範大學國文學系碩士論文，2004 年。

18. 《蘇軾黃州時期書蹟之研究》，刑莉麗撰，臺北：國立政治大學中國文學碩士論文，2004 年。

19. 《蘇軾超曠情懷與文化關係研究》，林融嬋撰，嘉義：南華大學文學研究所碩士論文，2004 年。

20. 《蘇軾遊仙詩研究》，陳雅娟撰，彰化：國立彰化師範大學國文研究碩士論文，2005 年。

21. 《蘇軾寓惠生活研究》，楊玉琴撰，臺南：國立臺南大學國語文學系碩士論文，2010 年。

22. 《蘇軾文學作品中的「遊」》，楊方婷撰，新竹：國立清華大學中國

文學系碩士論文，2007 年。

23. 《蘇軾詩中的草木意象管窺》，辛佩芳撰，臺北：國立台灣師範大學究所碩士論文，2009 年。

24. 《出新意於法度之中：蘇軾建物記的時空、文體與美學》，楊茹惠撰，臺北：國立臺灣師範大學國文學系碩士論文，2011 年。

25. 《蘇軾詩畫通論之藝術精神研究》，李百容撰，臺北：淡江大學中國文學學系博士論文，2012 年。

26. 《蘇軾詩中的懷歸書寫探析》，鄭右玫撰，臺北：國立臺灣師範大學國文學系碩士論文，2011 年。

27. 《蘇軾詩詞水意象研究》，王郭皇撰，臺北：國立臺灣師範大學國文學系碩士論文，2012 年。

28. 《蘇軾詩敘事表現之研究》，謝世婷撰，花蓮：國立東華大學中國語文學系碩士論文，2012 年。

29. 《蘇軾貶謫時期飲食書寫之道家思想研究》，張曉月撰，屏東：國立屏東教育大學中國語文學系碩士論文，2012 年。

30. 《汲古革今──文人品味中的審美意識》，陳坤德撰，臺北：國立臺灣師範大學美術系美術創作理論組（水墨畫）博士論文，2012 年。

31. 《蘇軾黃州文學研究》，駱曉倩撰，重慶：西南師範大學漢語文學系碩士論文，2002 年。

32. 《論蘇軾的藝術哲學》，許外芳撰，上海：復旦大學中國語言文學系博士論文，2003 年。

33. 《蘇軾嶺海詩研究》，張麗明撰，北京：北京語言大學碩士論文，2007 年。

34. 《論蘇軾詩詞中的曠達風格》，李芹香撰，貴州：貴州師範大學碩士論文，2008 年。

五、期刊論文

1. 〈淺論蘇軾詩歌的理趣〉，付自強，《新疆教育學院學報》。

2. （漢文社科），1994 年第 3 期 總第 24 期 10 卷。

3. 〈人生困境對蘇軾後期創作的影響〉，徐從從撰，《衡陽師專學報》（社會科學），1994 年第 2 期總第 57 期。

4. 〈試論蘇軾的佛老思想〉，曾廣開撰，《周口師專學報》，1994 年 3 月，第 11 卷第 3 期。

5. 〈蘇軾詩論與詩作的禪宗化特點〉，酈文撰，《廣西教育學院學報》，

1995 年 2 期。

6. 〈禪宗對蘇軾思想及其創作的影響〉，薛亞康撰，《解放軍外語學院學報》，1995 年，第 1 期總第 72 期。

7. 〈佛老思想與蘇軾詞的創作〉，張玉璞撰，《齊魯學刊》，1997 年第 3 期。

8. 〈東坡詩的禪緣情結〉，成宗田撰，《寶雞文理學院學報》（社會科學），2000 年 3 月，第 20 卷第 1 期。

9. 〈蘇軾超然思想探析〉，陳冬梅撰，《聊城師範學院學報》（哲學社會科學），2001 年第 5 期。

10. 〈蘇軾的參禪活動與禪學思想〉，董雪明、文師華撰，《南昌大學學報》（人社版），2003 年 5 月，第 34 卷第 3 期。

11. 〈論蘇軾詩歌的佛禪底蘊〉，曹軍撰，《寧坡大學學報》（人文科學），2003 年 9 月第 16 卷第 3 期。

12. 〈論蘇軾謫儋詩與莊子思想〉，楊景琦撰，《東方人文學誌》，2003 年 12 月。

13. 〈佛禪意趣與蘇軾詞風〉，段永強撰，《西安教育學院學報》，2004 年 6 月，第 19 卷第 2 期。

14. 〈曠達飄逸 物我兩忘——論蘇軾由儒入道、由道入禪的心路歷程〉，楊建躍撰，《南通紡織職業技術學院學報》，2004 年 6 月，第 4 卷第 2 期。

15. 〈試論蘇軾儒道禪思想的整合〉，王靖懿撰，《中國礦業大學學報》（社會科學），2004 年 6 月，第 2 期。

16. 〈淺析佛禪對東坡生命智慧及文學藝術觀之影響〉，施淑婷撰，《中華人文社會學報》，2004 年 9 月。

17. 〈論蘇軾詩的比喻藝術〉，任慶撰，《陝西師範大學繼續教育學報》，2005 年 11。

18. 〈隨心入禪境 曠達對人生——禪宗對蘇軾創作的影響〉，黎小冰撰，《成都大學學報》（教育科學），2007 年 4 月第 21 卷第 4 期。

19. 〈試論「烏臺詩案」對蘇軾思想及創作的影響〉，李繼華撰，《周口師專學報》，1997 年 9 月，第 14 卷第 3 期。

20. 〈蘇軾：睿智文人的人生感悟與處世態度〉，楊海明撰，《吳中學刊》，1997 年，第 11 卷第 2 期。

21. 〈簡論蘇軾個性魅力〉，楊小莉撰，《陝西職業技術學院學報》，2005 年 12 月，第 1 卷第 3 期。

22. 〈曠達胸襟 恬淡情懷——也談蘇軾「定風波」詞〉，鍾雲星，《重

慶社會科學》，2005 年第 6 期 總第 126 期。

23. 〈從「黃州安國寺記」探索東坡謫黃時之心靈世界〉，古苓光撰，《源遠學報》，2000 年 11 月。

24. 〈析論蘇軾詩中的靈感〉，江惜美撰，《臺北市立師範學院學報》，2002 年 12 月。

25. 〈從東坡作品中看蘇軾的曠達人生〉，譚淑紅撰，《遼寧師範大學學報》（社會科學），2007 年 7 月，第 30 卷第 4 期。

26. 〈從「樂」的人生觀念看蘇軾的社會和諧思想〉，楊勝寬撰，《西華大學學報》（哲學社會科學），2012 年 2 月，第 31 卷第 1 期。

27. 〈試析蘇軾詩歌中生命主體意識的昇華〉，蘇羅密撰，《楚雄師範學院學報》，2012 年 5 月，第 27 卷第 5 期。

28. 〈蘇軾詩歌的至境──自然〉，安熙珍撰（韓國），《文學遺產》，1997 年第 3 期。

29. 〈蘇東坡詠物詞研究〉，楊麗玲撰，《國立台灣師範大學國文研究所集刊》，1999 年 6 月。

30. 〈析論蘇軾詩中的想像〉，江惜美撰，《應用語文學報》，2000 年 6 月。

31. 〈蘇軾後期詩歌創作的感傷心理〉，張小明撰，《黃山高等專科學校學報》，2000 年 5 月，第 2 卷第 2 期。

32. 〈蘇軾詩歌創作論新探〉，李軍撰，《常州工程職業技術學院學報》，2004 年第 2 期，總第 40 期。

33. 〈論蘇軾詩的比喻藝術〉，任慶撰，《陝西師範大學繼續教育學報》，2005 年 11 月，第 22 卷增刊。

34. 〈蘇軾詩歌文化底蘊探析〉，于永風撰，《渤海大學學報》（哲學社會科學），2006 年 11 月，第 28 卷第 6 期。

35. 〈論蘇軾詩文的價值追求〉，李斌、錢宗武撰，《中國文學研究》，2011 年，第 4 期。

36. 〈論蘇軾詩歌的月意象〉，胡秦葆撰，《南方職業教育學刊》，2012 年 1 月，第 2 卷第 1 期。

37. 〈蘇軾詩歌的雨意象探析〉，陸嬋娣撰，《樂山師範學院學報》，2012 年 3 月，第 27 卷第 3 期。

38. 〈從蘇軾黃州、嶺海詩的比較看蘇軾晚年的情感變化〉，張福慶撰，《外交學院學報》，1997 年，第 1 期。

39. 〈淺析蘇軾黃州時期的詩歌風格〉，馮紅撰，《黑龍江教育學院學報》，2000 年，第 3 期 總第 71 期。

40. 〈蘇軾貶逐心態研究〉，張進、張惠民撰，《蘇州大學學報》（哲學社會科學），2001 年 4 月，第 2 期。

41. 〈試論蘇軾貶謫期間與當地人民的深厚情誼〉，李顯根撰，《湖南行政學院學報》，2003 年第 3 期。

42. 〈蘇軾前後貶謫思想之異同〉，成杰撰，《河北理工學院學報》（社會科學），2003 年 11 月，第 3 卷第 4 期。

43. 〈從超越自我到超越士人——論黃州時期蘇軾人格的超越〉，趙偉東撰，《學習與探索》，2003 年，第 2 期 總第 145 期。

44. 〈試論蘇軾黃州時期的思想與創作〉，胡秋宏撰，《常州師範專科學校學報》，2004 年 2 月，第 22 卷第 1 期。

45. 〈黃州時期蘇軾的人生及思想淺論〉，趙偉東撰，《學術交流》，2005 年 3 月，第 3 期 總第 132 期。

46. 〈淺論蘇軾在黃州時期的人生思考〉，陸蓉華撰，《三江學院學報》，2006 年 12 月，第 2 卷第 3、4 期。

47. 〈試論黃州時期蘇軾創作的轉型〉，趙偉東撰，《學術交流》，2009 年 11 月，第 11 期。

48. 〈論蘇軾黃州時期的文學創作及思想〉，杜妹撰，《內蒙古社會科學》（漢文版），2010 年 5 月，第 31 卷第 3 期。

49. 〈論蘇東坡的黃州功業〉，談祖應撰，《黃岡師範學院學報》，2011 年 10 月，第 31 卷第 5 期。

50. 〈從貶謫黃州的創作看蘇軾思想變化和人生態度〉，王怡梅撰，《長江大學學報》（社會科學），2012 年 4 月，第 35 卷第 4 期。

51. 〈蘇軾黃州詩書的多元情感論析〉，戚榮金撰，《湖北社會科學》，2012 年第 8 期。

52. 〈蘇軾儋州時期悲劇情感論〉，梅大聖撰，《黃岡師專學報》，1995 年 5 月，第 15 卷第 2 期。

53. 〈試論蘇軾嶺海的詠物詩〉，韓國強撰，《瓊州大學學報》，1999 年第 1 期。

54. 〈蘇軾嶺海時期的遭遇和人生反思〉，譚玉良撰，《康定民族師範高等專科學校學報》，1999 年 9 月，第 8 卷第 3 期總第 27 期。

55. 〈從蘇軾在海南的詩文究其晚年的人生觀〉，陳麗撰，瓊州大學學報，2001 年 9 月，第 8 卷第 3 期。

56. 〈從蘇軾南遷和北歸看其人生價值觀的變化——讀蘇軾過大庾嶺詩〉，修嬿嬿、胡泰斌撰，《江西藍天學院學報》，2006 年 12 月，第 1 卷第 4 期。

57. 〈論蘇軾惠州詩文之變及其意義〉，楊子怡撰，《船山學刊》，2008年第4期總第70期。

58. 〈我行西北隅，如度月半弓——記蘇軾惠州到儋州行程〉，盧捷撰，《長春理工大學學報》（高教版），2009年7月，第4卷第7期。

59. 〈從蘇軾的儋州散文看其晚年的生活狀態〉，任曉凡撰，《長治學院學報》，2012年6月，第29卷第3期。

60. 〈淺析蘇軾儋州詩的藝術特色和風格〉，金燕撰，《黃岡職業技術學院學報》，2012年4月，第14卷第2期。

61. 〈蘇東坡在貶居地的惠民思想和惠民之術〉，涂普生撰，《黃岡職業技術學院學報》，2012年6月，第14卷第3期。

62. 〈蘇軾何以獨好淵明之詩〉，張柱撰，《山西大學學報》（哲學社會科學），1995年第3期。

63. 〈略論蘇軾的和陶詩〉，丁睿撰，《貴州社會科學》，1996年，第3期 總第141期。

64. 〈試論陶詩的人格精神〉，李建中撰，《華南師範大學學報》（社會科學），1997年，第6期。

65. 〈關於蘇軾的「和陶詩」〉，橫山伊勢雄（日本），張寅彭譯，《陰山學刊》（社會科學），1998年第2期。

66. 〈論蘇軾的和陶詩〉，蕭慶偉撰，《中國韻文學刊》，2000年第2期。

67. 〈蘇東坡的和陶詩〉，羅秀美撰，《國文天地》，2000年2月。

68. 〈從《和陶詩》看蘇軾晚年心態〉，韓國強撰，《瓊州大學學報》，2000年第4期。

69. 〈論蘇軾嶺海時期學陶情結〉，梅大聖撰，《韓山師範學院學報》，2003年6月第24卷第2期。

70. 〈蘇軾的陶淵明情結及其詩文創作〉，李顯根撰，《湖南廣播電視大學學報》，2003年第2期。

71. 〈試論東坡《和陶詩》的生命意識〉，王紅雨撰，《廣西民族學院學報》（哲學社會科學），2003年6月人文科學專輯。

72. 〈試論蘇軾的「師陶情懷」與精神創新〉，李顯根撰，《江漢論壇》，2003年8月。

73. 〈論和陶詩及其文化意蘊〉，袁行霈撰，《中國社會科學》，2003年第6期。

74. 〈蘇軾「和陶詩」二題〉，安熙珍撰，《學術研究》，2004年第7期。

75. 〈蘇軾「和陶詩」的創新價值〉，楊玲撰，《阜陽師範學院學報》（社

會科學），2005 年第 5 期，總第 107 期。

76. 〈蘇軾「和陶詩」藝術風格論略〉，李歡喜、亞琴撰，《陽山學刊》，2005 年 2 月，第 18 卷第 1 期。

77. 〈自然與自由──由陶淵明看自然與精神的自由〉，郝美娟撰，《景德鎮高專學報》，2005 年 3 月，第 20 卷第 1 期。

78. 〈東坡《和陶詩》初探〉，馮士彥撰，《常州工學院學報》（社會科學），2006 年 8 月，第 24 卷第 4 期。

79. 〈論蘇軾和陶詩的意蘊〉，劉撰，《現代商貿工業》，2010 年第 3 期。

80. 〈論蘇軾《和陶詩》仕與隱的思想〉，劉秀娟撰，《太原師範學院學報》（社會科學），2012 年 3 月，第 11 卷第 2 期。

81. 〈論蘇軾和陶詩、詞、文之異同〉，段夢雲撰，《安慶師範學院學報》（社會科學），2012 年 4 月第 31 卷第 2 期。

82. 〈佛禪的人生觀和蘇軾生命歷程的審美化〉，王樹海撰，《齊魯學刊》，1994 年第 3 期。

83. 〈試論蘇軾的美學思想與道學的聯繫〉，張維撰，《社會科學研究》，1994 年 4 月。

84. 〈蘇軾文藝美學思想的系統總結〉，馬馳撰，《學術月刊》，1995 年第 1 期。

85. 〈試論蘇軾的藝術追求與人格境界的統一〉，楊勝寬撰，《四川大學學報》（哲學社會科學），1995 年第 2 期。

86. 〈蘇軾詩中的品格美〉，張尹炫撰，《菏澤師專學報》，1996 年第 1 期。

87. 〈蘇軾人格的文化內涵與美學特徵〉，鄔志勇撰，《山西大學學報》（哲學社會科學），1996 年第 1 期。

88. 〈論蘇軾以道爲主的美學觀念〉，楊存昌撰，《齊魯學刊》，1996 年第 4 期。

89. 〈論蘇軾的詩歌美學思想〉，文師華撰，《南昌大學學報》（社會科學），1997 年 6 月，第 28 卷第 2 期。

90. 〈蘇軾美學思想新探〉，闇自啓撰，《洛陽大學學報》，1997 年 9 月第 12 卷第 3 期。

91. 〈蘇軾文藝美學思想蠡測〉，湯岳輝撰，《惠州大學學報》（社會科學），1998 年 6 月，第 18 卷第 2 期。

92. 〈蘇軾的文章理論體系及其美學特質〉，黨聖元撰，《人文雜誌》，1998 年第 1 期。

93. 〈論蘇軾詩歌的繪畫美〉，嚴明撰，《長沙大學學報》，1998 年 3 月，第 1 期。

94. 〈蘇軾：中國古典文藝美學的一個典型〉，楊存昌、隋文慧撰，《東岳論叢》，1998 年第 4 期。

95. 〈蘇軾美學思想淺論〉，劉艷麗撰，《河北師範大學學報》（哲學 社會科學），1998 年 7 月，第 21 卷第 3 期。

96. 〈從蘇軾寓惠創作看他晚年的審美趣向〉，湯岳輝撰，《惠州大學學報》（社會科學版），1999 年 9 月，第 19 卷第 3 期。

97. 〈簡論蘇軾在傳統文藝美學思想發展中的貢獻〉，湯岳輝撰，《惠州大學學報》（社會科學），2001 年 9 月，第 21 卷第 3 期。

98. 〈簡論蘇軾的人生美學〉，何林軍撰，《郴州師範高等專科學校學報》，2001 年 12 月，第 22 卷第 6 期。

99. 〈東坡「文理自然，姿態橫生」之美學風格〉，施淑婷撰，《國文天地》，2003 年 8 月。

100. 〈寄妙理於豪放之外──蘇軾詩歌藝術特色散論〉，朱耀善撰，《社科縱橫》，2004 年 2 月，總第 19 卷第 1 期。

101. 〈論蘇軾詩歌景物描寫的繪畫美〉，張連舉撰，《湛江海洋大學學報》，2004 年 4 月，第 24 卷第 2 期。

102. 〈簡論蘇軾高風絕塵之美的美學內涵〉，張惠民、張進撰，《蘇州大學學報》（哲學社會科學），2004 年 5 月，第 3 期。

103. 〈蘇軾的審美心理經驗管窺〉，黃貞權撰，《社會科學家》，2004 年 5 月，第 3 期。

104. 〈蘇軾「平淡」美的意蘊及其思想淵源〉，王德軍撰，《長春大學學報》，2004 年 6 月，第 14 卷第 3 期。

105. 〈蘇軾詩歌美學思想發微〉，李軍撰，《江淮論壇》，2005 年第 3 期。

106. 〈簡論蘇軾寓惠時期的審美人格〉，殷坤娣撰，《惠州學院學報》（社會科學），2005 年 2 月，第 25 卷第 1 期。

107. 〈蘇軾詩歌美學旨趣探析〉，魏永貴撰，《集寧師專學報》，2005 年 3 月，第 27 卷第 1 期。

108. 〈淺論蘇軾的詩歌美學〉，陰雯艷，《漯河職業技術學院學報》，2009 年 1 月，第 8 卷第 1 期。

109. 〈宋詩平淡美發展脈絡淺析──兼論梅、歐、蘇、黃四家的平淡美理論與實踐〉，徐佩鋒撰，《佳木斯教育學院學報》，2010 年，第 4 期 總第 100 期。

110. 〈從蘇軾詩論看「平淡」詩歌的審美張力〉，曾輝撰，《語言文學研

究》，2012 年 6 月。

111. 〈論道家美學對蘇軾文藝思想的影響〉，楊琦撰，《吉首大學學報》（社會科學），2012 年 7 月，第 33 卷第 4 期。

112. 〈蘇軾藝術創作思想之形與神〉，汪倩撰，《樂山師範學院學報》，2013 年 3 月，第 28 卷第 3 期。

113. 〈從唐宋詞使用的顏色詞看唐宋審美文化的內涵〉，谷曉恆撰，《青海民族學院學報》（社會科學），2001 年 4 月，第 27 卷第 2 期。

114. 〈論審美想像的特徵及方式〉，胡祖信撰，《安徽工業大學學報》（社會科學），2002 年 11 月，第 19 卷第 5 期。

115. 〈論「神韻」範疇的審美指向〉，周建萍撰，《徐州師範大學學報》（哲學社會科學），2009 年 1 月，第 35 卷第 1 期。

116. 〈淺析禪宗對唐宋詩歌的影響〉，劉明杰撰，《安徽文學》，2010 年第 9 期。

117. 〈論蘇軾詩文清冷意境之美學意義及影響〉，閻小軍撰，《樂山師範學院學報》，2012 年 2 月，第 27 卷第 2 期。

118. 〈蘇軾韻高而才高的詩美理想——從「韻高而才短」說起〉，王志清撰，《蘇州大學學報》，2012 年 4 月。

119. 〈淺談《二十四詩品》之美學觀與散文藝術精神〉，夏虹冰撰，《黃山高等專科學校學報》，2001 年 5 月，第 3 卷第 2 期。

120. 〈傳神寫照——中國古典文藝美學特徵透視〉，馬茅廣撰，《華東船舶工業學院學報》（社會科學），2002 年 3 月，第 2 卷第 1 期。

121. 〈試論審美想像的藝術功能〉，游小波撰，《福州大學學報》（哲學社會科學），2004 年，第 2 期 總第 66 期。

122. 〈論意象的內涵要素及營造特點〉，何懷玉、劉道章撰，《詩人的作談》，2007 年 4 月，第 4 期。

123. 〈論詩的意象結構及思維特徵〉，楊春鼎撰，《淮南師範學院學報》，2007 年，第 9 卷第 4 期。

124. 〈淺談古典詩歌中的意象與意境〉，覃俏麗撰，《南方論刊》，2007 年，第 2 期。

125. 〈中國古典和諧論美學的生態智慧及現實意義〉，黃念然撰，《復旦學報》（社會科學），2007 年，第 4 期。

126. 〈韻：宋代美學的新追求〉，鄭蘇淮撰，《江西科技師範學院學報》，2008 年 6 月，第 3 期。

127. 〈古代詩歌情景交融理論形成的文化淵源〉，郭小波撰，《安徽文學》，2009 年，第 2 期。

128. 〈詩歌美學本質淺析〉，陳琳撰，《湖南醫科大學學報》（社會科學），
2009 年 7 月，第 11 卷第 4 期。

129. 〈「骨重神寒」：宋詩派的美學認同取向〉，孫虎撰，《蘇州科技學院
學報》（社會科學），2009 年 11 月，第 26 卷第 4 期。

130. 〈略論宋代美學思想與文學批評的新變〉，張啓成、周健自撰，《黔
南民族師範學院學報》，2010 年，第 5 期。

131. 〈宋代詞選的美學觀念嬗變〉，蘭玲撰，《湖北函授大學學報》，2010
年，第 23 卷第 1 期。

132. 《《二十四詩品》與宋代山水畫及畫論的意蘊會通〉，蘇薈敏撰，《山
西大同大學學報》（社會科學），2012 年 8 月，第 26 卷第 4 期。

附　錄

附錄一：「蘇軾於黃州與嶺南時期詩歌」

本表係依據（宋）蘇軾撰，張志烈等主編：《蘇軾全集校注》彙整。

一、黃州時期

編號	詩　　名	時　間	卷次
1	〈陳州與文郎逸民飲別，攜手河堤上，作此詩〉	元豐三年（1080）正月	卷二〇
2	〈子由自南都來陳三日而別〉	正月	卷二〇
3	〈正月十八日蔡州道上遇雪，次子由韻二首〉	正月十八日	卷二〇
4	〈過新息留示鄉人任師中〉	正月	卷二〇
5	〈過淮〉	正月	卷二〇
6	〈書麐公詩後〉并引	正月	卷二〇
7	〈游淨居寺〉并敘	正月	卷二〇
8	〈梅花二首〉	正月二十日	卷二〇
9	〈萬松亭〉并敘	正月	卷二〇
10	〈戲作種松〉	正月	卷二〇
11	〈張先生〉并敘	正月	卷二〇
12	〈陳季常所蓄《朱陳村嫁娶圖》二首〉	正月	卷二〇

編號	詩　　名	時　間	卷　次
13	〈少年時，嘗過一村院，見壁上有詩，云：「夜涼疑有雨，院靜似無僧。」不知何人詩也。宿黃州禪制寺，寺僧皆不在，夜半雨作，偶記此詩，故作一絕〉	正月	卷二〇
14	〈初到黃州〉	二月	卷二〇
15	〈定惠院寓居月夜偶出〉	二月	卷二〇
16	〈次韻前篇〉	二月	卷二〇
17	〈安國寺浴〉	二月	卷二〇
18	〈安國寺尋春〉	二月	卷二〇
19	〈寓居定惠院之東，雜花滿山，有海棠一株，土人不知貴也〉	二月	卷二〇
20	〈次韻樂著作野步〉	二月	卷二〇
21	〈王齊萬秀才寓居武昌縣劉郎洑，正與五洲相對，伍子胥奔吳所從渡江也〉	二月	卷二〇
22	〈二月二十六日，雨中熟睡，至晚，強起出門，還作此詩，意思殊昏昏也〉	二月	卷二〇
23	〈雨晴後，步至四望亭下魚池上，遂自乾明寺前東岡上歸，二首〉	二月	卷二〇
24	〈雨中看牡丹三首〉	二月	卷二〇
25	〈次韻樂著作送酒〉	二月	卷二〇
26	〈次韻樂著作天慶觀醮〉	二月	卷二〇
27	〈杜沂游武昌，以酴醾釀菩薩泉見餉，二首〉	四月	卷二〇
28	〈五禽言五首〉并敘	四月	卷二〇
29	〈石芝〉并引	五月	卷二〇
30	〈遊武昌寒溪西山寺〉	五月	卷二〇
31	〈武昌銅劍歌〉并引		卷二〇
32	〈今年正月十四日，與子由別於陳州。五月，子由復至齊安，以詩迎之〉	五月	卷二〇

編號	詩　　名	時　間	卷　次
33	〈曉至巴河口迎子由〉	五月	卷二○
34	〈遷居臨皋庭〉	五月	卷二○
35	〈與子由同游寒溪西山〉	六月	卷二○
36	〈次韻答子由〉	六月	卷二○
37	〈陳季常自岐亭見訪，郡中及舊州諸豪爭欲邀致之，戲作陳孟公詩一首〉	六月	卷二○
38	〈定惠院顯師爲余竹下開嘯軒〉	七月	卷二○
39	〈和何長官六言次韻五首〉	七月	卷二○
40	〈觀張師正所蓄辰砂〉	七月	卷二○
41	〈次韻子由病洒肺疾發〉	十月	卷二○
42	〈鐵拄杖〉并敘	十月	卷二○
43	〈太守徐君猷、通守孟亨之，皆不飲酒，以詩戲之〉		卷二○
44	〈正月二十日，往岐亭，郡人潘、古、郭三人送余於女王城東禪莊院〉	元豐四年（1081）正月	卷二一
45	〈岐亭道上見梅花，戲贈季常〉	正月二十日	卷二一
46	〈東坡八守〉并敘	二月	卷二一
47	〈題織錦圖上回文三首〉		卷二一
48	〈次韻回文三首〉		卷二一
49	〈數日前，夢一僧出二鏡求詩。僧以鏡置日中，其影甚異，其一如芭蕉，其一如蓮花，夢中與作詩〉		卷二一
50	〈任師中挽詞〉	四月	卷二一
51	〈武昌酌菩薩泉送王子立〉	五月	卷二一
52	〈琴詩〉	六月	卷二一
53	〈樂全先生生日，以鐵拄杖爲壽，二首〉	九月二十三日	卷二一
54	〈與潘三失解後飲酒〉	九月	卷二一
55	〈聞捷〉	十月二十二日	卷二一
56	〈聞洮西捷報〉	十月二十二日	卷二一

編號	詩　名	時　間	卷次
57	〈杭州故人信至齊安〉		卷二一
58	〈四時詞四首〉		卷二一
59	〈姪安節遠來夜坐三首〉	十一月	卷二一
60	〈雪後到乾明寺，遂宿〉	十一月	卷二一
61	〈冬至日贈安節〉	十一月	卷二一
62	〈伯父《送先人下第歸蜀》詩云：「人稀野店休安枕，路入靈關穩跨驢。」安節將去，爲誦此句，因以爲韻，作小詩十四首送之〉	十一月	卷二一
63	〈送牛尾狸與徐使君〉	十二月	卷二一
64	〈次韻陳四雪中賞梅〉	十二月	卷二一
65	〈記夢回文二首〉并敘	十二月二十五日	卷二一
66	〈三朵花〉并敘	十二月	卷二一
67	〈正月二十日，與潘、郭二生出郊尋春，忽記去年是日同至女王城作詩，乃和前韻〉	元豐五年（1082）正月	卷二一
68	〈是日，偶至野人汪氏之居。有神降於其室，自稱天人李全，字德通。善篆字，用筆其妙，而字不可識，云天篆也。與予言，有所會者。復作一篇，仍用前韻〉	正月二十日	卷二一
69	〈浚井〉	春	卷二一
70	〈紅梅三首〉	正月	卷二一
71	〈次韻子由寄題孔平仲草庵〉	二月	卷二一
72	〈二蟲〉		卷二一
73	〈陳季常見過三首〉	二月	卷二一
74	〈謝人惠雲巾方舄二首〉		卷二一
75	〈寒食雨二首〉	三月四日	卷二一
76	〈徐使君分新火〉	三月五日	卷二一
77	〈次韻答元素〉并引	三月末	卷二一
78	〈蜜酒歌〉并敘	五月	卷二一

編號	詩　名	時　間	卷次
79	〈又一首答二猶子與王郎見和〉	五月	卷二一
80	〈謝陳季常惠一搯巾〉	五月	卷二一
81	〈贈黃山人〉	五月	卷二一
82	〈贈人〉		卷二一
83	〈問大冶長老乞桃花茶栽東坡〉	五月	卷二一
84	〈寄子由〉		卷二一
85	〈西山戲題武昌王居士〉并引	五月	卷二一
86	〈次韻孔毅父久旱已而甚雨三首〉	六月	卷二一
87	〈魚蠻子〉	六月	卷二一
88	〈夜坐與邁聯句〉	秋	卷二一
89	〈次韻和王鞏六首〉	七月	卷二一
90	〈弔李臺卿〉并敘	八月	卷二一
91	〈曹既見和復次韻〉	十月	卷二一
92	〈弔徐德占〉并引	十月	卷二一
93	〈李委吹笛〉并引	十二月十九日	卷二一
94	〈蜀僧明操思歸書龍丘子壁〉		卷二一
95	〈正月三日點燈會客〉	元豐六年（1083）正月	卷二二
96	〈六年正月二十日，復出東門，仍用前韻〉	正月	卷二二
97	〈次韻孔毅父集古人句見贈五首〉	正月	卷二二
98	〈大寒，步至東坡，贈巢三〉	二月	卷二二
99	〈元修菜〉并敘	春	卷二二
100	〈日日出東門〉		卷二二
101	〈寄周安孺茶〉	四月	卷二二
102	〈南堂五首〉	五月	卷二二
103	〈次韻子由種杉竹〉	八月	卷二二
104	〈孔毅父妻挽詞〉		卷二二
105	〈初秋寄子由〉	七月	卷二二

編號	詩　名	時　間	卷　次
106	〈和黃魯直食筍次韻〉		卷二二
107	〈聞子由爲郡僚所捃，恐當去官〉	七月	卷二二
108	〈次韻王鞏南遷初歸二首〉		卷二二
109	〈孔毅父以詩戒飲酒，問買田，且乞墨竹，次其韻〉		卷二二
110	〈子由作二頌，頌石臺長老問公手寫《蓮經》，字如墨蟻，且誦萬遍，脇不至席二十餘年。予亦作二首〉		卷二二
111	〈鄧忠臣母周氏挽詞〉	七月	卷二二
112	〈和蔡景繁海州石室〉	十月	卷二二
113	〈喜王定國北歸第五橋〉	深秋	卷二二
114	〈食甘〉	十月	卷二二
115	〈洗而戲作〉	十月	卷二二
116	〈徐君猷挽詞〉	十一月	卷二二
117	〈橄欖〉		卷二二
118	〈東坡〉		卷二二
119	〈生日，王郎以詩見慶，次其韻，并寄茶二十一片〉	十二月	卷二二
120	〈和秦太虛梅花〉	元豐七年（1084）正月	卷二二
121	〈在和潛師〉	正月	卷二二
122	〈海棠〉	春	卷二二
123	〈次韻曹九章見贈〉	二月	卷二二
124	〈上巳日，與二三子攜酒出游，隨所見輒作數句。明日集之爲詩，故辭無倫次〉	三月	卷二二
125	〈劉監倉家煎米粉作餅子，余云爲甚酥。潘邠老家造逡巡酒，余飲之，云莫作醋，錯著水來否？後數日，攜家飲郊外，因作小詩戲留公，求之〉	三月	卷二二
126	〈別黃州〉	四月	卷二三

編號	詩　名	時　間	卷次
127	〈和參寥〉	四月	卷二三
128	〈過江夜行武昌江上，聞黃州鼓角〉	四月	卷二三
129	〈岐亭五首〉并序	四月	卷二三
130	〈自興國往筠州，宿石田驛南二十五里野人舍〉	四月	卷二三

二、惠州時期

編號	詩　名	時　間	卷　次
1	〈壺中九華詩〉并引	紹聖元年（1094）七月	卷三八
2	〈過廬山下〉并引	七月	卷三八
3	〈南康望湖亭〉	八月初	卷三八
4	〈江西一首〉	八月初	卷三八
5	〈秧馬歌〉并引	八月初	卷三八
6	〈八月七日初入贛，過惶恐灘〉	八月初	卷三八
7	〈鬱孤臺〉	八月	卷三八
8	〈廉泉〉	八月	卷三八
9	〈塵外亭〉	八月	卷三八
10	〈天竺寺〉并引	八月十七日	卷三八
11	〈過大庾嶺〉	九月	卷三八
12	〈宿建封寺，曉登盡善寺，望韶石三首〉	九月	卷三八
13	〈月華寺〉	九月	卷三八
14	〈南華寺〉	九月	卷三八
15	〈碧落洞〉	九月	卷三八
16	〈峽山寺〉	九月十三日	卷三八
17	〈清遠舟中寄耘老〉	九月	卷三八

編號	詩　　名	時　　間	卷　次
18	〈舟行至清遠縣，見顧秀才，極談惠州風物之美〉	九月	卷三八
19	〈廣州蒲澗寺〉	九月	卷三八
20	〈贈蒲澗信長老〉	九月	卷三八
21	〈發廣州〉	九月	卷三八
22	〈浴日亭〉	九月	卷三八
23	〈遊羅浮山一首示兒子過〉	九月二十七日	卷三八
24	〈十月二日初到惠州〉	十月二日	卷三八
25	〈寓居合江樓〉	十月二日	卷三八
26	〈惠州靈惠院，壁間畫一仰面向天醉僧，云是蜀僧隱巒所作，題詩於其下〉		卷三八
27	〈試筆〉		卷三八
28	〈朝雲詩〉并引	十一月	卷三八
29	〈寄虎兒〉	十一月	卷三八
30	〈十一月二十六日，松風亭下，梅花盛開〉	十一月二十六日	卷三八
31	〈再用前韻〉	十一月二十六日	卷三八
32	〈新釀桂酒〉	十一月	卷三八
33	〈惠守詹君見和，復次韻〉	十一月	卷三八
34	〈無題〉	十二月	卷三八
35	〈花落復次前韻〉	十二月	卷三八
36	〈白水山佛跡巖〉	十二月十二日	卷三八
37	〈詠湯泉〉	十二月十二日	卷三八
38	〈江郊〉并引	十二月	卷三八
39	〈詹守攜酒見過，用前韻作詩，聊復和之〉	十二月	卷三八
40	〈寄鄧道士〉	紹聖二年（1095）正月	卷三九
41	〈上元夜〉	正月十五日	卷三九

編號	詩　　名	時　間	卷　次
42	〈正月二十四日，與兒子過、賴仙芝、王原秀才、僧曇穎、行全、道士何宗一同遊羅浮道院及棲禪精舍，過作詩，和其韻，寄邁、迨一首〉	正月二十四日	卷三九
43	〈正月二十六日。偶與數客野步嘉祐僧舍東南野人家，雜花盛開，扣門求觀。主人林氏嫗出應，白髮青裾，少寡，獨居三十餘年矣。感歎之餘，作詩記之〉	正月二十六日	卷三九
44	〈龍尾石硯寄猶子遠〉		卷三九
45	〈惠州近城數小山，類蜀道。春，與進士許毅野步，會意處，飲之且醉，作詩以記。適參寥專使欲歸，使持此以示西湖之上諸友，庶使知予未嘗一日忘湖山也〉	二月	卷三九
46	〈二月十九日，攜白酒、鱸魚過詹使君，食槐葉冷淘〉	二月十九日	卷三九
47	〈和陶歸園田居六首〉并引	三月五日	卷三九
48	〈次韻正輔表兄江行見桃花〉	三月	卷三九
49	〈追餞正輔表兄至博羅，賦詩為別〉	三月	卷三九
50	〈再用前韻〉	三月	卷三九
51	〈遊博羅香積寺〉并引	三月	卷三九
52	〈戲和正輔一字韻〉	三月	卷三九
53	〈次韻定慧欽長老見寄八首〉并引	三月	卷三九
54	〈江漲用過韻〉	三月	卷三九
55	〈贈王子直秀才〉	四月初	卷三九
56	〈連雨江漲二首〉	四月	卷三九
57	〈四月十一日初食荔支〉	四月十一日	卷三九
58	〈桄榔杖寄張文潛一首，時初聞黃魯直遷黔南，范淳父九疑也〉	五月	卷三九
59	〈眞一酒〉并引	五月十五日	卷三九
60	〈次韻程正輔遊碧落洞〉	六月	卷三九

編號	詩　　名	時　間	卷　次
61	〈荔支歎〉	夏	卷三九
62	〈六月十二日，酒醒步月，理髮而寢〉	六月十二日	卷三九
63	〈和子由次月中梳頭韻〉	六月	卷三九
64	〈和陶貧士七首〉并引	九月	卷三九
65	〈江月五首〉并引	九月十五日	卷三九
66	〈聞正輔表兄將至，以詩迎之〉	九月	卷三九
67	〈和陶己酉歲九月九日〉并引	十月初	卷三九
68	〈和陶讀《山海經》〉并引	初冬	卷三九
69	〈正輔既見和，復次前韻，慰鼓盆，勸學佛〉	十月	卷三九
70	〈同正輔表兄遊白水山〉	十月	卷三九
71	〈次韻正輔同遊白水山〉	十月	卷三九
72	〈與正輔遊香積寺〉	十月	卷三九
73	〈答周循州〉		卷三九
74	〈食檳榔〉		卷三九
75	〈送惠州監押〉	秋末	卷三九
76	〈送佛面杖與羅浮長老〉		卷三九
77	〈十一月九日，夜夢與人論神仙道術，因作一詩八句。既覺，頗記其語，錄呈子由弟。後四句不甚明了，今足成之耳〉	十一月十日	卷三九
78	〈章質夫送酒六壺，書至而酒不達，戲作小詩問之〉	十二月	卷三九
79	〈小圃五詠〉人參　地黃　枸杞　甘菊　薏苡	十二月	卷三九
80	〈雨後行菜圃〉	十二月	卷三九
81	〈殘臘獨出二首〉	十二月末	卷三九
82	〈贈包安靜先生茶二首〉		卷三九
83	〈新年五首〉	紹聖三年（1096）正月	卷四〇

編號	詩　　名	時　間	卷　次
84	〈和陶詠二疏〉	正月	卷四〇
85	〈和陶詠三良〉	正月	卷四〇
86	〈和陶詠荊軻〉	正月	卷四〇
87	〈二月八日，與黃燾、僧曇穎過逍遙堂何道士宗一問疾〉	二月八日	卷四〇
88	〈次韻高要令劉湜峽山寺見寄〉	二月	卷四〇
89	〈贈曇秀〉	三月	卷四〇
90	〈和郭功甫韻送芝道人游隱靜〉	三月	卷四〇
91	〈和陶移居二首〉并引	三月	卷四〇
92	〈食荔支二首〉并引	四月	卷四〇
93	〈寄高令〉		卷四〇
94	〈遷居〉并引		卷四〇
95	〈和陶桃花源〉并引	春	卷四〇
96	〈和子由盆中石菖蒲忽生九花〉		卷四〇
97	〈兩橋詩〉并引 東新橋 西新橋	六月	卷四〇
98	〈擷菜〉并引	七月	卷四〇
99	〈悼朝雲〉并引	八月三日	卷四〇
100	〈縱筆〉		卷四〇
101	〈丙子重九二首〉	九月	卷四〇
102	〈和陶乞食〉		卷四〇
103	〈和陶和胡西曹示顧賊曹〉		卷四〇
104	〈次韻子由所居六詠〉	十月	卷四〇
105	〈和陶酬劉柴桑〉	十二月	卷四〇
106	〈和陶歲暮作和張常侍〉并引	十二月二十五日	卷四〇
107	〈海上道人傳以神守氣訣〉	紹聖四年（1097）正月	卷四〇
108	〈贈陳守道〉	正月	卷四〇
109	〈辨道歌〉	正月	卷四〇

編號	詩　　名	時　間	卷　次
110	〈吳子野絕粒不睡，過作詩戲之，芝上人、陸道士皆和，予亦次其韻〉	正月	卷四〇
111	〈白鶴峯新居欲成，夜過西鄰翟秀才，二首〉	正月末	卷四〇
112	〈白鶴山新居，鑿井四十尺，遇盤石，石盡，乃得泉〉	正月末	卷四〇
113	〈和陶時運四首〉并引		卷四〇
114	〈次韻惠循二守相會〉	二月	卷四〇
115	〈又次韻二守許過新居〉	二月	卷四〇
116	〈又次韻二守同訪新居〉	二月	卷四〇
117	〈循守臨行，出小鬟，復用前韻〉	二月	卷四〇
118	〈和陶答龐參軍六首〉并引	二月	卷四〇
119	〈種茶〉	二月	卷四〇
120	〈三月二十九日二首〉	三月二十九日	卷四〇

三、儋州時期

編號	詩　　名	時　間	卷　次
1	〈吾謫海南，子由雷州，被命即行，了不相知，至梧乃聞其尚在藤也，且夕當追及，作此詩示之〉	紹聖四年（1097）五月	卷四一
2	〈和陶止酒〉并引	六月十一日	卷四一
3	〈行瓊、儋間，肩輿坐睡。夢中得句云：千山動鱗甲，　萬谷酣笙鐘。覺而遇清風急雨，戲作此數句〉	六月	卷四一
4	〈次前韻寄子由〉	六月	卷四一
5	〈過海得子由書〉		卷四一
6	〈儋耳山〉		卷四一
7	〈和陶還舊居〉	七月	卷四一
8	〈夜夢〉并引	七月十三日	卷四一

編號	詩　　名	時　間	卷　次
9	〈和陶連雨獨飲二首〉并引	秋初	卷四一
10	〈和陶示周掾祖謝〉	秋初	卷四一
11	〈糴米〉		卷四一
12	〈和陶勸農六首〉并引	八月	卷四一
13	〈聞子由瘦〉	八月	卷四一
14	〈客俎經旬無肉，又子由勸不讀書，蕭然清坐，乃無一事〉		卷四一
15	〈和陶赴假江陵夜行〉	九月	卷四一
16	〈和陶九日閑居〉并引	九月八日	卷四一
17	〈和陶擬古九首〉	九月	卷四一
18	〈和陶東方有一士〉	九月	卷四一
19	〈次韻子由三首〉東亭 東樓 椰子冠	九月	卷四一
20	〈和陶停雲四首〉并引	十月	卷四一
21	〈和陶怨詩示龐鄧〉	十月	卷四一
22	〈和陶雜詩十一首〉		卷四一
23	〈次韻子由月季花再生〉	十一月	卷四一
24	〈和陶田舍始春懷古二首〉并引	十一月	卷四一
25	〈和陶贈羊長史〉并引	十一月	卷四一
26	〈入寺〉		卷四一
27	〈獨覺〉		卷四一
28	〈十二月十七日夜坐達曉，寄子由〉		卷四一
29	〈謫居三適三首〉且起理髮 午窗坐睡 夜臥濯足		卷四一
30	〈上元夜過赴詹守召，獨坐有感〉	紹聖五年（1098）正月	卷四二
31	〈次韻子由浴罷〉	正月	卷四二
32	〈借前韻和子由生第四孫斗老〉	正月	卷四二
33	〈過於海舶得邁寄書、酒。作詩，遠和之，皆粲然可觀。子由有書相慶也，因用其韻賦一篇，并寄諸子姪〉	二月	卷四二

編號	詩　　名	時　間	卷　次
34	〈和陶形贈影〉	二月二十三日	卷四二
35	〈和陶影答形〉	二月二十三日	卷四二
36	〈和陶神釋〉	二月二十三日	卷四二
37	〈和陶使都經錢溪〉	二月	卷四二
38	〈海南人不作寒食，而以上巳上冢。予攜一瓢酒，尋諸生，皆出矣。獨老符秀才在，因與飲，至醉。符蓋儋人之安貧守靜者也〉	三月三日	卷四二
39	〈去歲，與子野游逍遙堂。日欲沒，因並西山叩羅浮道院，至已二鼓矣。遂宿於西堂。今歲索居儋耳，子野復來相見，作詩贈之〉	三月	卷四二
40	〈觀棋〉并引		卷四二
41	〈和陶和劉柴桑〉	四月	卷四二
42	〈新居〉	五月	卷四二
43	〈遷居之夕，聞鄰舍兒誦書，欣然而作〉	五月	卷四二
44	〈宥老楮〉	元符元年（1098）	卷四二
45	〈和陶西田穫早稻〉并引	八月	卷四二
46	〈和陶下潠田舍穫〉	八月	卷四二
47	〈過子忽出新意，以山芋作玉糝羹，色香味皆奇絕。天上酥陀則不可知，人間決無此味也〉		卷四二
48	〈和陶戴主簿〉	十二月	卷四二
49	〈和陶游斜川〉正月五日，與兒子過出遊作	元符二年（1099）正月五日	卷四二
50	〈子由生日〉	二月	卷四二
51	〈以黃子木拄杖爲子由生日之壽〉	二月	卷四二
52	〈和陶與殷晉安別〉送昌化軍使張中	三月	卷四二
53	〈被酒獨行，遍至子雲、威、徽、先覺四黎之舍，三首〉	春末	卷四二

編號	詩　　名	時　間	卷　次
54	〈倦夜〉	八月	卷四二
55	〈贈鄭清叟秀才〉	冬	卷四二
56	〈用過韻，冬至與諸生飲酒〉符、吳皆坐客，其餘皆即事實錄也	十一月八日	卷四二
57	〈和陶王撫軍座送客〉再送張中	十一月	卷四二
58	〈和陶答龐參軍〉三送張中	十二月	卷四二
59	〈縱筆三首〉	十二月	卷四二
60	〈夜燒松明火〉	十二月二十八日	卷四二
61	〈貧家淨掃地〉	十二月	卷四二
62	〈過黎君郊居〉	元符三年（1100）二月	卷四二
63	〈庚辰歲人日作，時聞黃河已復北流，老臣舊數論此，今斯言乃驗，二首〉	正月	卷四三
64	〈庚辰歲正月十二日，天門冬酒熟，予自漉之，且漉且嘗，歲以大醉，二首〉	正月	卷四三
65	〈追和戊寅歲上元〉	正月	卷四三
66	〈五色雀〉	正月	卷四三
67	〈題過所畫枯木竹石三首〉	正月	卷四三
68	〈安期生〉并引		卷四三
69	〈答海上翁〉		卷四三
70	〈和陶郭主簿二首〉并引	正月	卷四三
71	〈司命宮楊道士息軒〉		卷四三
72	〈贈李兕彥威秀才〉		卷四三
73	〈葛延之贈龜冠〉		卷四三
74	〈次韻子由贈吳子野先生二絕句〉	五月	卷四三
75	〈和陶始經曲阿〉		卷四三
76	〈和陶歸去來兮辭〉并引		卷四三
77	〈歸去來集字十首〉并引		卷四三

編號	詩　　　名	時　間	卷　次
78	〈眞一酒歌〉并引	五月	卷四三
79	〈汲江煎茶〉	春	卷四三
80	〈別海南黎民表〉	五月	卷四三
81	〈儋耳〉	五月	卷四三
82	〈余來儋耳，得吠狗，曰烏觜，其猛而馴，隨予遷河浦，過澄邁，泅而濟，路人皆驚，戲爲作此詩〉	六月	卷四三
83	〈澄邁驛通潮閣二首〉	六月	卷四三
84	〈泂酌亭〉并引	六月	卷四三
85	〈六月二十日夜渡海〉	六月	卷四三

附錄二：《蘇軾年譜》

本年譜係依據孔凡禮撰《蘇軾年譜》摘錄記述蘇軾貶謫黃州、惠州及儋州前後，相關詩（文）之行實紀錄。

該年譜紀述之行實，無日期者，則依其行實紀述順序摘錄之。

皇帝年號/年/月/日	公元	年齡	行實摘錄	創作詩（文）	備　註
元豐二年己未	1079	44			
三月			罷徐州，以祠部員外郎、直史館知湖州軍州事。	作〈謝交代趙祠部啟〉	
四月二十日			到湖州任。	〈湖州謝上表〉：臣軾言：蒙恩就移前件差遣，已於今月二十日到任上訖者。風俗阜安，在東南號為無事，山水清遠，本朝廷所以優賢。顧惟何人，亦與茲選！臣軾中謝。	

皇帝年號/ 年/月/日	公元	年齡	行實摘錄	創作詩（文）	備　註
七月二十八日			中使皇甫遵到湖州勾攝蘇軾前來御史臺。罷湖州。先是御史中丞李定、御史舒亶、何正臣等言蘇軾謗訕朝政，御史臺檢會送到《錢唐集》，乃詔知諫院張璪及李定推治以聞。		
			就逮。與妻子訣別，留書與弟轍，處置後事。郡人送者雨泣。陳師錫出餞，王適、王遹兄弟送出郊，倉卒別法言。邁隨行。就逮時，在告，祖無頗權州事。		
八月十八日			赴臺獄。		
			入獄，作二詩授獄卒梁成，以遺弟轍。	〈予以事繫御史臺獄，獄吏稍見侵，自度不能勘，死獄中，不得一別子由，故作二詩授獄卒梁成，以遺子由，二首〉	
十月十五日			聞太皇太后曹氏不豫，有赦，作詩。	〈己未十月十五日，獄中恭聞太皇太后不，有赦，作詩〉	

皇帝年號/ 年/月/日	公元	年齡	行實摘錄	創作詩（文）	備　註
十月二十日			太皇太后曹氏卒。有挽詞。曹氏於蘇軾有國士之知。	〈十月二十日，恭聞太皇太后升遐。以軾罪人，不許成服，欲哭則不敢，欲泣則不可，故作挽詞二章〉	
自八月二十日至十一月二十日			供狀，供出作〈山村〉等文字（其中有帶譏諷者）寄與張方平等原由。		
十一月二十八日			李定奏乞在臺收禁蘇軾，聽候斷遣。神宗從其請。		
十二月庚甲（二十六日）			責授蘇軾水部員外郎、黃州團練副使、本州安置、不得簽書公事，王詵、蘇轍、王鞏三人責降，自張方平以下二十二人罰銅。初，軾下獄，張方平、范鎮、蘇轍等皆上書救之，不報。仁宗之后慈聖光獻曹氏及王安禮、吳充嘗言於神宗，宜釋蘇軾。章惇亦救之，至是得釋。		
元豐三年庚甲	1080	45			

皇帝年號/ 年/月/日	公元	年齡	行實摘錄	創作詩（文）	備　註
正月初一			離京師赴黃州。		
			過陳州，與文郎逸民飲別，攜手河堤上。	〈陳州與文郎逸民飲別，攜手河堤上，作此詩〉	
十一日			弟轍自南都來陳相別。	〈子由自南都來陳三日而別〉	
十四日			與弟轍別。	〈今年正月十四日，與子由別於陳州。五月，子由復至齊安，以詩迎之〉	詩應作於五月
十八日			蔡州道上遇雪。過新息任伋（師中）之居。過淮，至加祿鎮南二十五里大許店，書戒何尚（清戒、寶鬘）詩後，游光山淨居寺。	〈正月十八日蔡州道上遇雪，次子由韻二首〉、〈過新息留示鄉人任師中〉	
二十日			過麻城春風嶺。	〈梅花二首〉	
			過麻城萬松亭，見熙寧間縣令張毅所植松之存者不及十之三四，賦詩抒慨。	〈萬松亭〉、〈戲作種松〉	《輿地紀勝》卷四十九〈黃州〉：「萬松嶺，在麻城縣西一百里。縣令張毅夾道植松萬株，立亭其中，號萬松。」
			至歧亭，見故人陳慥（季常），爲慥所藏〈朱陳村嫁娶圖〉題詩。	〈陳季常所蓄朱陳村嫁娶圖〉二首	

皇帝年號/ 年/月/日	公元	年齡	行實摘錄	創作詩（文）	備　註
二月一日			到黃州，上謝表。	〈到黃州謝表〉：臣軾言：去歲十二月二十九日，準勅責降臣檢校尚書水部員外郎充黃州團練副使本州安置不得僉書公事。臣已於今月一日到本州訖者。 詩〈初到黃州〉	黃州乃齊安郡，屬淮南西路，治黃岡。縣三：黃岡、黃陂、麻城。
			寓居定惠院。	〈定惠院寓居月夜偶出〉、〈次韻前篇〉、〈安國寺浴〉、〈安國寺尋春〉、〈寓居定惠院之東，雜花滿山，有海棠一株，土人不知貴也〉	定惠院在黃岡縣東南。
二十六日			雨。雨晴後，遊四望亭等地。	〈雨晴後，步至四望亭下魚池上，遂自乾明寺前東岡上歸，二首〉	
			章惇書來，勸以追悔往咎，答書頗有激憤之意。	〈與章子厚參政書二首〉	
四月十三日			與江緬、杜沂（道源）及沂子傳（孟堅）、偓遊武昌西山。	〈杜沂游武昌，以酴醾花菩薩泉見餉，二首〉、〈遊武昌寒溪西山寺〉	
			遷居臨皋亭。	〈遷居臨皋亭〉	《輿地紀勝》卷四十九〈黃州〉謂臨皋館在朝宗門外，有臨皋亭，又謂「東坡

皇帝年號/ 年/月/日	公元	年齡	行實摘錄	創作詩（文）	備　註
					故居即今之臨皋亭及臨皋館」。
五月十二日			作詩。	〈石芝〉	
本月末			弟轍來，妻王閏之等家小同來。弟轍過池州，晤州守滕元發（甫、達道）；至巴河口，往迎。	〈今年正月十四日，與子由別於陳州。五月，子由復至齊安，以詩迎之〉、〈曉至巴河口迎子由〉	《輿地紀勝》卷四十九〈黃州〉謂巴河在黃岡縣東四十三里。
六月			與弟轍同遊寒溪西山。	〈與子由同遊寒溪西山〉	
			弟轍赴筠州鹽酒務，賦詩送行，並渡劉郎洑，飲別於王齊愈家。	〈次韻答子由〉	
			陳慥（季常）來訪。先是簡望慥來，至是來。	〈陳季常自岐亭見訪，郡中及舊州諸豪爭欲邀致之，戲作陳孟公詩一首〉	
			張師正（不疑）贈辰砂。	〈觀張師正所蓄辰砂〉	
八月			弟轍病酒肺疾發。次韻告以修養之道。	〈次韻子由病酒肺疾發〉	
			柳眞齡以鐵拄杖相贈。	〈鐵拄杖〉	
十月九日			孟震（亨之）置酒秋風亭。	〈太守徐君猷、通守孟亨之，皆不飲酒，以詩戲之〉	
			秋、冬間，蘇軾有移滁州之傳聞。		

皇帝年號/ 年/月/日	公元	年齡	行實摘錄	創作詩（文）	備　註
十二月十八日			書蒲永昇畫後（即畫水記）寄惟簡，惟簡刻之石。		
歲晚			答秦觀（太虛）長簡，贊其詩文，勸其多著可用之書，簡並敘個人節儉生活。		
元豐四年辛酉	1081	46			
正月初			與潘丙觀子（紫）姑神於郭遘家。		
十日			往歧亭，潘丙、古耕道、郭遘送至女王城東禪莊院。	〈正月二十日，往歧亭，郡人潘、古、郭三人送余於女王城東禪莊院〉	
二十二日			歧亭道上見梅花。作詩贈陳慥。	〈歧亭道上見梅花，戲贈季常〉	
二月二十七日			爲模上人書佛經。		
三月十一日			會王齊愈（文甫）家，評荼蘼花、海棠花、罌粟花。		
四月八日			母程氏忌日，飯僧於安國寺。	〈應夢羅漢記〉	
五月			王適（子立）自筠赴徐秋舉，過黃，與適游武昌西山酌菩薩泉以送。	〈武昌酌菩薩泉送王子立〉	適爲轍第二壻。
			營東坡，馬正卿爲經紀之。	〈東坡八首〉	

皇帝年號/ 年/月/日	公元	年齡	行實摘錄	創作詩（文）	備　註
六月			與陳慥、王齊愈、齊萬、潘丙及古耕道等會於師中菴，為文祭任伋（師中）。	〈任師中輓詞〉	
九月二十三日			張方平生日。	〈樂全先生生日，以鐵拄杖為壽，二首〉有「入懷冰雪生秋思」之句。	
			潘原（昌宗）失解，作詩慰之。	〈與潘三失解後飲酒〉	
十月二十二日			訪王齊愈於江南車湖，得陳慥書報，种諤勝夏，祝捷。	〈聞捷〉、〈聞洮西捷報〉	
十一月			姪安節自蜀來。	〈姪安節遠來夜坐三首〉	
十二月三日			酒醒，下大雪，作詩。	〈送牛尾狸與使君〉、〈次韻陳四雪中賞梅〉、〈記夢回文二首〉	
			房州通判許安世書言本州異人三朵花事，作詩。	〈三朵花〉	
元豐五年壬戌	1082	47			
正月二十日			與潘丙、郭遘出郭尋春，作詩。	〈正月二十日，與潘、郭二生出郊尋春，忽記去年是日同至女王城作詩，乃和前韻〉	

皇帝年號/年/月/日	公元	年齡	行實摘錄	創作詩（文）	備　註
			孔仲平（毅甫、毅父）監江州錢監，作草庵，次弟轍韻寄題平仲。	〈次韻孔毅父久旱已而甚雨三首〉	
			陳慥（季常）來，旋去。有詩。	〈陳季常見過三首〉	
三月四日			寒食，雨，作詩。	〈寒食雨二首〉	
三月五日			清明，徐大受（君猷）分新火。	〈徐使君分新火〉	是歲清明為三月初五日。
三月末			楊繪（元素）詩來，答之。	〈次韻答元素〉	
五月			楊世昌道士自盧山來，得其蜜酒方，作詩贈之。	〈蜜酒歌〉	
			陳慥（季常）來，贈揩巾。贈黃山人詩。問大冶長老乞桃花茶栽東坡。	〈謝陳季常惠一揩巾〉、〈贈黃山人〉、〈問大冶長老乞桃花茶栽東坡〉	
六月			刺賦稅之重。	作〈魚蠻子〉	
			初秋夜坐，與子邁聯句。	〈夜坐與邁聯句〉	詩中有「露葉耿高梧，風螢落空廡，微涼感團扇，古意歌白紵」之句，為七、八月之間景象。
			次韻和王鞏賓州所寄六首。	〈次韻和王鞏六首〉	

皇帝年號/ 年/月/日	公元	年齡	行實摘錄	創作詩（文）	備　註
十月			李臺卿卒，作詩弔之。	〈弔李臺卿〉	詩敘盛贊臺卿博學。
			作詩弔徐禧（德占）。	〈弔徐德占〉	
十二月十九日			生日，置酒赤壁磯下，進士李委作新曲〈鶴南飛〉以獻。與其會者有郭遘、古耕道。	〈李委吹笛〉	
元豐六年癸亥	1083	48			
正月三日			點燈會客，作詩。	〈正月三日點燈會客〉，末云:「冷煙濕雪梅花在，留得新春作上元。」	
二十日			尋前年、去年例，復出東門尋春。	〈六年正月二十日，復出東門，仍用前韻〉	
二月			大寒步至東坡，贈詩巢谷。	〈大寒，步至東坡，贈巢三〉	
四月六日			黃庭堅作書與蘇軾：並寄〈食筍〉，軾次韻。	〈和黃魯直食筍次韻〉	
			作詩贈巢谷（元修）。	〈元修菜〉	
六月			日日出東門。	〈日日出東門〉:「日日出東門，步尋東城遊。」	
				〈寄周安孺茶〉	敘賞茶、採茶、收茶、品茶。作於夏。

皇帝年號/ 年/月/日	公元	年齡	行實摘錄	創作詩（文）	備　註
七月			初秋，寄詩懷弟轍。	〈初秋寄子由〉	
			王鞏遷初歸，賦詩，次其韻。	〈次韻王鞏南遷初歸二首〉、〈喜王定國北歸第五橋〉	
九月二十七日			子遯生。	〈洗兒戲作〉	詩題謂遯小名幹兒，頎然穎異。遯乃第四子。
十二月十九日			生日，王適以詩來慶，次其韻。	〈生日，王郎以詩見慶，次其韻，并寄茶二十一片〉	時適在筠。
元豐七年甲子	1084	49			
正月二十五日			神宗手札移蘇軾汝洲團練副使、本州安置。		
二月			曹九章（演父）贈詩，次其韻以同社結鄰爲約。	〈次韻曹九章見贈〉	
三月三日			與道潛、徐大正（得之）、崔閑（成老）等訪定惠東海棠，憩尚氏第，聞閑彈琴，晚入何氏、韓氏竹園；歸過何氏小圃。後數日，作詩求劉唐年家煎餅。	〈上巳日，與二三子攜酒出遊，隨所見輒作數句。明日集之爲詩，故辭無倫次〉、〈劉監倉家煎米粉作餅子，余云爲甚酥。潘邠老家造逡巡酒，余飲之，云：莫作醋，錯著水來否？後數日，攜家飲郊外，因作小詩戲劉公，求之〉	《參寥子詩集》卷六〈廬山道中懷子瞻〉：「去年今日東坡路，拄杖相將探海棠。」寫此時事。

皇帝年號/ 年/月/日	公元	年齡	行實摘錄	創作詩（文）	備　註
			移汝州告下，有謝表。	〈謝量移汝州表〉： 臣軾言：伏奉正月二十五日誥命，特授臣汝州團練副使本州安置不得僉書公事者。稍從內遷，示不終棄。罪已甘於萬死，恩實初於再生。祇服訓詞，惟知感涕。臣軾誠惶誠恐，頓首頓首。……。	《文集》卷七十一〈贈別王文甫〉有「近忽量移臨汝」之語。文作於三月九日，告下當在三月四日至八日之間。
			以雪堂付潘大臨、大觀居住。並託潘丙（彥明）照管。		
四月一日			將自黃移汝。		
四月			別黃州，和道潛（參寥）留別雪堂詩。陳慥送行，道潛、趙吉（貧子）從行。友人厚餉贈行，不受。	〈別黃州〉、〈和參寥〉、〈歧亭五首·敘〉	慥第六次來黃。
四月			過江夜行武昌山上，聞黃州鼓角，賦詩眷戀。至車湖，略留王齊愈（文甫）家。	〈過江夜行武昌山上，聞黃州鼓角〉	
紹聖元年甲戌	1094	59			

皇帝年號/ 年/月/日	公元	年齡	行實摘錄	創作詩（文）	備　註
二月七日			宣仁聖烈皇后高氏山陵禮畢。	〈慰宣仁聖烈皇后山陵禮畢表〉：恭聞今月七日，大行宣仁聖烈太皇太后山陵禮畢者。日月有時，義當即遠；雨露既降，思則無窮。遙知穆穆之光，尚起皇皇之忘。臣軾中謝。	
四月壬子（十一日）			落端明殿學士、翰林侍讀學士，依前左朝奉郎知英州。		同日，范純仁上疏乞貸蘇軾。不聽。時宰有加害意。
甲寅（十三日）			復降充左承議郎，仍知英州。		
閏四月三日			除命下，罷定州任，責知英州。進謝上表。	〈英州謝上表〉：罪盈義絕，誅九族以猶輕；威震怒行，置一州而大幸。驚魂方散，感涕徒零。	
			將行，謁諸廟辭行，作祝文；醮北嶽，作青詞：以名心迹。		
			既行，以未能致意郡中諸公為歉。李之儀之妻胡文柔手自製衣以贐。以道前專人所送彌陀像隨行。		
			過眞定，嘗稱褚承亮（茂先）之文，晤楊采朝議，舉其子迪簡。		

皇帝年號/ 年/月/日	公元	年齡	行實摘錄	創作詩（文）	備　註
			經臨城、內丘。	〈臨城道中作〉	臨城屬河北西路趙州，內丘屬邢州。
			過邢州。贊梁刑州善政。		
			過湯陰，得豌豆大麥粥，有詩示三子。	〈過湯陰市，得豌豆大麥粥，示三兒子〉	
			至滑州，上狀乞往汴泗之間舟行。	〈赴英州乞舟行狀〉： 臣軾言。近准誥命，落兩職，追一官，謫守嶺南小郡。……。	
十六日			詔蘇軾合敘復日未得與敘復，秦觀、李之純亦以牽連被分別謫降處州、單州。		
			過黃河，賦詩。	〈黃河〉	
			抵汝州，視弟轍。弟轍分俸使邁等就食宜興。		
			別弟轍，至陳留。得旨舟行。 過雍丘，與米黻（元章）簡，亟怨與黻晤；贈別馬正卿（夢得）。	〈過杞贈馬孟得〉	杞即雍丘，正卿乃杞人。蘇軾與正卿文字聯繫記載止此。
			過揚、眞之間，晤吳復古（子野）。復古以佛理喻之。		
六月甲戌 （初五日）			來之邵等疏蘇軾詆斥先朝，詔謫惠州。		

皇帝年號/ 年/月/日	公元	年齡	行實摘錄	創作詩（文）	備　註
六月甲戌 （初五日）			弟轍降授左朝議大夫、知袁州。		
七日			泊金陵。晤鍾山法泉佛慧禪師，法泉說偈，有詩。	〈六月七日金陵，阻風，得鍾山泉公書，寄詩爲謝〉	
九日			迨、過以其兄邁遵母遺命所共畫阿彌陀佛像奉安金陵清涼寺，蘇軾作贊，並贈詩和長老。	〈贈清涼寺和長老〉	
			在金陵，晤杜傳（孟監）及傳子唐弼；禱於崇因禪院觀世音菩薩。		
六月二十五日			離金陵，過慈湖夾，阻風。至姑熟，得謫惠命，乃命迨歸陽羨從邁居。獨挈過及朝雲赴惠。	〈慈湖夾阻風五首〉	
七月			至湖口，觀李正臣所蓄異石，名之曰壺中九華，作詩。過廬山下，作詩。	〈壺中九華詩〉、〈過廬山下〉	《斜川集》卷二有〈湖口人李正臣蓄異石，廣袤尺餘，而九峯玲瓏，老人名之曰壺中九華，且以詩紀之，命過繼作〉
			過九江，晤蘇堅（伯固）。堅往澧陽，賦〈歸朝歡〉（我夢扁舟浮震澤）別之。		

皇帝年號/年/月/日	公元	年齡	行實摘錄	創作詩（文）	備　註
七月十三日			爲黃庭堅銅雀硯作銘。時與庭堅相會於彭蠡之上。相會凡三日。		
八月初			渡彭蠡湖，至吳城山望湖亭，有題。旋至豫章。了元（佛印）遣書追至。	〈南康望湖亭〉	彭蠡湖接南康、饒州、隆興，瀰茫浩渺，故稱長湖。
			行豫章、廬陵間，賦詩。	〈江西一首〉首云：「江西山水眞吾邦，白沙翠竹石底江。舟行十里磨九瀧，篙聲犖确相春撞。」	
			過廬陵，見曾安止（移忠）。安止出所作〈禾譜〉，惜其不譜農器，乃作〈秧馬歌〉附其末。歌贊秧馬效率高，節省勞力。	〈秧馬歌〉	秧馬，農民栽秧之器。歌之引云及秧馬：「日行千畦，較之傴僂而作者，勞佚相絕矣。」出之以歌，欲其易誦易背，以廣秧馬之傳也。
八月七日			初入贛，過惶恐灘。	〈八月七日初入贛，過惶恐灘〉詩云：「七千里外二毛人，十八灘頭一葉身」及「地名惶恐泣孤臣」句。	
			與虔州守黃元翁簡。至虔州，登鬱孤臺，遊廉泉、塵外亭，皆有詩。	〈鬱孤臺〉、〈廉泉〉、〈塵外亭〉	《輿地紀勝》卷三十二〈贛州〉：「鬱孤臺：在郡治，隆阜鬱然孤起，平地數丈，冠冕一郡之

皇帝年號/ 年/月/日	公元	年齡	行實摘錄	創作詩（文）	備　註
					形勝，而襟帶千里之山川。登其上者，若跨鼇背而生方壺。」贛州即虔州。又云塵外亭：「在州治東，形勢最高絕，下瞰環城如巨圜。凡四境之山川，可以枚閱。」又：「廉泉：在州報恩光孝寺。宋元嘉中，泉湧，因施爲寺。時郡太守以廉名，因名曰廉泉。」《輿地紀勝》謂贛州乃古南康郡。
十七日			遊天竺寺，書白居易贈韜光禪師詩，並賦詩。	〈天竺寺〉	
九月			過大庾嶺，題詩龍泉鐘上。宿建封寺，曉登盡善亭，望韶石，有詩。	〈過大庾嶺〉、〈宿建封寺，曉登盡善亭，望韶石三首〉	
			至韶州，過月華寺，值寺遭火災重建，應僧之請，爲題梁，並有詩。	〈月華寺〉	
			入曹溪，至南華寺。在南華，晤重辯長老。	〈南華寺〉	《輿地紀勝》卷九十〈韶州〉謂南華寺：「梁天監元年，有天竹國僧智藥自西土來，泛舶至漢土，尋流上至韶

皇帝年號/ 年/月/日	公元	年齡	行實摘錄	創作詩（文）	備　註
					州曹溪水口，聞其香掬嘗其味，曰：此水上流有勝地。尋之，遂開山立石名寶林。乃云：此去一百七十年，當有無上法寶，在此演法。今六祖南華寺是也。」又云「開寶八年，准敕賜額，乃六祖大鑒禪師道場，爲嶺外禪林之冠。」
			遊英州碧落洞，有詩。子過同游，亦有作。	〈碧落洞〉	
十三日			與子過同游清遠峽寺，有詩。	〈峽山寺〉	《輿地紀勝》卷九十五〈英德府〉謂峽山在眞陽縣南五十里，卷八十九〈廣州〉謂在清遠縣東三十里，蓋在英德、廣州之間。〈廣州〉謂廣慶寺居峽山之中，有殿甚古，乃梁武帝時物。據光緒《清遠縣志》卷十五，峽山寺即廣慶寺，即峽山飛來寺。
			清遠舟中寄湖州賈收（耘老）詩。舟行至清遠縣，見顧秀才，有詩。	〈清遠舟中寄耘老〉、〈舟行至清遠縣，見顧秀才，極談惠州風物之美〉	

皇帝年號/ 年/月/日	公元	年齡	行實摘錄	創作詩（文）	備　註
			過廣州，訪崇道大師何德順，德順言廣州女仙事。		
			游白雲山、蒲澗寺、滴水巖。留詩贈信長老。傳嘗寓瑞澤堂。遂發廣州，登浴日亭，有詩。	〈廣州蒲澗寺〉、〈發廣州〉、〈浴日亭〉	
二十七日			與子過等遊羅浮山，飲梁僧景泰禪師卓錫泉，至長壽觀、冲虛觀、丹竈、朝斗壇、朱明洞，宿寶積中閣，與進士許毅晤。有詩示子過，過及弟轍次韻。或作鐵橋銘。	〈遊羅浮山一首示兒子過〉	
十月二日			到責授寧遠軍節度副使、惠州安置貶所，上謝表。	〈十月二日初到惠州〉、〈到惠州謝表〉： 先奉告命，落兩職、追一官，以承議郎知英州軍州事。續奉告命，責授臣寧遠軍節度副使惠州安置。已於今月二日到惠州公參訖者。仁聖曲全，本欲界之民社；臺言交擊，必將致之死亡。尚荷寬恩，止投荒服。臣軾中謝。	惠州屬廣南東路，治歸善縣，轄歸善、河源、博羅、海豐四縣。

皇帝年號/ 年/月/日	公元	年齡	行實摘錄	創作詩（文）	備　註
			寓居合江樓。	〈寓居合江樓〉	《輿地紀勝》卷九十九〈惠州〉謂合江樓在郡東二十步。
			時詹範為州守，蕭世京為廣南東路提舉常平。	〈惠守詹君見和，復次韻〉	〈和陶貧士〉其六首云：「老詹白髮，相對垂霜蓬。賦詩殊有味，涉世非所工。杖藜山谷間，狀類渤海龔。」敘其為人。
十八日			遷居嘉祐寺。		據〈遷居〉并引：吾紹聖元年十月二日至惠州，寓居合江樓。是月十八日，遷於嘉祐寺。二年三月十九日，復遷合江樓。三年四月二十日，復歸於嘉祐寺。 《輿地紀勝》卷九十九〈惠州〉謂嘉祐院在通潮門之側，「松風亭在彌陀寺後山之巔，始名峻峰，植松二千餘株，清風徐來，因謂松風亭。」
十一月二十六日			松風亭下，梅花盛開，賦詩。並寄晁補之，補之有和。	〈十一月二十六日，松風亭下，梅花盛開〉	
			贈朝雲詩。	〈朝雲詩〉	

皇帝年號/ 年/月/日	公元	年齡	行實摘錄	創作詩（文）	備　註
十二月十二日			與過游白水山佛迹院，浴於湯泉，記以付過。並有詩。過易有詩。	〈白水山佛跡巖〉、〈詠湯泉〉	《輿地紀勝》卷九十九〈惠州〉：「白水山：去郡三十餘里，有瀑布泉百二十丈，下有湯泉、石壇，佛迹甚異。」又：「佛迹巖：羅浮之東麓也。在惠州東北二十里佛迹院。有懸水百仞崖，有巨人迹數十，所謂佛迹也。」
十九日			生日，有詩，過次韻。過又有壽詩。		
			新釀桂酒，有詩。	〈新釀桂酒〉	
			周彥質（文之）爲循州守，餽米。	〈惠州詹君見和，復次韻〉	
紹聖二年 乙亥	1095	60			
正月二日			作詩寄鄧守安。	〈寄鄧道士〉	詩之引謂是日讀韋應物〈寄全椒山中道士〉詩，因次其韻；並謂「羅浮山有野人，相傳葛稚川之隸」，嶺南遺書本《羅浮志》卷五謂此野人姓黃。
十五日			惠守詹範置酒觀燈，作詩。	〈上元夜〉	

皇帝年號/ 年/月/日	公元	年 齡	行實摘錄	創作詩（文）	備　註
二十四日			與兒子過、賴仙芝、王原、僧曇穎、行全、道士何宗一同遊羅浮道院及棲禪精舍，次過韻，並寄邁、迨。原、仙芝新自虔州至。	〈正月二十四日，與兒子過、賴仙芝、王原秀才、僧曇穎、行全、道士何宗一同遊羅浮道院及棲禪精舍，過作詩，和其韻，寄邁、迨一首〉	時邁、迨在宜興。曇穎，寶積寺長老。
二十六日			訪嘉祐僧舍東南民家。	〈正月二十六日，偶與數客野步嘉祐僧舍東南野人家，雜花盛開，叩門求觀。主人林氏嫗出應，白髮青裾，少寡，獨居三十年矣。感歎之餘，作詩記之〉	
二月			道潛（參寥）專使至。應道潛請，作〈海月辯公真贊〉。與許毅遊近城小山，作詩使專使持示西湖諸友，時專使欲歸。	〈惠州近城數小山，類蜀道。春，與進士許毅野步，會意處，飲之且醉，作詩以記。適參寥專使欲歸，使持此以示西湖之上諸友，庶使知予未嘗一日忘湖山也〉	
十九日			攜白酒、鱸魚過惠守詹範，食槐葉冷淘。	〈二月十九日，攜白酒、鱸魚過詹使君，食槐葉冷淘〉	
三月四日			應詹範請，與王原、賴仙芝遊白水山佛迹寺，歸，和陶〈歸園田居〉；接陳慥書，答之。	〈和陶歸園田居六首〉	

皇帝年號/ 年/月/日	公元	年齡	行實摘錄	創作詩（文）	備　註
			程之才將來惠，命過舟次相迎。約於五日，之才來，疑語甚歡。之才子十郎同行。之才出〈桃花〉詩，有和。	〈次韻正輔表兄弟將行見桃花〉	
十四日			追餞之才於博羅，夜半之才行。	〈追餞正輔表兄弟至博羅，賦詩為別〉、〈再用前韻〉	
			遊博羅香積寺，屬縣令林抃（天和）作碓磨。	〈遊博羅香積寺〉	
十九日			復歸於合江樓之行館。與南華辯老簡，為報之。		
四月			王原（子直）歸。贈詩。賴仙芝或同歸。	〈贈王子直秀才〉	
十一日			初食荔枝。	〈四月十一日初食荔支〉	
五月			張耒（文潛）遣兵王告來，因以桃榔杖為寄，有詩。	〈桃榔杖寄張文潛一首。時初聞黃魯直遷黔南、范淳父九疑也〉	
十五日（望日）			眞一酒造成。請羅浮道士鄧守安（安道、道玄）拜奠北斗眞君，記其事。有詩，並題其後。	〈眞一酒〉	
六月十二日			寶月大師惟簡卒。同日，書一紙付龔行信。同日，月中梳頭，賦詩。	〈六月十二日，酒醒步月，理髮而寢〉	

皇帝年號/ 年/月/日	公元	年齡	行實摘錄	創作詩（文）	備　註
七月十三日			王庠（周彥）、王序（商彥）兄弟萬里遣人遺藥物相問，抵惠州。		
			翟東玉到龍川令任。與東玉簡，求於其友人循州興寧令歐陽叔向處致地黃。	〈小圃五詠〉	此五詠作於歲末，時地黃已移栽圃中。
八月			與程之才簡，敘颶風異常，望來廣、惠視察災情。		
九月五日			題合江樓。		
			和陶潛〈貧士〉七首。	〈和陶貧士七首〉	
			重九後，程之才視察風災。將至惠，以詩迎之。	〈聞正輔表兄弟將至，以詩迎之〉	
			與之才游白水山，欲湯池，復同游香積寺。	〈同正輔表兄弟遊白水山〉、〈次韻正輔同遊白水山〉、〈與正輔遊香積寺〉	
九月			下半月，作詩。	〈江月五首〉	
			與程之才、傅才元、詹範籌建東新橋，尋動工，以道士鄧守安（道安）董其事。	〈兩橋詩〉	
十月初			和陶〈己酉歲九月九日〉。	〈和陶己酉歲九月九日〉并引：	

皇帝年號/ 年/月/日	公元	年齡	行實摘錄	創作詩（文）	備　註
				十月初吉，菊始開，乃與客作重九，因次韻淵明〈己酉歲九月九日〉一首。	
			和陶讀〈山海經〉。	〈和陶讀《山海經》〉	
			長子邁、次子迨將入京師授差遣，求程之才致宜興家書。		
十一月三日			簡程之才，言作橋、掩骼事。		
九日			夜夢與人論神仙道術。作詩。	〈十一月九日，夜夢與人論神仙道術，因作一詩八句。既覺，頗記其語，錄呈子由弟。後四句不甚明了，今足成之耳〉	
十二月			章楶（質夫）送酒，書至而酒不達，作詩問之。	〈張質夫送酒六壺，書至而酒不達，戲作小詩問之〉	
			經營藥圃（種人參、地黃、枸杞、甘菊、薏苡）、菜圃，常獨出尋幽。	〈小圃五詠〉、〈雨後行菜圃〉、〈殘臘獨出二首〉	
			周彥質（文之）惠米，作詩以謝之。	〈答周循州〉	
紹聖三年 丙子	1096	61			

皇帝年號/ 年/月/日	公元	年齡	行實摘錄	創作詩（文）	備　註
正月			新年作詩，以居惠爲樂。	〈新年五首〉其三：「豐湖有藤菜，似可敵蒓羹。」	
			作詩。	〈和陶詠二疏〉、〈和陶詠三良〉、〈和陶詠荊軻〉	
二月八日			與黃薦，僧曇穎過逍遙堂何宗一道士問疾。	〈二月八日，與黃薦、僧曇穎過逍遙堂何道士宗一問疾〉	
三月			作詩。	〈和陶移居二首〉	
			作詩。	〈和陶桃花源〉	
四月			食太守東堂將軍荔枝，作詩，願長作嶺南人。	〈食荔枝二首〉其二： 羅浮山下四時春，盧橘楊梅次第新。日啖荔支三百顆，不辭長作嶺南人。	〈食荔枝二首〉并引： 惠州太守東堂，祠故相陳文惠公。堂下有公手植荔支一株，郡人謂之將軍樹。今歲大熟，嘗啖之餘，下逮吏卒。其高不可致者，縱猿取之。
二十日			復遷嘉祐寺，作詩。	〈遷居〉	
六月			東新橋、西新橋落成，有詩。嘗與弟轍之妻史氏助之。	〈兩橋詩〉	
			長子邁授韶州仁化令，擬九月或冬中挈家來。		

皇帝年號/年/月/日	公元	年齡	行實摘錄	創作詩（文）	備　註
七月五日			朝雲病卒。	〈悼朝雲〉	其引敘朝雲之卒。
八月庚甲（初三日）			葬朝雲於棲禪山寺。		
九日			視朝雲墓。薦朝雲，作疏。		
			與章楶（質夫）簡，報朝雲之逝。楶有簡相慰，復答簡。		
			方子容來知惠，詹範罷。		
九月九日			與詹範、方子容及鄰翁等登白鶴山強醉，有詩。	〈丙子重九二首〉	
十二月二十五日			作詩。	〈和陶歲暮作和張常侍〉	
紹聖四年丁丑	1097	62			
正月			贈陳守道詩。	〈贈陳守道〉、〈辨道歌〉	
			吳復古絕粒不睡，子過作詩戲之，法芝（疊秀）及陸惟忠皆和，蘇軾亦和。	〈吳子野絕粒不睡，過作詩戲之，芝上人、陸道士皆和，予亦次其韻〉	《斜川集》卷三〈戲贈吳子野〉：「從來非佛亦非仙，直以虛心謝世緣。饑火盡時無內熱，睡蛇死後得安眠。饑腸自飽無非藥，定性難搖始是禪。麥飯蔥羹俱不設，館君清坐不論年（原注：子野絕食不睡）。」法芝、惟中詩不見。

皇帝年號/ 年/月/日	公元	年齡	行實摘錄	創作詩（文）	備　註
十九日			錄所作〈海上道人傳以神守氣訣〉示吳復古（子野）。	〈海上道上傳以神守氣訣〉	〈晚香堂蘇帖〉有此詩，末跋云：「丁丑年正月十九日錄示子野，向嘗論其詳矣。」
			白鶴峯新居欲成，夜過翟逢亨秀才，作詩抒安於惠之意。	〈白鶴峯新居欲成，夜過西鄰翟秀才，二首〉其一云：「中原北望無歸日，鄰火村春自往還。」	
			白鶴山新居鑿井四十尺，遇磐石，石盡乃得泉，有詩。新居上梁，作〈上梁文〉，有終焉之意。	〈白鶴山新居，鑿井四十尺，遇磐石，石盡，乃得泉〉、〈白鶴新居上梁文〉	〈白鶴新居上梁文〉：鵝城萬室，錯居二水之間；鶴觀一峯，獨立千巖之上。海山浮動而出沒，仙聖飛騰而往來。古有齋宮，號稱福地。鞠爲茂草，奄宅狐狸。物有廢興，時而隱顯。東坡先生，南遷萬里，僑寓三年。不起歸歟之心，更作終焉之計。越山斬木，泝江水以北來；古邑爲鄰，遶牙墙而南峙。送歸帆於天末，掛落月於床頭。方將開逸少之

皇帝年號/ 年/月/日	公元	年齡	行實摘錄	創作詩（文）	備 註
					墨池，安稚川之丹竈。去家千歲，終同丁令之來歸；有宅一區，聊紀揚雄之住處。今者既興百堵，爰駕兩楹。道俗來觀，里閭助作。願同父老，宴鄉社之雞豚；已戒兒童，惱比鄰之鵝鴨。何辭一笑之樂，永結無窮之歡。
二月初六日			周彥質（文之）罷循州，來訪。	〈和陶答龐參軍六首〉	并引：周循州彥質，在郡二年，書問無虛日。罷歸過惠，爲余留半月。既別，和此詩追送之。
十四日			白鶴峯新居成，自嘉祐寺遷入。新居之成，方子容（南圭）助以帑，鄰里亦助作。	〈和陶時運四首〉	〈和陶時運四首〉并引：丁丑二月十四日，白鶴峯新居成，自嘉祐寺遷入。詠淵明〈時運〉詩云：「斯晨斯夕，言息其廬。」似爲余發也。乃次其韻。長子邁，與余別三年矣，挈攜諸孫，萬里遠至。老朽憂患之餘，不能無欣然。

皇帝年號/ 年/月/日	公元	年齡	行實摘錄	創作詩（文）	備　註
二十一日			周彥質（文之）去，賦詩贈行。	〈巡守臨行，出小鬟，復用前韻〉	
三月二十九日			作詩。	〈三月二十九日二首〉其二云：「門外橘花猶的皪，牆頭荔子已爛斑。」〈上梁文〉：「舍南親種兩株柑。」	
四月十七日			得瓊州別駕、昌化軍安置告命。惠守方子容攜告命來。		
十九日			與過離惠，與家人痛苦訣別。李思純之子光道送行。惠人盛贊蘇軾浩然之氣。		
五月十一日			與弟轍相遇藤州，自是同行至雷。在藤，為江月樓題榜。		
六月五日			與弟轍同至雷州。雷守張逢至門首接見。		
			離雷州，張逢差人津送，親送於郊。		
			至徐聞，得馮大鈞之助。將渡海。		
十一日			和陶潛〈止酒〉，贈別弟轍，渡海。	〈和陶止酒〉	與弟轍相伴一月中，嘗教姪遠之詩。

皇帝年號/ 年/月/日	公元	年齡	行實摘錄	創作詩（文）	備　註
			至瓊州，得雙泉於城之東北隅，其味甘，乃告瓊人；簡張逢，致謝意。		《莊簡集》卷十六〈瓊州雙泉記〉謂雙泉：「蓋一井而有兩脈，其一自西南，其一自正北，皆噴湧而出，水既渴，泉益湍駛，因各盛以器皿，色味初若不可辨。久之，眾皆謂西南來者尤清甘，然後知「咫尺而異味」者，非虛語也。泉自小溝南走十餘步，溢爲方池，又自兩龍口入下池，則泉之釁發者益眾，水益深廣，每當暴雨漲溢，眾流散漫灌注於外，四方之民無男女少長，挈缾罌就浣濯者，無晝夜常滿。雙泉之名聞於遠近，實自蘇公發之。」
			肩輿行瓊、儋間，夢中得「千山動鱗甲，萬谷酣笙鐘」之句，覺而作詩。	〈行瓊、儋間，肩輿坐睡。夢中得句云：千山動鱗甲，萬谷酣笙鐘。覺而遇清風急雨，戲作此數句〉	四州，瓊、崖、儋、萬。自瓊州經澄邁至儋州，皆在島之西北隅，如月半弓。

皇帝年號/ 年/月/日	公元	年齡	行實摘錄	創作詩（文）	備　　註
七月二日			到昌化軍（儋州），上謝表。	〈到昌化軍謝表〉：今年四月十七日，奉被告命，則授臣瓊州別駕昌化軍安置。臣尋於當月十九日起離惠州，至七月二日以昌化軍訖者。並鬼門而東鶩，浮瘴海以南遷。生無還期，死有餘責。臣軾中謝。	昌化軍屬廣南西路，治宜倫縣，距東京七千二百八十五里。昌化軍乃唐儋州昌化郡，熙寧六年廢為昌化軍。《寰宇記》云：本漢儋耳縣地。故亦以儋耳稱儋州、昌化軍。
			作詩。	〈和陶還舊居〉	敘初至儋心情。
十三日			夜夢，作詩。	〈夜夢〉	
八月			和陶〈勸農〉六首以勸漢民、黎民和睦相處，種樹、勤耕以致富裕	〈和陶勸農六首〉	
			聞弟轍瘦，作詩寄雷州。	〈聞子由瘦〉	
九月八日			作詩。	〈和陶九日閑居〉	
			軍使張中到任，出張逢簡，答逢簡。中修倫江驛館，傲居之。	〈與張逢六首〉尺牘之三：某啓。久不上狀，想察其衰疾多畏，非敢慢也。新軍使來，辱教字，具審比日起居佳勝，感慰兼集。某到此數臥疾，今幸少間。久逃空谷，日就灰槁而已。	《施譜》：張中役兵修驛館先生。昌化軍有倫江。

皇帝年號/ 年/月/日	公元	年齡	行實摘錄	創作詩（文）	備　註
				因書瞻望，又復悵然。尚冀若時自厚，區區之餘意也。不宜。	
			作詩。	〈和陶擬古九首〉、〈和陶東方有一士〉	〈和陶東方有一士〉，乃〈和陶擬古九首〉其九之韻，或爲同時作，茲并繫於此。
十月			立多後，風雨無虛日，海道斷絕，不得弟轍書，乃和陶〈停雲〉以寄，致思念之意。	〈和陶停雲四首〉	
			作詩。	〈和陶怨詩示龐鄧〉詩有云：「如今破茅屋，一夕或三遷。風雨睡不知，黃葉滿枕前。」句。	
十一月			作詩。	〈和陶雜詩一首〉，其七云「潮陽隔雲海，歲晚倘見客。」	
			弟轍所寓堂後月季再生，賦詩，與子過皆次韻。	〈次韻子由月季花再生〉	
			與軍使張中訪黎子雲兄弟，復詩，名子雲所居曰載酒堂。又爲植樹。讀子雲家所藏柳文。	〈和陶田舍始春懷古二首〉	《莊簡集》卷二〈載酒堂〉：「獨餘黎氏舊園亭，喬木森森免薪樵。半是東坡親手植，老幹樛枝互糾纏。」又

皇帝年號/ 年/月/日	公元	年齡	行實摘錄	創作詩（文）	備　註
					同卷詩題云蘇軾「嘗與軍使張中遊黎氏園，愛其水木之勝，勸坐客釀錢作堂，黎氏名子雲，因用揚雄故事，名其堂曰載酒。」
			鄭嘉會（靖老）欲於海舶載書千餘卷見借，和陶潛〈贈羊長史〉詩以謝。	〈和陶贈羊長史〉	
十二月十七日			夜坐達曉，作詩寄弟轍。	〈十二月十七日夜坐達曉，寄子由〉，末云：「雷州別駕應危坐，跨海清光與子分。」《詩集》此詩前，有〈獨覺〉詩，其後有〈謫居三適三首〉。	
十九日			生日，子過賀詩。		
元符元年戊寅	1098	63			
正月十五日			夜，子過赴儋守張中召，有詩。	〈上元夜過赴儋守召，獨坐有感〉	
			弟轍坐〈浴罷〉，與子過皆次韻。	〈次韻子由浴罷〉中云：「老雞臥糞土，振羽雙瞑目。倦馬驪風沙，奮鬣一噴玉。垢淨各殊性，快愜聊自沃。」旨在順其自然。	

皇帝年號/ 年/月/日	公元	年齡	行實摘錄	創作詩（文）	備　註
			過、遠倡和，粲然可觀。次過韻寄諸子姪，以文字相勉。弟轍亦有次韻。	〈過於海舶得邁寄書、酒。作詩，遠和之，皆粲然可觀。子由有書相慶也。因用其韻賦一篇，并寄諸子姪〉云：「但令文字還照世，糞土腐於安足夢。」	
二十三日			書陶潛〈形贈影〉、〈影贈答〉、〈神釋〉付過，和潛韻。	〈和陶形贈影〉、〈和陶影答形〉、〈和陶神釋〉	
			作詩。	〈和陶使都經錢溪〉	
			和陶潛〈歸去來兮辭〉，邀弟轍同作。	〈和陶歸去來兮辭〉	《欒城後集》卷五〈和子瞻歸去來兮辭・引〉：「昔予謫居海康，子瞻自海南以和淵明〈歸去來〉之篇，要予同作。時予方再遷龍川，未暇也。」轍詩作於建中靖國元年十月。
三月			吳復古（子野）來儋，作詩贈之。旋離儋。	〈去歲，與子野游逍遙堂。日欲沒，因並西山叩羅浮道院，至已二鼓矣。遂宿於西堂。今歲索居儋耳，子野復來相見，作詩贈之。〉	

皇帝年號/ 年/月/日	公元	年齡	行實摘錄	創作詩（文）	備　註
五月			屋成，遷居，有詩。	〈新居〉、〈遷居之夕，聞鄰舍而誦書，欣然而作〉云：「幽居亂蛙黽，生理半人禽。」約為五月間事。	
歲末			小圃栽植漸成，取陶潛詩有及草木蔬穀者五篇，〈西田穫早稻〉、〈下潠田舍穫〉、〈戴主簿〉、〈酬劉柴桑〉，次其韻。	〈和陶西田穫早稻〉、〈和陶下潠田舍穫〉、〈和陶戴主簿〉、〈和陶和劉柴桑〉	
			子過以山芋作玉糝羹，有詩贊之。	〈過子忽出新意，以山芋作玉糝羹，色香味皆奇絕。天上酥陀則不可知，人間決無此味也〉	
元符二年己卯	1099	64			
正月五日			與過出游，作詩。	〈和陶游斜川〉云：「謫居澹無事」，乃元符元年入新居後心情。	
十三日			廣州舶信到，得柴胡等藥，書杜甫之詩及柴胡者，并錄盧全詩。蓋以遣瀌。		
			程全父寄近詩來，答簡歎親友疏絕。		
			巢谷至循州，見弟轍，欲來海南。		

皇帝年號/年/月/日	公元	年齡	行實摘錄	創作詩（文）	備　註
			與鄭嘉會（靖老）簡，詢子邁等近況；寄〈眾妙堂記〉與嘉會。		
二十日			弟轍生日，以詩及黃子木拄杖為壽，轍次韻。	〈以黃子木拄杖為子由生日之壽〉	
			春日，嘗獨行遍至黎子雲、黎威、黎徽、黎先覺之舍，遇符林，黎家兒童口吹蔥葉迎送；又嘗負大瓢行歌田間，與老嫗共語。	〈被酒獨行，遍至子雲、威、徽、先覺四黎之舍，三首〉	
六月			賦詩，初送張中。	〈和陶與殷晉安別〉	
			賦詩，再送張中。	〈和陶王撫軍座送客〉再送張中 詩云：「懸知多夜長，不恨晨光遲。夢中與汝別，作詩記忘遺。」告別時夜坐達旦	
			張中三來告別，燈坐達旦，賦詩贈行。	〈和陶答龐參軍〉三送張中 詩云：「留燈坐達曉，要與影晤言。」	
十二月十九日			生日，過有詩為壽。		
元符三年庚辰	1100	65			

皇帝年號/ 年/月/日	公元	年齡	行實摘錄	創作詩（文）	備　註
正月七日			聞黃河已復北流，喜作詩。	〈庚辰歲人日作，時聞黃河已復北流，老臣舊數論此，今斯言乃驗，二首〉	《續資治通鑑》卷八十六：元符二年六月己亥，河決內黃口，東流斷絕。
十二日			天門冬酒熟，且漉且嘗，大醉，作詩。	〈庚辰歲正月十二日，天門冬酒熟，予自漉之，且漉且嘗，遂以大醉，二首〉 其一云：「天門冬熟新年喜。」	
庚辰（十三日）			赦天下。賦和陶〈始經曲阿〉，抒聞赦後心情。	〈和陶始經曲阿〉	
			嘗飲於黎子雲及其弟威家，見五色雀俗所謂鳳凰者，賦詩，過和。嘗與子雲論農事。與子雲兄弟過從甚密。應其兄弟請，題字甚多。	〈五色雀〉	
			題子過所畫枯木竹石。黃庭堅嘗次韻贊之。	〈題過所畫枯木竹石三首〉	
二月二十四日			清明，以聞子過誦書，追懷父洵，作詩。	〈和陶郭主簿二首〉	
三月十五日			書柳宗元〈牛賦〉並作〈書柳子厚牛賦後〉贈瓊州僧道贇。		

皇帝年號/ 年/月/日	公元	年齡	行實摘錄	創作詩（文）	備　註
四月二十一日（丁巳）			以生皇子恩，詔授舒州團練副使、永州居住；弟轍移岳州。		《宋史・徽宗紀》本日紀事：詔蘇軾等徙內郡居住。 《施譜》：「四月，先生以生皇子恩，詔授舒州團練副使、永州居住。」
			吳復古（子野）自廣州來，出弟轍循州所贈詩，次轍韻。作詩贈復古。	〈眞一酒歌〉	
五月			告命下，量移廉州，進上謝表。先是秦觀來簡，報蘇軾移廉州，答簡期與觀一見。得告命後，復與觀簡，報登舟日期及經行路綫。欲居廉終老。	〈移廉州謝上表〉	
			別海南父老賦詩，抒依戀之情，嘗有終焉之志。	〈儋耳〉 詩云：「野老已歌豐歲語，除書欲放逐臣回。」	
			臨行，留別黎民表詩，並求新釀一具理。贈許玨茶盂。	〈別海南黎民表〉	・

附錄三：蘇軾畫像

一、蘇文忠公真像（王文誥摹刻）

蘇文忠公眞像（王文誥摹刻）

轉拍自唐玲玲、周偉民著《蘇軾思想研究》

（臺北：文史哲出版社 1996 年 2 月）

二、儋州東坡書院坡仙笠履圖

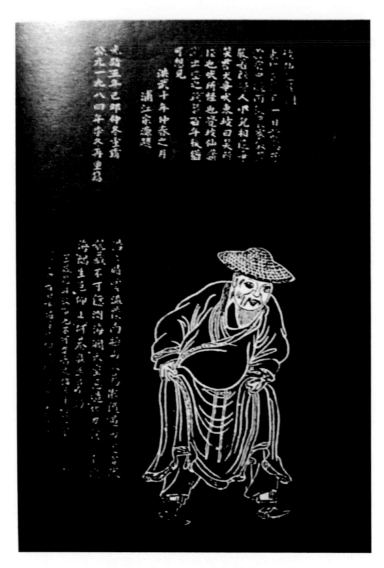

轉拍自唐玲玲、周偉民著《蘇軾思想研究》

（臺北：文史哲出版社 1996 年 2 月）

三、元 趙孟頫作蘇軾像

轉拍自張志烈等主編《蘇軾全集校注》
（石家莊：河北人民出版社，2010 年 6 月）

附錄四：蘇軾作品書影

蘇軾書法手跡

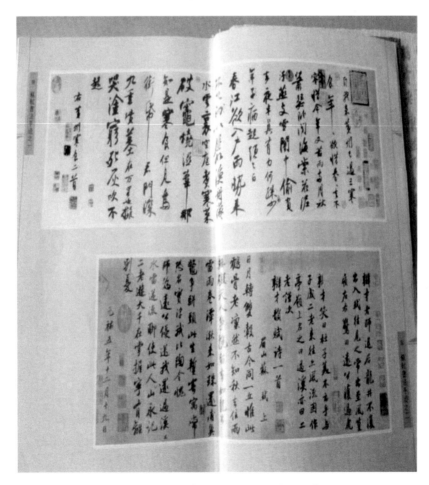

轉拍自張志烈等主編《蘇軾全集校注》

（石家莊：河北人民出版社，2010 年 6 月）

宋寧宗嘉定年間施、顧《註東坡先生詩》書影

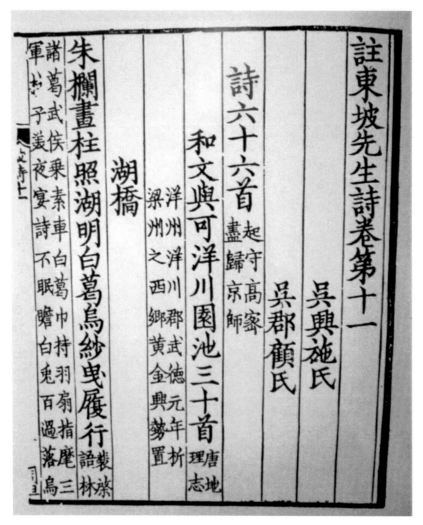

轉拍自張志烈等主編《蘇軾全集校注》

（石家莊：河北人民出版社，2010 年 6 月）

宋黃善夫家塾刊《王狀元集百家註分類東坡先生詩》書影

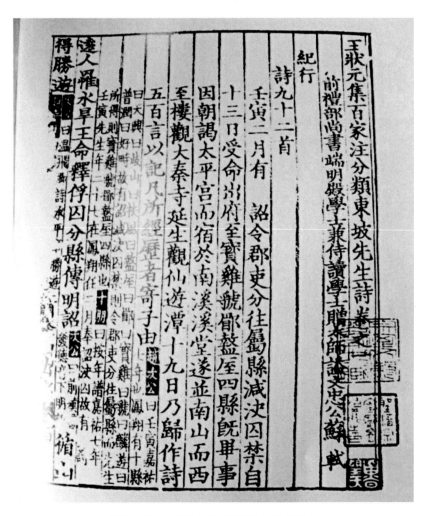

轉拍自張志烈等主編《蘇軾全集校注》

（石家莊：河北人民出版社，2010 年 6 月）

宋孝宗年間刊大字本《東坡集》書影

東坡集卷第三十九

神道碑一首

司馬溫公神道碑一首

上即位之三年朝廷清明百揆時敘民安其生

風俗一變異時薄夫鄙人皆洗心易德務為忠

厚人人自重恥言人過中國無事四夷稽首請

命惟西羌夏人叛服不常懷毒自疑數入為寇

上命諸將按兵不戰示以形勢不數月生致大

首領鬼章青宜結關下夏人十數萬寇涇原至

鎮戎城下五日無所得一夕遁去而西羌元征

轉拍自張志烈等主編《蘇軾全集校注》

（石家莊：河北人民出版社，2010 年 6 月）

宋刊《東坡集》卷首

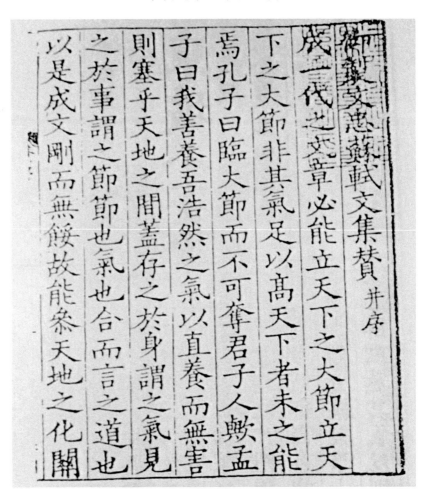

御製文忠蘇軾文集贊 并序

戊一代之文章必能立天下之大節立天
下之大節非其氣足以高天下者未之能
焉孔子曰臨大節而不可奪君子人歟孟
子曰我善養吾浩然之氣以直養而無害
則塞乎天地之間蓋存之於身謂之氣見
之於事謂之節節也氣也合而言之道也
以是成文剛而無餒故能參天地之化關

轉拍自唐玲玲、周偉民著《蘇軾思想研究》
（臺北：文史哲出版社 1996 年 2 月）

附錄五：北宋區域簡圖及黃州、惠州、儋州與地圖

黃岡縣圖

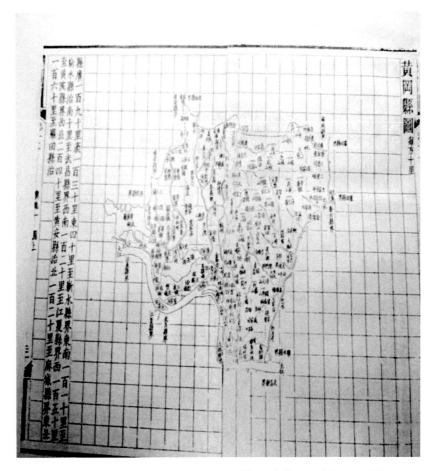

轉拍自民國十年重刊本　張仲炘、楊承禧等撰：《湖北通志》
（臺北：華文書局印行，1967 年 12 月）

黃州府輿圖之一

轉拍自 據 清 英啓修　鄧琛纂
清光緒十年刊本《湖北省黃州府志》
（臺北：成文出版社，1976 年）

黃州府輿圖之二

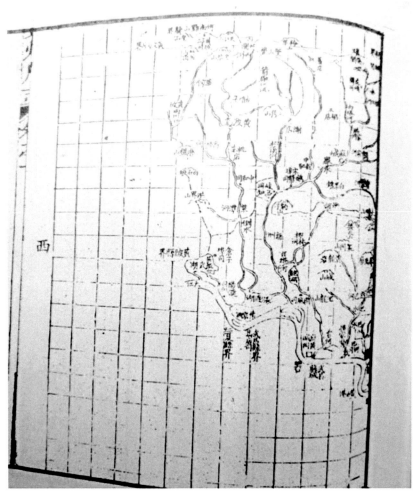

轉拍自　據　清　英啓修　鄧琛纂
清光緒十年刊本《湖北省黃州府志》
（臺北：成文出版社，1976年）

黃州府城圖之一

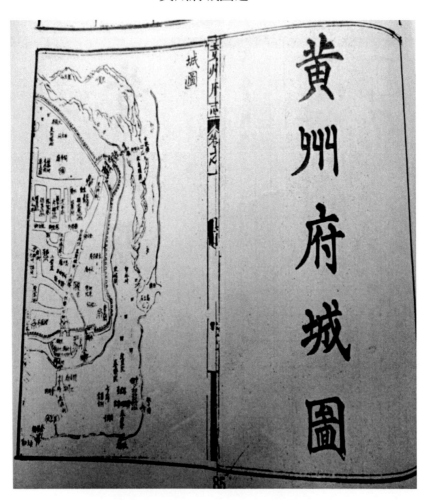

轉拍自　據　清 英啓修　鄧琛纂
清光緒十年刊本《湖北省黃州府志》
（臺北：成文出版社，1976 年）

黃州府城圖之二

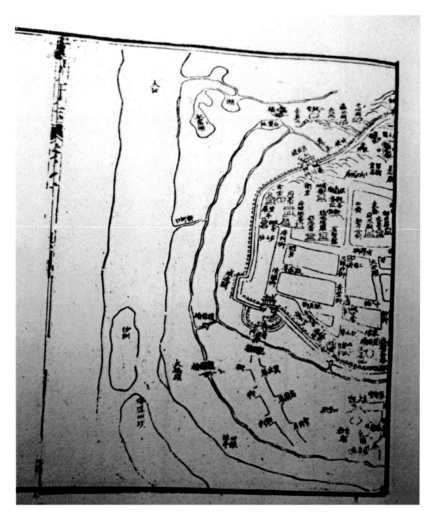

轉拍自　據　清　英啓修　鄧琛纂

清光緒十年刊本《湖北省黃州府志》

（臺北：成文出版社，1976 年）

影照佚存古籍－惠州府城總圖

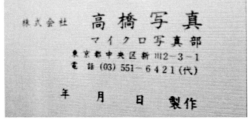

廣東輿地總圖

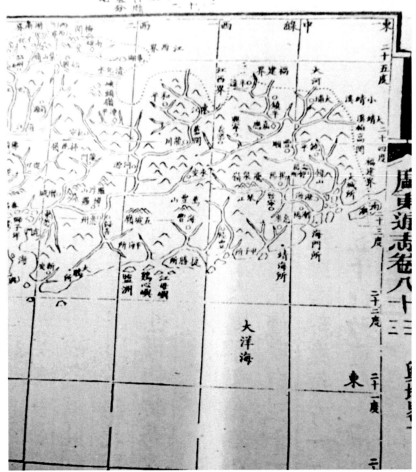

轉拍自　清同治三年重刊本　陳昌齋等撰：《廣東通志》
（臺北：華文書局印行，1968 年 10 月）

廣東省志

轉拍自辛朝毅《廣東省志》

廣東市：廣東人民出版社，2004 年 2 月）

康熙儋州志

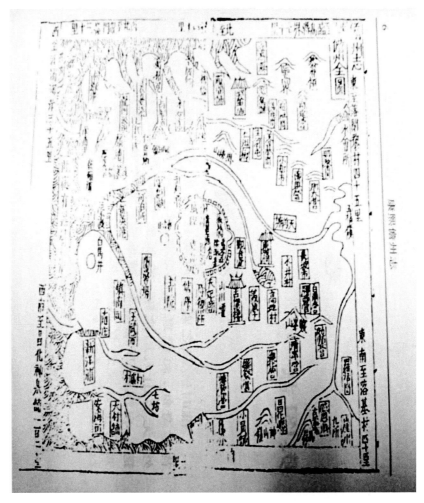

轉拍自 （清）韓祐重修《康熙儋州志》
海口：海南出版社，2003年1月）

康熙昌化縣志

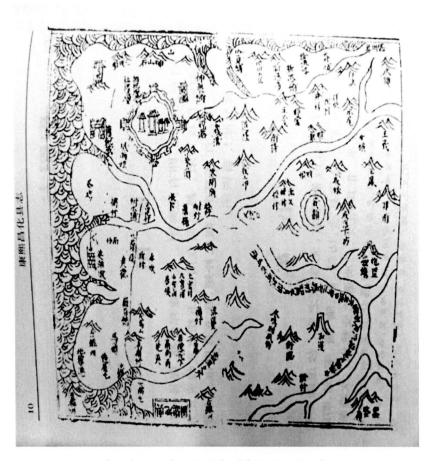

轉拍自 （清）方岱修《康熙昌化縣志》

（海口：海南出版社，2003 年 1 月）

民國儋縣志

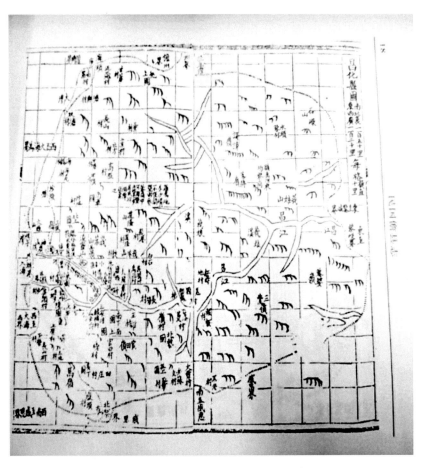

轉拍自民國　彭元藻　曾友文：《民國儋縣志》

（海口：海南出版社，2003 年 1 月）

北宋區域簡圖

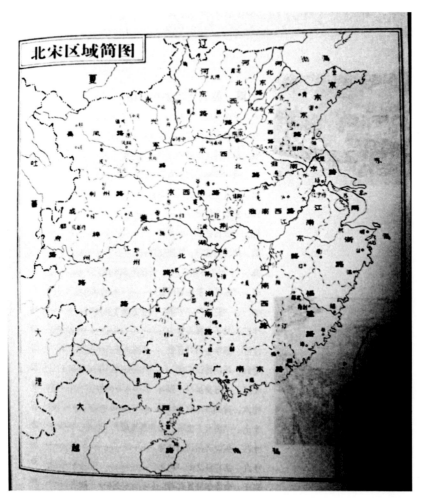

轉拍自王啓鵬《蘇軾文藝美論》

（廣州：中山大學出版社，2007 年 12 月）

附錄六：東坡宦旅圖

「東坡宦旅圖」感謝國家圖書館特藏文獻組提供（供參）